サ ラ バ ！

告别吧！

完结篇

[日] 西加奈子 著

柏芳媛 译

中国友谊出版公司

图书在版编目（ＣＩＰ）数据

告别吧！：完结篇／（日）西加奈子著；柏芳媛译
. － 北京 ：中国友谊出版公司，2019.9
ISBN 978-7-5057-4616-9

Ⅰ．①告… Ⅱ．①西… ②柏… Ⅲ．①长篇小说一日
本－现代 Ⅳ．① I313.45

中国版本图书馆 CIP 数据核字（2019）第 040481 号

著作权合同登记号　图字：01-2019-1719

SARABA！ Vol.2
by Kanako NISHI
©2014 Kanako NISHI
All rights reserved.
Original Japanese edition published by SHOGAKUKAN.
Chinese translation rights in China (excluding Hong Kong.Macao
and Taiwan) arranged with SHOGAKUKAN
through Shanghai Viz Communication Inc.

书名	告别吧！：完结篇
作者	〔日〕西加奈子
译者	柏芳媛
出版	中国友谊出版公司
发行	中国友谊出版公司
经销	新华书店
印刷	嘉业印刷（天津）有限公司
规格	700×980 毫米　32 开 9.5 印张　215 千字
版次	2019 年 9 月第 1 版
印次	2019 年 9 月第 1 次印刷
书号	ISBN 978-7-5057-4616-9
定价	45.00 元
地址	北京市朝阳区西坝河南里 17 号楼
邮编	100028
电话	（010）64678009

如发现图书质量问题，可联系调换。质量投诉电话：010-82069336

目 录

第四章

坏家（今桥家）的彻底崩溃

33

1995 年。

这一年，我永远无法忘却。

1 月 17 日清晨，我从自己的床上弹了起来。在印象里，那感觉就像被从地底伸出的巨大拳头顶了起来。

"欸？"

还没等我出声，摇晃已经开始了。

我花了数秒钟，才反应过来发生了地震。房间里的一切都在摇晃，书架上的书哗啦哗啦地往下掉，放在枕头旁的闹钟仿佛有了意识一般，自己动了起来。我坐着，呆呆地看着这一切。

"步！"

传来了母亲的声音，几乎同时，母亲打开了我房间的门。

即便房间里一片昏暗，我也清楚地知道，母亲当时面色惨白。

"嗯。"

我呆呆地出声道，自己的反应与当时的状况恰恰相反。母亲跑到我身边，拉起被子蒙住我的头。我的腿毫无防备地从被子里露了出来。

"贵子！"

隔着被子，我听到母亲在喊姐姐。

终于，我感到羞愧不已。

母亲想要保护我。而且，还是用盖被子这种不可靠的方法。

我的个头儿已经远远超过了母亲，从被子里露出来的腿，也早已长出了黝黑的腿毛。但即便如此，当我看到母亲出现在门口的时候，的确松了口气。自己实在是羞愧难当，我用力甩开盖在头上的被子，借着这股劲儿，冲到了走廊里。

母亲正在敲姐姐房间的门。摇晃还在持续，这简直令人难以置信。我第一次经历这样的地震，摇晃时间这么长，而且摇晃的程度如此厉害。

"贵子！"

母亲继续敲着姐姐房间的门，但里面没有任何回应。就在这时，摇晃止住了。母亲软弱无力地在走廊里蹲了下来。我虽然冲到了走廊里，但除了扶着墙呆呆地站在那里之外，我什么也没做。我实在是没出息。

母亲和我走到起居室里，打开收音机。

收音机里正在播报地震快讯。兵库县一带发生了大地震，除此之外再也没有了解到其他消息。总之，广播里一直在重复说"请不要跑到室外"。

姐姐始终没从她的房间里出来。

等我再次睁开眼时，天已经完全亮了。

母亲似乎一直没睡。关了收音机，打开电视。在那之后连续数周，电视上都在播放那些令人难以置信的画面：

建筑物就像多米诺骨牌一样接连倒下，高速公路像是被巨人撕扯过一般，车身一半冲出路面的公交车，各地发生的火情，以及不断上涨的死亡人数。

我去上学后，发现大家的情绪仍无法平息。

有几个学生看起来似乎有些兴奋。我一方面厌恶他们不严肃的态度，另一方面又很感谢有这样的家伙存在。我一直不明白自己应该采取怎样的态度来面对这一切才好。我身边亲近的人没有一个人遇难，我们家遭受的损失也不是很严重。所以，我只能和班里的同学谈论地震发生时持续晃动的事。那是怎样晃动的？当时自己在做什么？在电视上看到的那些画面，在和同学的谈话中，我一点也未触及。

我最先注意到须玖没有来学校上课。那个时候手机还未普及，尤其是在我们这种高中生之间。我无法第一时间联系须玖，只好盯着他的座位看。

那天，须玖最终没来上学。

晚上，我给裕子打了电话。裕子热情地在电话那头讲述着种种。什么当时自己非常害怕，还好我俩都平安无事之类的。我听着电话里裕子的声音，感觉她撒娇的语气比以往更甚。裕子沉醉于这样的谈话中。她像是觉得我们是被意想不到的灾难所分离的恋人，裕子告诉我，她多么想和我见一面，以此证明她对我的爱。

我虽然一直在和裕子聊着电话，但心里却一直记挂着须玖。其实，我最先是想打给须玖的。可是，这样做的话又觉得难为情。裕子应该也很在意我给她打电话的顺序吧。其实，究竟我是按照怎样的顺序打的电话，裕子应该是不可能知道的，但我还是先给她打了。我内心某处也在想，如果先给须玖打去电话的话，之后应该就不再想给裕子打电话了。

总算和裕子聊完后，我拨通了须玖家的电话。接电话的是须玖的母亲。

"今桥君。"

听声音，我感觉电话那头，须玖的母亲像是眼含着泪水。互相报了平安后，须玖的母亲立刻把电话交给了须玖。

须玖用他那干脆爽朗的声音说道："抱歉，抱歉。"

他还有工夫和我开玩笑似的说："唱片、书，我们家有很多易坠落伤人的危险品。"

不过，片刻后他又说道："我们和我哥哥联络不上了。"

我知道，须玖的哥哥在神户居住。我最担心的也是这件事。我想须玖就是因此才没来学校上课的。此外，我内心某处已经在消极地想，须玖的哥哥会不会已经遇难了吧。我讨厌这样的自己。

"这样啊。"

我除此之外再也无话可说。

结果，第二天，须玖的哥哥从神户徒步走回了家。听须玖说，回到家的哥哥，站在玄关处，浑身是泥，简直就像刚从战场上回来的士兵。

听须玖这样说着，我由衷地感到高兴。虽然这样说对不起那些地震中的遇难者和其家属，但在我触手可及的范围之内，没有任何人因地震受伤。这的确令我心情舒畅，即便这种想法很卑鄙。

可是，须玖并不这样认为。

"太好了，不是吗？"

就算我这样说着。

须玖也只是小声回答道："是啊。"之后便沉默不语。家人平安无事地回来了，可在须玖身上完全看不出喜悦。

在那之后，须玖一直沉默不语。

我本来就安静，不是个能说会道的人。但我的这种性格，令本就安静的气氛显得越发尴尬。须玖安静如水，之后，更是静如池沼。每有新的遇难者出现，须玖内心的那片池沼便愈加深陷下去。一个月过去了，须玖几乎没怎么来过学校。

须玖内心细腻，我打算去了解这样的他。

须玖和我们不同，他常常会为一些细小的事情而高兴。他会注意到在学校里那个完全不起眼的家伙身体不适，会为那个人担心忧虑。

起初，对于和地震相关的各种事情，我也很敏感。这也是没办法的事，电视上循环播放的公益广告替代了企业广告。新闻里无数次地播放着同样的影像，重复报道着地震是怎样发生的，受灾地现在的状况如何。

原本性情天然的我变得沉默寡言，姐姐也躲在房间里，向外散发着沉闷的气氛。母亲则似乎以此为契机和恋人分手了，因为自地震后他们几乎没怎么联系过。是因为联络不上，还是因为对方有家室不能联系，具体的原因我并不清楚。

总之，母亲一整天都待在家里。既不换衣服，也不化妆。偶尔姥姥和夏枝姨会过来看我们，除此之外，母亲再也没有和外界有任何接触。

处在这样的环境当中，就连我都变得心情阴郁。有时，我走在路上偶尔会想起那股从地底下冲上来的晃动，呆呆地立在原地。不知为何，喉咙干得要命。

不过，到了学校里，校园里的一切都未发生改变。一些因地震而产生心理阴影的同学也渐渐地从阴影里走了出来，恢复了往日的生活。受这种环境的影响，我也渐渐忘掉了那个瞬间。而且，在电视上重新开始播放企业广告后，感觉一切又回归到了往日的安宁生活，就好像那场灾难从没发生过一般。

可是，须玖仍然没有来学校上课，这令我很痛苦。

每当看到须玖的座位是空的，我的胸口就一阵刺痛，内心又很焦急："你哥哥已经得救了，你快点从这场灾难中走出来呀！"须玖的哥哥已经回去上班了。他为自己得救而感到庆幸，也并没有多想，回到神户，投入到了灾后复兴的工作当中。我希望须玖也能像他哥哥这样。

可是，须玖越发深陷于其中。

我十分在意须玖，和裕子在一起时总是心不在焉，裕子或许也察觉出来了吧，我们的关系变得越来越糟糕。放假的时候，我总是跑到须玖家，不再去裕子家了。和须玖见过面后，就不愿再和裕子联系了。

须玖整个人像是坠入了无比黑暗的深海一样。我问过他为何不去学校上课，他告诉我说，他自己瞒着父母去参加了志愿者活动。

"我有时会这样想。"在须玖狭小的房间里，他轻声地对我说道，那声音小到只有我才能听清楚。

"为什么死的人不是我？"

我不想谈话的氛围太尴尬，从夏枝姨那里借了唱片。将指针放在唱片上后，妮娜·西蒙那低沉而冰冷的声音便回响起来。

"死去的人啊，为何就这样死去了啊？"

刚才须玖的问话，大概也不是在问我。我什么也答不上来，须玖也没再和我说什么。

当然，我希望自己能够和须玖说些什么。

你现在还活着，必须向前看才行。

可是，这些话都没能走到我的喉咙，而是在我体内深处缓慢地漂浮，很快就消失不见了。须玖的心思细腻到了令人害怕的地步。我之前从未见过有谁像他这样，会为他人的死而伤心忧虑。

妮娜正在唱着《感觉良好》。

"新世界即将由此开始，而我心情正好。"

那时，须玖似乎终于注意到了我的存在，看向我。我想，妮娜的歌声像是对须玖产生了什么积极的影响，这真是太好了。

"阿姨还好吗？"

"挺好的。"

须玖思忖了一会儿又向问我道："大家呢？你姥姥、妈妈，还有你姐姐，也都好吗？"

"嗯，都挺好的。"

我母亲根本不出家门，姐姐一直把自己关在房间里，我并没有把这些告诉须玖。我不想加重须玖内心的痛苦。须玖和我们，真的是亲如一家。而且，我那个姐姐本来只和satuorakoomonnsama的信奉者正常地聊天，但须玖是唯一的例外。

"姐姐真的没事吗？"须玖问道。

"她毕竟是个多愁善感的人啊。"

It's a new dawn.（这是新的黎明）

It's a new day.（这是新的一天）

It's a new life.（这是新生）

妮娜的歌声仍在继续：

And I'm feeling good.（而我心情正好）

须玖担心得没有错。

不，他只说中了一半，还有一半他没有说中。

地震本就给姐姐带来了冲击，而她又爱多愁善感，在这之后发生的一件事，彻底击碎了姐姐脆弱的内心。

3月20日，某个宗教团体在东京地铁释放了沙林毒气。这个宗教团体之前就已经引起了各方的怀疑，电视里每天都在报道有关他们的动态。

电视上关于这个宗教团体的报道变得越来越多，而这似乎也给 satuorakoomonnsama 带来了影响。

satuorakoomonnsama 寝殿的维护和各种慈善活动的资金，全部来自信奉者的捐款。但这并不能算是布施。本来在寝殿内没有人强行要求大家捐款，是大家自发进行捐款的，而且，这也是一种习惯的延续，最初大家都是自愿向矢田阿姨家的祭坛上放酒或信封之类的。

satuorakoomonnsama 从未惹出任何事端，安安静静的，完全融入到了我们这片区域的生活当中。可是，"satuorakoomonnsama"这个名字本就让人觉得不明所以，加之寝殿内举行的活动一概不外传，这些都刺激着外界，大家不免会感到害怕。这也是无可奈何的事情。

因为 satuorakoomonnsama 变得过于庞大，已经不能再用"它不是个宗教"这样的借口搪塞过去了。很快有些人就开始怀疑这个团体没有教祖这件事，杂志记者蜂拥而至，前来采访。

他们直接将 satuorakoomonnsama 的信奉者称为信徒，把矢田阿姨称为教祖。而且，姐姐作为受过神谕的少女，有一次被刊登在了杂志上。姐姐当时已经21岁了，已经不再是"少女"的年纪。可是，杂志上仍旧以"少女A"的形式称呼姐姐，大概是这样称呼更有神秘感吧。虽然杂志上并没有登载姐姐的照片，也没有追述姐姐的真实身份，可是"洗脑""异常"等字眼充斥在报道中，姐姐因此受到了极大的打击。

寝殿那里收到了诽谤中伤的来信，其中甚至有可怕的恐吓。除去姐姐，最高参和高参召集大家一起来商讨此事，可是这种方式已经不再能统率数百名信奉者了。

因此，在地震前后，姐姐内心非常的不安。

姐姐只能看着人们一个个地离开自己发自内心信仰的 satuorakoomonnsama。而且，这些离开的人还以信奉过 satuorakoomonnsama 为耻。其中甚至有些人开始憎恨起了姐姐他们，憎恨他们让自己相信了 satuorakoomonnsama。

"被骗了啊！"

姐姐拿这些人也没办法。

之前一直关注着自己的数百双眼睛，瞬间消减下去。不仅如此，到最后甚至是用厌恶的眼神看姐姐。姐姐并不是个坚强的人，她做不到无视那些眼光。

而且在此发生了一件事。

satuorakoomonnsama 的信奉者和"他们"有一个共同点，就是信奉某物。不管是曾来过寝殿的人们，还是从四周前来看 satuorakoomonnsama 的人们，大概都是因为这一点，才会害怕 satuorakoomonnsama 的信奉者吧。

姐姐哑口无言。

而且，一直躲在自己的房间里不出来。姐姐虽然已经是一个 21 岁的大姑娘了，应该是个步入社会的成年人了，但有个前提——她也是个多愁善感的少女。姐姐被这个世界发生的各种事情打倒，躲在自己的壳里不想出来。姐姐这个人，一旦封闭自我的话，能够一直将这种状态持续下去。

今桥家的黑暗时代再次来临了。

因此，我不太想回忆 1995 年这一年间的事情。

母亲和已婚的恋人分手后，一直在闹情绪；姐姐已经过了 20 岁，却把自己关在房间里不出来；我虽然总是一副事不关己的样子和她们生活在一起，但终究还是受到了她们情绪的影响。须玖是我唯一的希望之光。可是，现在连须玖也坠入了无比黑暗的深海，我没出息地动摇了。

最先是和裕子彻底走到了尽头。就算我和她见了面，心情也不会变好，而且我也没能掩饰住这种情绪。终于，裕子受不了我的这种态度，一脸委屈的表情，和我提出了分手。这也是没办法的事。

我甚至无法投入到足球训练当中。自从须玖不再参加训练之后，我们队变得越来越弱。常常因为一些鸡毛蒜皮的小事儿失误，对失误的队友感到气愤。沟口有时会故意逗我们大家笑，可即便如此，我也无法发自内心地表示感谢。

地震的影响虽已销声匿迹，但须玖的离开，却让我们整支队伍乃至整个年级都变得黯淡了。大家都小心翼翼地微笑，小心翼翼地开玩笑。须玖一直没来学校上课，换班后，我和须玖被分到了不同的班级。而我的内心某处却像是松了口气，我讨厌这样的自己。

到了夏天，我终于退出了足球部。我逃避着一切，全身心地投入到了高考的备战当中。与此同时，我定下了目标，要报考东京的大学。

自己的密友须玖，仿佛成了过去式。

最初，遇到足球部的朋友时，他们还会向我询问须玖的近况，可渐渐地也就不再过问了。因为他们问我时，我没能好好地回答上来。

我没再给须玖打过电话。

为了自己的密友须玖，只是打一通电话而已，可如此简单的事我却做不到。

我害怕。

我害怕听到须玖的声音，那从深海里传来的声音。须玖对我产生了很深的影响，我非常害怕被他拽入那黑暗的深海。我不愿去思考"为何自己没有死，仍然活着"，我只想接受自己仍然活着这个事实。我甚至狂妄地认为，思考已逝者的事只是在自寻烦恼，而且毫无意义。

入秋后，谁也没再提起须玖的事情。甚至老师也放弃了，不再提及须玖的话题。曾经校园里最受欢迎的须玖，就这样不知不觉地销声匿迹了。

忘记须玖，令我心生罪恶感，我想要从这种罪恶感中逃脱出来，于是乎，我全身心投入到了学习当中。可每当我稍有松懈，又会开始担心须玖，身陷这泥沼之中。每到这时我又会鞭策自己的内心，埋头学习英语单词，背诵历史年表。

总之，我一心想要离开这里。

姐姐同样离开了，是在矢田阿姨的劝说下才离开的。

即便发生了如此大的骚动，矢田阿姨依然像往常那样生活着。就算杂志记者不怀好意地前来采访，阿姨也只是说"不知道"，就算以前的信奉者看她的眼神里充满憎恨（那些曾被"洗脑"的信奉者已不再避讳，敢光明正大地看向矢田阿姨），阿姨依旧面不改色。

矢田阿姨虽然远离了 satuorakoomonnsama，但她却是真正发自内心信仰 satuorakoomonnsama 的人。阿姨的内心坚如磐石。

不过，如此坚强的矢田阿姨，唯一担心的就是我姐姐。

阿姨看到有关姐姐的报道很生气，为姐姐的事儿心烦意乱。姐姐把自己关在房间里，阿姨每天都会来看望她，而且会在姐姐房间里坐很久。我从姐姐房门前经过时，也从未听到过任何说话的声音。阿姨仅仅是默默地守护在姐姐身边。

就这样持续了半年。我不知道姐姐到底变成什么样了，我也不想关注姐姐的境况。姐姐的三餐，都是由夏枝姨送进她房间里的。姐姐坚决不想和母亲有任何接触，母亲也是一样。

在夏季某个暑热的天气里，我在走廊里走着的时候，第一次听到了姐姐房间里有说话的声音。

是矢田阿姨的声音。

阿姨终于打破了长期以来的沉默，和姐姐说着什么。我的心猛地跳了一下，不过也仅此而已。那个时候，我仍然沉浸在须玖不来上学的痛苦之中，可自己却连给须玖打个电话的勇气都没有，自己都无法原谅自己。虽然我想知道阿姨到底和姐姐说了什么话，但这种欲望并不强烈，很快我又陷入了自己痛苦的沼泽当中。而且，我从内心里觉得姐姐是不会改变的。

可是，那天，姐姐走出了自己的房间。

长期待在自己的房间里，姐姐身上有股非常难闻的味道。长长的头发自行缠绕在一起，看上去像是复杂的脏辫儿。

虽然姐姐目光呆滞，但是眼底在闪闪发光，不同于她信奉 satuorakoomonnsama 时的目光，那是只有受到过痛彻心扉的伤害后，才会拥有的目光。微暗中透着顽强，不允许任何人干涉。

姐姐走到起居室来，身后跟着矢田阿姨。

母亲大吃一惊，阿姨向母亲和我点了点头。就是这样一个小小的动作，却有着震慑数百人的力量。阿姨什么都不做就能成为神一般的存在，像阿姨这样的人极为罕见。

正好在那个时候，父亲有了新的工作调动。

新的工作地点是阿联酋的迪拜。迪拜当时正处于经济高速增长期，世界各国的企业蜂拥而至。换句话说，就是正处在泡沫经济的鼎盛时期。

或许阿姨和我父母曾商谈过，又或许是姐姐主动联系父亲的。总之，姐姐说她想跟随父亲去迪拜。

姐姐的确应该远离 satuorakoomonnsama，也的确该像我一样离开这个地方。一定是在矢田阿姨的劝说下，姐姐才下定了决心这样做的。母亲呆呆地还未反应过来，矢田阿姨已经开始为姐姐做出发前的准备了。

最初那几天，主要是把姐姐重新打扮一番。矢田阿姨和夏枝姨两个人一起帮姐姐洗澡，从姐姐身上搓下来的污垢，堵住了浴盆的排水口。不管怎么给姐姐洗头，她的头发还是缠在一起。最后实在没办法，矢田阿姨只好给姐姐剃了秃头。姐姐也没有反抗，不过姐姐竟然还蛮适合光头的。顶着光头而又消瘦的姐姐，穿着肥肥大大的衣服，看起来倒是有些像她曾经非常崇拜的安娜·弗兰克等人。

只是，姐姐没有死去，仍然活着。

不管这是不是她所希望的，她仍然活着。

矢田阿姨和夏枝姨把姐姐送到了机场，在机场和父亲会合了。母亲也是以此为由没来送行。当时，母亲真的是和姐姐形成了鲜明对比，身材发福，行动也变得迟缓了。

地震，而后和恋人分手，再加上姐姐的宗教性打击，母亲自己还未从这些影响中恢复过来。

总之，我也想弃母亲而去。

可是，在我说想要考东京的大学后，也是从姐姐离开今桥家时起，母亲竟然有了一些好转的迹象。母亲像是意识到了这个家将会剩下她一个人，这种孤独感反而鼓动了母亲，渐渐地，母亲又变得利索起来。

在夏枝姨和姥姥的帮助下，我踏上了前往东京的旅途。出发那天，母亲容光焕发，重拾了往日的美丽。母亲真的很坚强。

我看着向我挥手的母亲，内心发誓我要由此忘掉 1995 年这一年间发生的事情。我是个懦弱的男人。

34

东京，是我的避难所。
在这里，我从 1995 年的噩梦中走了出来。

　　大学的学杂费、独自生活所需要的生活费和各种各样的生活
用品，全部都是由我父亲承担和提供的。我不忍心再给坏宪太郎这
个可怜的男人增添负担（更何况父亲还要照顾我那个姐姐）。此外，
我是想逃避家里的一切才去的东京，内心某处总是有一种罪恶感。

　　起初，我下定决心，今后自己要全身心投入到学习当中，决
不成为那种愚蠢的、轻浮的大学生。然而，我仅仅坚持了两个月就
放弃了。最终，我还是沦为了那种大学生。

　　首先，我没有加入大学的足球部。我告诉自己要专注于学业，
以此为借口说服了自己，实际上是我厌倦了体育部的严格训练。原
本我对足球就没有很高的热情，而且我害怕踢球时会想起须玖。

　　刚开始，每节课我都会按时出勤，可偶尔教授会停课。而且
在 90 分钟的时间里，教授几乎一直在面向黑板唠唠叨叨，渐渐地
我发现不去上课也不会有什么大问题。

　　事实上，再也没有任何事限制住我了。我甘愿和过去一刀两断，

甘愿接受现在过度自由的生活。就像齿轮不停地转动，我只向前看，度过自己的每一天。

我的大学在京王线沿线。

我住在下高井户站附近的公寓里。从地铁站步行 20 分钟左右就能到达。这是一套带厨房的单人公寓，房租每个月 4 万日元，这在东京属于超常低价。不过，也是有原因的，这栋名为"皋月庄"的公寓很破旧，已经建成有 40 年了。我住在二层的 7 室。因为我的生日是 5 月 7 日，就这样定了下来。皋月（五月）七日，我总感觉这是某种缘分。

每天总会有些东西坏掉：电灯、烧洗澡水的锅炉、马桶。每次我都要为此奔劳，不过这些奔劳，以及步行到地铁站还算不上痛苦，我在独自一个人的生活中得到了拯救。虽然房间狭窄，但这里的整个空间都属于我一个人，这真的令我兴奋。在我自己的领地里，没有那些歇斯底里的女性亲人，这是最令我感到安心的事情。

我租住的这间屋子，铺有榻榻米，屋里脏兮兮的，我费了一番工夫才打扫干净。先是把窗帘换下来，挂上了麻布，在建材超市买了木板，自己做了餐桌。房间里没有床，我就在垫子上铺了被褥。我特地把唱片架和书架做成了半身高，这样坐下来的时候，视线正合适。而且这样设置，本来狭窄的房间看上去就宽敞些了。我把壁橱的上半部分做成了书桌（原本我这里学习的次数就屈指可数）。本来觉得浴缸很脏，但进去洗过一次澡后也就无所谓了，烧洗澡水的锅炉需要手摇才能点火，这个我也渐渐掌握了。而且到了夏天的时候，我会带各种女生来我的公寓。

不知是喜还是悲，我还挺受女生欢迎的。偶尔去学校里上课，或是去学校食堂，只要觉得可爱的女生，我就会上前打招呼。和裕子分手后，我唤醒了自己尘封已久的欲望。

这件事，以前的我是想象不到的。大学很大，真的大到令人吃惊的地步。即便如此，自己如果随便招惹女生的话，之后一定会遭报应的。以前的我，应该会这样想。可是，我是个离开家乡的人，更是个从黑暗的 1995 年幸存下来的人，我的精神有些不正常。这段时期，我内心的野性第一次胜过了我的理性，这也是我人生中唯一的一次。

我不仅在学校内猎艳，还学会了去俱乐部寻欢作乐。我会去一些人气 DJ 出场的活动上猎艳，有些女生就是为了认识这些 DJ 才来的，我会想办法打动那些女生，最终毫不费力地把她们带回家。这些女生看到我住的破破烂烂的公寓，都会有些胆怯，但当我害羞地提起这套公寓和自己生日的关联时，她们通常又都会觉得我很可爱。这样我就能很轻松地达到自己的目的。

我唯一担心的是，公寓的墙太薄，隔音效果不好。

皋月庄太破旧，住在这里的都是像我一样的男学生。我在屋子里常常能听到，住在我楼下的那个家伙播放的埃米纳姆的歌，还有住在我隔壁的那家伙的咳嗽声。而且，据我观察，除了我之外，再没有谁把女生带回过这套破旧的公寓。因此，我不忍心让我的这些邻居听到我和女生聊天的声音。我的这些邻居都压抑着自己的欲望，我不想刺激他们，不想让他们认为我是在含沙射影地讽刺。我想在这套公寓里安安稳稳地生活。

可是，不管我多么轻声行动，我都很难控制女方的声音（我并不是在说我的社交技术很好）。不管我和那些女生说多少次小点声，仍有些女生毫不在乎地喊出声来。尤其是喝醉了的女生，我根本控制不住。

最后，我只好播放音乐，并将声音调大。虽然这样做会扰民，但总比让邻居听到女生的声音要好。

歌曲要尽量亢奋，但又适合谈情说爱时播放。因此，我选择了柯蒂斯·梅菲尔德的歌曲。我的房间里传出《继续前行》的歌声时，就代表我带女生回家了。柯蒂斯那积极向上的嗓音，最适合用来作掩护，而且能够烘托气氛。在曲子和曲子的间隙，我会放缓自己的语速，和着唱片的音乐聊天。因为每次聊天时，我都会放柯蒂斯的歌曲，所以有时我在外面听到他的歌声时，也会自然而然地愉悦。

就这样，一年过去了。

这一年，我几乎一直在约会。

我没有固定交往的女朋友。来我家里的女生，都只是表面上的伴侣。这些女生之间也绝不会发生争执，她们完全掌握在我手中。我虽不是故意的，但我当时的心情却像史努比狗狗。

在我加入社团后，我停止了游戏人生。

我加入了电影社团。以我当时的精神状态来说，我其实可以加入更轻浮的社团，像网球社团这种徒有其名的活动社团，或是像活动社团这种徒有其名的联谊社团。可是，我并不想堕落至此。

可悲的是，我心里仍然有须玖的影子。

须玖有时会出现在我的脑海里，有时甚至会出现在我的梦里。梦里他紧紧地盯着我看，过着如此糜烂生活的我感到万分的愧疚。每到这时，我都会大叫一声，从被窝里跳起来，惊慌地从唱片架上找些酷酷的歌曲（大部分是探索一族的歌）听，或是从书架上拿一本文豪的作品（大多是弗拉基米尔·纳博科夫的作品）读。

虽然这些音乐和文字我都没有听进去、看进去，但我希望这些文化性的事物能够洗刷自己的罪孽。这是我对须玖赎罪的方式。

即便探索一族在歌里唱着那个住在他家附近快乐生活的女性的三围，或是纳博科夫在他的书里写着一个男人对一位如女儿一样的女性有了情感，这都无所谓。那个时候，整个世界只有我是最污秽不堪的。

我是看到了电影社团张贴的广告，才决定加入进去的。

校内贴有各种社团的广告。春天，又到了新生入学季，校园内到处在举办招新活动。不管是哪个社团张贴的广告，都大同小异。

"夏日迸发网球的热血，冬季畅想滑雪的乐趣吧！"

"轻松自在的社团！"

"可以和外校联谊聚餐！"

看到最后也没介绍清楚这个社团到底是干吗的。还有一些言论过激的广告。

"坚决反对增加学费！"

"我们的革命还未结束！"

"现在就愤怒吧！日本男儿！"

在这些广告当中，我加入的那个电影社团的广告上，只印着一张杰克·尼科尔森的黑白照片，写着社团的地址在希翼馆三楼。杰克头戴水手帽，手里拿着雪茄烟，非常年轻。我一眼就能看出，这是杰克在电影《最后的细节》里的形象。因为须玖喜欢这部电影。

"兰迪·奎德用信号旗告别的场景真的太棒啦，真的是大喜大悲。"

实际上，我只要如此便足矣。

经过一年的放荡生活，我现在非常渴望接触和须玖相关的事物。就连变成傻瓜，也是需要才能的。在这一年里，我过着极度靡烂的生活，但我还是无法抵抗那不时袭来的沉重如铅的羞耻心。即便我不断麻痹自己说"大学生就是这样的"，但仍旧无法阻止对自己的谴责。

我想再次结识像须玖一样的人。我想找人纯粹地聊聊电影、音乐和小说，而不是为了吸引女生才这样做。当时的我，自从开始独自生活后，第一次想要哭泣。须玖不在我身边，我很痛苦，我很怀念须玖。可即便如此，我仍未联系过须玖，仍在逃避着他。

我不知道须玖现在怎么样了。不过，我想他大概现在仍旧在那黑暗的深海之中吧，在那非常非常深的海底。

之后，我看了校内各处张贴的电影社团的广告。

这些广告一律只简单地写了社团的地址，此外再无任何介绍信息。唯一不同的是，广告上印着的电影人物照片变了。《受影响的女人》里的吉娜·罗兰兹，《女人就是女人》里的安娜·卡里娜，《德州巴黎》里的哈利·戴恩·斯坦通，虽然广告上没有写任何对电影的介绍，我却全都了解，因此内心感到骄傲。

看着仅有的社团地址信息，我心想这个社团一定很闭塞。不过，广告上的电影人物，自己全都知道，加入社团应该不成问题。更重要的是，这些电影都是须玖或夏枝姨喜欢看的，这更打动了我的心。

我鼓足勇气，按照地址去了那个社团。

希翼馆是专门为校内的各个社团建立的，用来做各个社团的活动室。我们学校的规模较大，校内有几栋这样的建筑，但希翼馆是其中又小又脏的一栋楼，就连进去都需要勇气。说实话，这里的社团都是徒有其名，谁都不想和这里面的社团扯上关系，像"女性问题研究会""宇宙社团·小宇宙""欧帕兹研究会""铁路社团·车辙"，等等。

实际上，当我走到"电影社团"活动室门口时，我都还在犹豫。

要是有很难缠的家伙在的话，该如何是好。我都已经大二了，才来加入社团，被当作傻瓜看的话怎么办。但是，我最终还是打开了那扇门。

因为妮娜·西蒙的歌声从里面传了出来（如果里面在放柯蒂斯·梅菲尔德的歌，我大概会掩饰勃起的下身，迅速离开这里吧）。

那个妮娜·西蒙唱的并不是《感觉良好》。但妮娜那低沉冰冷的声音，足以唤起我和须玖的回忆。

"新世界即将由此开始，而我心情正好。"

我像是被推了一下，打开了门。

结果，我完全沉浸在了这个社团里。

就算来学校，我也几乎不去上课，大部分时间都是在这间活动室里度过的。活动室有8张榻榻米那么大，正中间摆着一张桌子，像是用来开会的，墙上贴满了电影海报。我从须玖和夏枝姨那里了解到了很多电影，自己原本挺自信的，可是仍有很多电影我没看过。其他社员对电影的了解，到了惊人的程度。他们向我介绍了石井聪互、瓦拉里·康涅夫斯基、神代辰巳等。

我当时最喜欢的电影导演是斯派克·李，当然还有昆汀·塔伦蒂诺。社员对电影有着丰富的了解，在他们面前说出这些当红的电影导演的名字时，我其实很羞愧。但这里没有一个人把我看成傻瓜，甚至还和我聊了起来："啊，不错嘛！我因为塔伦蒂诺喜欢上了……"

我喜欢这个社团，还有另外一个原因。来东京后，我经常被女生（尤其是我骗过的女生）说"步君，你真有趣"。而且她们还会在后面添枝加叶地补上一句"果然和你是关西人有关"，她们好像只是因为我用关西方言说话，就觉得我有趣。比如，谁和我说"今天太热了，我一路上喝着啤酒去的学校"，我自然地脱口而出"真像个大叔"，只是这样，女生听了就会拍手笑起来。

起初，我以为做个有趣的人原来这么容易。我坦然地将关西方言当作了武器，用它来调戏女生。可是，我终究觉得羞愧。

首先，我一点也不幽默风趣。

在我心里，幽默的人是像沟口、大津，以及须玖那样的人。我总是听着他们讲的笑话笑，从未自己讲过笑话。只是因为我说的是关西方言，就被认为是个幽默风趣的人，这种状况让我感到不安。

而在这点上，社团成员们似乎对我是关西人这件事毫不在意。他们没有向我寻乐子，就算我说"为啥"，他们也会很正经地回答我说"就是啊"。

我想一定是因为他们在电影中透彻地了解过方言。他们当中有的人发自内心地想要了解一部电影时，会调查电影里出现的美国南部方言和引用的《圣经》里的话。换句话说，这里的人都是御宅。

高中的时候，学校里也有御宅。

比如喜欢铁轨的阿部、热衷于动漫的山岸，像他们这样的家伙，大都被大家看作是土里土气的傻瓜。须玖是唯一的例外，他可以做到十分自然地和他们交流。

"真厉害啊，了解得这么详细！"

看到须玖如此感叹他人时，我都会为他感到骄傲。

这个社团里的成员们，虽然都是御宅，但并不土气。虽然大家都不太在意自身的着装打扮，有的人非常瘦，有的人非常胖，但大家并不土气。至少不会被人看作傻瓜。

这是一种非常不可思议的感觉。

对高中生来说，尤其对高中的男生们来说，没有运动神经的家伙，几乎就被大家认定为土气的家伙。被贴上这种标签的人当中，御宅是最受排挤的一群人。须玖对这样的人却宽容以待，甚至戏剧性地颠覆了大家一贯的价值观。但是须玖自己本就是个运动型男，像他这样的人必定很少见。

可是，现在，社团里的这群人分明十分帅气。

知识使人闪耀光辉，这一点是我从须玖身上认识到的。

在我们社团内，不仅有人精通与电影相关的知识，还有的家伙对音乐、小说、绘画等有着非常深的造诣。喜欢音乐的同学，很快组建了乐队，在这样的文化氛围中，我作为一个男生都受到了刺激。

我向大家表明自己是有一点点蹩脚的DJ，他们竟欣然同意了我的加入。有的人会来我家参观我收集的唱片，有的人教会了我打碟。

社团里有的人会写rap，还有的家伙会画画。以社团为中心，我身边聚集了一群富有创造力的家伙。

在这群人当中，我生平第一次遇到了会写小说的家伙。

在我看来，小说是用来读的东西。虽然电影和音乐也是一样，但在我身边就有因为喜欢音乐，而去做DJ、组乐队的人，电影社团里有的前辈用8毫米的胶片拍摄电影。

可是，我从没有见过写小说的家伙。

只要有纸和笔就能写小说，这令我惊讶不已。想做音乐和电影，我可以毫无顾忌地去学习乐器、摆弄胶片，因为在我看来，实际制作音乐和电影，是需要非常高超的技术和才能的。换句话说，我的内心某处认为大家（包括我自己在内）绝对成不了专业人士。

可是，小说原本就找不到可供学习的技巧。

既不需要唱片机，也不需要去记忆吉他的和弦。既不需要小心翼翼地剪贴胶片，避免指纹印在8毫米的胶片上，也不需要让演员们按所想的样子表演。

我在读小说的过程中，当然会遇到一些晦涩难懂的词语。但大部分的词语，我这个大二的学生还是能够看懂的，也就是说，大都是些常见的词语。将这些词语排列组合，就写成了一部小说。

小说是你想写就可以立刻开始写的。

我受到了精神上的冲击。那种事先准备好的感觉、那个领域的宽广，都令我战栗。而且，我想，也正因如此，自己才至今都未曾想过要写小说，也未曾遇到过写小说的家伙。写小说这件事，过于贴近我身边的生活。做任何事都不会像写小说这样，可以在不被人察觉的情况下完成。但是，我自己竟然从未想过去写小说。

有小说的存在，就一定有"作家"。而这个"作家"就像是"警察"，他们是与我毫不相干的人，我过去一直认为这样的人与生俱来就待在文字的引号里。当然，我错了。就像没有人天生是警察一样，也没有谁天生就是作家，而是某时某人成了作家。音乐演奏家、画家也是如此。

关于写小说，我说了这么多，大家一定会感到疑惑吧。

"怎么回事，突然这样？"

真的非常抱歉。

不过，我还是想写出来。因为之后我开始尝试写文章了，我想要将我初次接触写作时的感受，那个得知我自己也能创作小说的瞬间，完完全全地表达出来。

尽管我深有感触，但当时的我并没有开始创作小说，只是惊讶于自己身边竟然有家伙在写小说。

那家伙和我同届，也是电影社团的成员，但他也加入了文艺部。他叫若田。

我并不知道我们大学有文艺部。但若田在大一时最先加入了文艺部，并且干劲儿十足地坚持写小说。原本他报考这所大学，就是因为他喜欢的作家是文学部的客座教授。这家伙竟然是因为教授才来我们这所大学的，我十分惊讶。

我问若田："你已经写了多少了？"

他回答道："上大学后，大概写了有 17 本吧。"

"也就是说你之前就一直在写小说？"

"嗯，我从小学三年级就开始写了。"

我张口结舌。不是写作文，也不是被谁逼着那样做，竟然从小学就开始写小说。

比不过。现在想想，当时自己这样想，也很是不可思议。不过，这种感觉是真实的。

比不过。

在小学三年级的时候，就找到了自己喜欢做的事，并且这种喜欢一直持续到他 20 多岁（若田复过一年课，比我大一岁）都没有改变。

但是，在那之后，我遇到了很多像若田一样的同学。大学，东京，真的是太大了。从前，我认为谁都成为不了专业人士，现在，我不得不转变自己的这一观念。

这些家伙，或许能够成为专业人士。

虽然我不知道专业人士到底是什么样的，但说到能够成为专业人士的人，我想应该就是这样的人吧，像若田这样的人。

35

**不知大家是否有注意到,
我在提及我们社团的成员时,
都是称呼"家伙"或"同学"等。**

　　我加入的这个电影社团,是个彻头彻尾的男生社团。当然,我们社团并不是禁止女生加入。只是不知是因为我们社的招新广告过于简洁,还是因为希翼馆恶劣的环境,几乎没有女生来。

　　全社上下总共只有三个女生。

　　一个是大四的,另外两个是大三的。大四的水木桑,和我们社的副社长高崎桑同届,是高崎桑的女朋友。剩下的两个大三的女生,只是偶尔来活动室,几乎不怎么露面。换句话说,我们没有机会在社团内部谈恋爱。

　　不过,对于我这个玩世不恭的人来说,待在这样的环境里很舒服。只有男生的环境,我觉得很安心。

　　我们并不讲露骨的黄段子,而是会拿法国电影里的性爱画面说笑。我们并不会在汗流浃背时互拍肩膀,而是会谈论美国新好莱坞电影里男人间的友谊。我们在校内张贴的广告传单也是一样,换掉了戈达尔、特吕弗(这些女生们感兴趣的人物照片),总是印些《军中黑道》或《人情纸风船》的片段,或是在《猎鹿人》的热潮后,印上了克里斯托弗·沃肯的特写镜头等，总之女生们都不大感兴趣。

每天埋头于我们男生间纯粹的欢乐当中，我感觉自己的身体渐渐地被净化了，就好像每天都去教堂或是寺庙做祷告一般。

当然，我们社的社员们也会谈恋爱（就连我，也终于老老实实地谈恋爱了。这个是后话）。就算是看上去像御宅的同学，有对象的，也会认真地去约会（大多数是去电影院），其中有的家伙已经和女朋友同居了。只是在我们社团里有一条谜一般的不成文的规定，去迪士尼公园约会的人是人渣。但大家都享受着属于御宅族的恋爱（这在高中时简直是难以想象的事情，御宅竟然会谈恋爱）。

不过，大家都很默契，谁都不会在活动室里讲有关自己恋爱的事（高崎桑和水木桑两人就像是多年的老夫老妻一般，不像其他情侣那样如胶似漆，大家也就接受了）。

我们社团里不仅有处在热恋中的人，还有很多没谈过恋爱的人，但他们并没有放弃。大概他们到高中时，尝过恋爱的心酸吧，他们寄希望于大学，期待在大学校园里发生奇迹。换句话说，这些御宅一直在真切地等待着，某天聚光灯会照射到他们身上，并且，会有人注意到他们所拥有的知识，发现他们的闪光点。

和高中时一样，大学里也有体育部那群臭小子。借用美国电影里的说法，那群人被称为"jocks（大学生运动员）"。他们还是一如既往地受人欢迎，而聚集在他们身边的女生们，借用美国电影里的说法，就是"cheer girl（女子啦啦队员）"。也就是说，御宅族是不会把目光投向这样的女生身上的（表面上）。

御宅族只是在寻找能够认同自身爱好的女生，幸运的话，最好能遇到尊重自己且性格温柔的女生。而且，在大学校园里，这样的女生要比高中时多得多。

不管是处男还是胖子，都十分可爱的这群御宅族，完全没有失去希望。他们从电影当中学会了很多的恋爱模式，甚至有些兴奋激动。而且就算互相看出了对方眼中的兴奋激动时，谁也不会嘲笑对方。不仅如此，大家会因为有着共同的感受而默默地认同。

但是，一位女生的到来，打破了我们社团的宁静。

炎炎夏日里，有人敲响了我们活动室的门。

我们社的社员，平时进来是不会敲门的。只有前来申请入社的人才会这样做。在那之前，已经有几个申请者来过。在大约 30 名申请者中，留下来的，只有法学部的小杉（他是科幻电影的狂热爱好者）和社会学部的六田（他虽然并不是十分精通电影，但他比任何人都了解柘植义春）。还有 5 个人虽然也都入社了，但大都是挂牌社员，不怎么来活动室。大家最初都是因为喜欢电影社团的文化氛围而来的，可当他们渐渐地发现这里无趣后，便纷纷逃离这里，加入了活动社团和联谊社团。

也有几名女生来过。有的女生是真的喜欢电影，也有的女生是因为想看恐怖电影而来的。总之，这些女生的入社理由各式各样，但她们大都没能坚持下来。

"大家都是奔着今桥君你来的。"

虽然社里有人这样说，但实际原因是，我们社的社员对待女生都不太温柔。

首先，有女生来社里时，大家会互相使眼色，推诿着不和那个女生搭话。谁若是率先和女生搭话，或是积极地答话，就会感到周围有一股无名的压力袭来，"那家伙真谄媚"。总之，大家都呈强似的装汉子。对于那些兴奋地期待着今后恋爱的社员，大家明明都能宽容以待，而一到了真正的行动上，大家却又迫于现实的压力，畏首畏尾。

即便如此，有的女生仍坚持来活动室。可是，在夏季来临前，她们当中大多数还是放弃了。因此，我们迄今为止仍然在讴歌着这个只属于男生的天堂（而大家内心某处一定都在为此惋惜）。

就在这段时间里，鸿上茅来到了我们社团。

某天，鸿上在敲过门后，缓慢地打开了活动室的门。她头上戴着一顶麦秸帽子，那顶帽子很小，都令人怀疑它到底能不能遮阳。后来我们称她那顶帽子为"德里克·贾曼式"。鸿上就算待在室内，也不会摘掉她这顶帽子。

"那个，现在，还可以申请加入社团吗？"

鸿上歪着头，用很小的声音说道（我后来听说，看到鸿上歪头这个动作，社里有好几个人就已经爱上她了）。

鸿上接过申请入社者调查问卷，认真地填写着。喜欢的电影是什么？喜欢的演员是谁？为什么想要加入这个社团？虽然每个问题都很简单，但鸿上却花了很长时间才填写完（我快速地瞥了一眼，她在喜欢的演员一栏里，写了伊莎贝尔·阿佳妮）。

她留着一头蓬松可爱的齐肩鬈发，打扮得有些复古，身穿一件棉质的白色连衣裙，上面还绣着细小的珠串装饰。但她手里拎着一个和她这身穿着并不搭配的超大女士手提包，脚上穿着一双破破烂烂的匡威运动鞋。而且，那是一双比她的脚大很多的男款运动鞋。

鸿上只是站在那里，男生社员们的内心就无法平静。大家谁都不说话。又开始互相使眼色，在这期间气氛很紧张。我实在忍受不下去了，便打开了活动室里老旧的立体声音响，放起了音乐。

"啊。"

一听到这首音乐，鸿上扬起了脸。

"好喜欢。"

当然，她是在说我放的这首赛吉欧·曼德斯的音乐。但是，当鸿上说出"好喜欢"这个新鲜词时，以及那之后她脸上露出的微笑，当时在场的大家都被穿透了。

那个时候，我已经有女朋友了。

我和我女朋友是在我打工的 CD 商店认识的。她比我大一岁，名叫晶，听起来像是个男生的名字。她把头发梳到脑后，盘成了一个发髻。晶不用化妆就非常漂亮。她对音乐非常了解，但她并不会吹嘘自己，总之，我非常喜欢她。放荡过后，我牢牢地握住了自己的人生方向，她重新让我认识到，两个人在一起竟然是如此灿烂美好的事情。我俩在一起时，可以安静地做爱，不用播放柯蒂斯的歌曲。偶尔她会来我家过夜，有时我也会去她家过夜，她家位于都立大学地铁站附近。

我非常满足，非常满足。

即便如此，当鸿上说出"好喜欢"时，当看到她脸上的笑容时，我的心也为之一颤。就连我这样一个性格乖僻又身经百战（恋爱方面）的人都如此，更不用说我们社里那些处男了。

从那之后，鸿上每天都来我们活动室。

鸿上总是打扮得很有个性。她常把 XXL 的大 T 恤当作连衣裙穿，或是穿和服图案的短裙，又或是打扮成当时很少见的哥特式萝莉风格。而且她一直会戴着那顶德里克·贾曼式的帽子，脚上穿着男士的匡威运动鞋。因此，从老远看鸿上就很显眼。

鸿上不会主动和我们说话。

她每次来社里，都会非常有礼貌地敲门后再开门，而后微笑着进来，坐到椅子上。只是这样。

起初，大家都按照惯例，谁也不主动和鸿上搭话。因为大家都不想被人知道，自己喜欢上了像鸿上这样的女生。如果谁主动和鸿上说话，那么他对鸿上的爱慕之情就会立即暴露，被大家发现。

　　可是，被大家莫名其妙地无视，鸿上自己却毫不介意。不仅如此，感觉她似乎还挺开心的，鼻子里哼着歌，一脸若无其事的样子，坐在那里。

　　我也记不清到底是谁先搭的话了。不知不觉，鸿上就成了我们社正式的一员。她按照我们社的传统会去参加聚会，偶尔也会带些自己喜欢的音乐 CD 来活动室，入秋后也会旷课，在活动室里浑浑噩噩地度日。

　　如果只是这样的话，还好。我们脏乱的电影社团终于迎来了一位女社员，绿叶当中终于添了一朵红花，如果只是这样美好的结果就好了。

　　鸿上，是个很随便的女生，就像我大一时那样。算了，还是直截了当地写出来吧。

　　鸿上，是个人尽可夫的女生。借用美国电影里的说法，就是"bitch（贱人）"。

　　通过聚会，我发现鸿上只要一喝酒，不知为何她的举止总会变得很下流。比如，只是脱对襟毛衣这个动作，鸿上总是一边叹气一边缓慢地将毛衣从肩上脱下来，就像是在暗示别人，她不仅仅是因为热才脱的。

　　鸿上如果喝醉的话，眼睛四周会泛红。眼睛像是哭肿了一般，但她的嘴角却一直保持着微笑。给人一种无依无靠的感觉。实际上，鸿上若是喝醉了，很快就会睡着，必须有人背着她，否则她根本走不动。

348

鸿上从上大学起，就自己搬到了离我们校区两站远的地铁站附近住。

聚会后，大都是由男生把她送回家。当我得知那些送鸿上回家的社员，都和鸿上发生了关系的时候，鸿上几乎已经和我们社所有男生都熟络了。

"鸿上竟是这样的女生！"

社里有的家伙非常气愤，等到了下一次聚会时，便抢先把喝到不省人事的鸿上送回了家。结果，也和鸿上发生了关系（就连高崎桑和水木桑这对"老夫老妻"，都因为鸿上分手了。一向不乱风纪的高崎桑也没能抵挡住鸿上的魅力）。

鸿上加入我们社团的这一年里，社员 14 个人中，有 12 个人都喜欢她。真是创下了惊人的纪录。

鸿上一来我们活动室，大家的内心就无法平静。那些社员都悔恨自己和其他人共享鸿上，但又羞愧自己终是无法放弃。大家互相为镜，互相躲避，又互相憎恨，我们社团的气氛变得非常糟糕。而鸿上却一如既往地来活动室，偶尔拿来自己喜欢的 CD，依然面带微笑。鸿上那种傲慢的态度，令我难以置信。

明明我们社团的氛围是因为她才变糟的，鸿上却一脸与己无关的表情；还会跑去给拍自制电影的师哥帮忙（鸿上当了三部作品的主演）；偶尔还会主动邀请我们社的社员一起去喝酒！

就算现在社团里的气氛非常糟糕，但遗憾的是，没有谁能够抵挡住鸿上的诱惑。

尤其是那些被鸿上夺取处男之身的同学，根本逃不出鸿上的手心，好像那些家伙还会私下里和鸿上见面。甚至有人会突然跑到鸿上家里，和其他竞争者打架。这样的社团简直就是地狱，他们当中有的人因为过度思虑鸿上的事情而得病，甚至还有的人为了躲避"兄弟"不来活动室了。

我对鸿上十分恼火。因为她仅仅用了一年的时间，就将我的乐园变成了地狱。

我也很随便，没资格因为鸿上是女生，就责骂她。可是，我希望她至少能够考虑一下场合和对象。虽然我也没有节操，但鸿上做得更过分，习惯更恶劣，竟然会对身边的人出手。

"今桥桑，你看不起我吧？"

我完全没想到鸿上会这样说，喉咙差点被噎住。

那天，我正在学校的食堂一个人吃午饭。以前，我都是买了面包或是饭团回活动室去吃的，但现在我受不了我们活动室里的糟糕气氛。

我正吃着麻婆豆腐时，鸿上坐到了我眼前。只是见她坐下来，我就差点噎住了。

"今桥桑，你一个人吗？"

还没等我回答，鸿上已经坐下来了。她从口袋里拿出三明治吃起来，她吃的是在小卖部卖得很火的鸡蛋三明治。时值夏季，鸿上上身穿着塑料水桶似的蓝色马球衫，扣子整整齐齐地扣到最上面一颗（当然，她仍不忘记戴那顶德里克·贾曼式的帽子），下身穿着米黄色的卡其布齐膝短裙（脚上……不写大家也应该知道吧）。看见鸿上难得打扮得像个好学生的样子，我自然提高了警戒，心想"别被她骗了"。

"吃三明治的话，回活动室去吃不就好了嘛。"

我有些话里带刺地说道。也许对方听了，会觉得我是在暗示她，我不想和你一块吃饭，但实际上就是如此。我不想被任何人看到我和鸿上在一起吃饭。那个时候，鸿上已经是学校里的名人了。因此，不管是在活动室，还是去聚会，我都会躲着鸿上。

"虽然我也是这么想的，但看到了今桥桑在这儿。"

鸿上一边说着，一边喝着纸盒包装的牛奶。

"今桥桑才是明明之前一直在活动室吃饭，在这儿不也是挺少见的吗？"

"是这样吗？"

我尽量表现得对她爱答不理。我甚至觉得很羞愧，自己初次看到鸿上的笑容时竟然会心动。因此，我尽力表现得蔑视鸿上。我用这种方式来净化自己的身心（社员中，只有我和混血的尾上零没有遭受鸿上的毒手。尾上是个虔诚的天主教徒）。

"就是这样。你不想去活动室是吗？"

鸿上仍旧自顾自地说着话，我觉得很烦。偶尔瞥一眼周围，有几个人在看我。

"去……"

我正想回话。

"你是不想被人看见和我在一起吗？"鸿上问道。虽然她说话的声音很小，语言却很锋利。我看了一眼鸿上，没想到她却在笑。

"今桥桑，你是看不起我吧？"

我一时语塞。鸿上一语中的，一向沉默的她毫不畏惧地盯着我看。

"说不出话了，因为被我说中了。"

鸿上这样说着，笑出了声。我完全看不出她难过受伤，甚至她还有些高兴。

我觉得鸿上很可怕，完全不知道她到底有什么企图。

"没有，哪有看不起你……"

我这么说道。

"没关系。不用勉强自己。我明白。"

鸿上把牛奶喝光了。

"被人看不起，这倒轻松。"

鸿上仍旧微微地笑着。

36

讽刺的是，
鸿上成了我人生里第一个女性朋友。

从男子高中毕业的我，觉得女生基本上就是恋爱的对象（尽管表面上是想交女朋友）。

进入大学校园，看到男女混杂的社团里，那些男生、女生像朋友一样愉快地交谈，我就不信。有的女生以想做我的朋友为由接近我，之后却还是向我表白了，"果然啊"我觉得很扫兴。

因此，像鸿上这么纯粹的女性朋友，我真的觉得非常珍贵。

至少，我对鸿上完全没有爱慕之情，或是欲望。大概是因为我了解鸿上的经历，感觉自己已经彻底完败。

而且，我想鸿上也知道我是这样想的。

"被人看不起，这倒轻松。"

不知从哪天起，我和鸿上不可思议地开始经常见面。食堂、校园里，当然还有活动室。每次都是鸿上主动和我搭话。起初，我很警惕她，但鸿上无所谓的态度，让我渐渐地放松了警惕。

我本来以为鸿上少言寡语，没想到实际上她十分健谈。从电影到音乐，甚至和社员发生关系的经过，她有说不完的话题。

"我一喝醉了，不是就会变成那样嘛。"

鸿上坦率地谈着关于自己的话题。

"不过，来过之后，大家就会和我说很多有关自己的事情，这让我很开心，像小时候的事情之类的。该怎么说呢？有种和大家之间的隔阂消失了的感觉。"

我也是第一次遇到她这样的女生，竟然直截了当地说出这件事。

"和你消除隔阂的家伙，难道不是有点多？"

即便我这样挖苦她，她也毫不在乎。

"我可是知道大概 50 个人的过去和烦恼呢！"

看到我目瞪口呆，鸿上微微地笑了起来。

"我，像不像个神社？"

我听后，忍不住笑出了声。

我发现自己和鸿上聊天时，心里会奇怪地变得很踏实。

虽然和男同学聊艺术很开心，但我总觉得自己不得不虚张声势。有时这种聊天会变得像知识竞赛，内心总是害怕自己因为无知会被对方当成傻瓜。最重要的是，我大一那年放荡的性生活，我没对任何人讲过。如果我把这事说出来的话，一定会被大家蔑视的。因此，鸿上开始她放荡的生活时，我内心其实在担心大家对她的反应。

"下流的家伙。"

"真脏。"

大家应该会这样说（尽管大家都喜欢鸿上）。这简直就像中世纪的狩猎女巫运动，我害怕这些语言。我下定决心，决不将自己大一时的事情说出来。同时，又在以男女有别的借口逃避现实。

我是男生，鸿上是女生（换句话说，我不是女巫）。

而且我比任何人都蔑视鸿上，我憎恨鸿上。她是毁掉我乐园的恶魔。如果我不这样做的话，就会心神不宁。

可是，和鸿上成为好朋友后，我云淡风轻地将自己大一时的事情说了出来：

"我大一时，也玩儿得很疯。"

"你是指像我一样？"

和鸿上说话，总是这样。该怎么说呢？就是非常露骨。不过，不知何时，我发现，如此露骨地聊天，自己倒觉得很舒服。

"因为那些女生，我一约她们出来，她们就会过来。"

"很少有男生会主动约我。大概是因为今桥桑长得帅气吧。我这副打扮，可是等了很久，才有人约我。"

"你怎么做到的？"

"总之就是灌醉那个人，然后贴上去。"

"你这也太直接了吧！"

话说回来，鸿上知道我蔑视她，可即便如此，她也只是笑着说"我知道"！

"所以，我才能这样淡定地和你聊天。"

我和鸿上在一起的时候，认识鸿上的家伙总会用怀疑的眼神看我们。我想，他们大概认为我和鸿上一定发生了关系。尤其是在我们社团活动室，我会顾忌和鸿上的关系。

和鸿上发生了关系的家伙，大致分为两派：一派信任鸿上，另一派则憎恨鸿上。

这两派都已经和鸿上没有关系了（虽然有几个人好像偶尔还会和鸿上私下来往），但这两派竟然断交了。

前者把鸿上当作女神一般对待。鸿上的确很温柔，而且又是一个很容易就对男人张开怀抱的女生，对于 20 岁左右的男生来说，这样的女生简直就像是天使般的存在。

对我构成问题的是后者。

他们尽管和鸿上发生了关系，不，恐怕是正因为和鸿上发生了关系，他们才憎恨鸿上。我想，他们只有通过这种方式，才能使自己的行为看起来是正当的。

"你看，不是有那种大叔吗？自己明明经常出入夜总会或是风俗店，却又对在那里上班的女生说教，干吗要在这种地方工作。就是那种感觉。"

我赞同鸿上的观点。

假如我也喜欢鸿上的话，我想自己同样会憎恨鸿上。她是让自己堕落的恶魔。我这样认为是有依据的。我不想再见到曾经同自己发生过性关系的女生。

那些女生并没有错，我是害怕厌恶自己。

我没有闲工夫，也没有精力去回想和我发生过关系的那些女生，去夸耀自己的技巧。我蔑视那些所谓的高手，我只是为自己做的事感到羞愧。大学校园本来就大，我又十分小心留意，所以很少会遇到那些女生。偶尔看到一个曾经认识的女生，我也会躲开。更糟的时候，我甚至仍觉得厌恶。总之，我很下流。但是，就算是这种下流的心情，我还是能够对鸿上讲出来。

"我绝对不会和过去曾经交往过的女生见面。"

"我完全无所谓。"

而且，鸿上也知道在那些曾和她交往过的男生里，有人憎恨她。

我不再去社团活动室了。

现在，比起去活动室，我倒觉得和鸿上待在一块儿更舒心。

鸿上对电影和音乐都非常了解。因为她不是只为了与那些文科的御宅族做爱，才加入到电影社团的。不管是电影，还是性爱，我和鸿上都能聊个没完。就算我俩单独出去喝酒，鸿上也不会在我面前缓缓地脱下她的开衫毛衣。我也丝毫没有想和她发生什么的想法，我们只是单纯的朋友关系。这对我来说非常新鲜，而且值得骄傲。

但是，我无论如何也做不到，把我和鸿上的关系告诉晶。

原本我就没有告诉过晶鸿上的存在。

在晶的眼里，我总是待在满是男生的电影社团里，整天和社员讨论电影的话题。我也没有告诉晶，鸿上加入了我们社团。当然，鸿上和我们社的社员发生性关系的事我也没有说。我不想和晶聊这种话题。

"你女朋友，还好吗？"

鸿上一喝酒，就会这样问。我想，她或许是想问："你和我出来喝酒没关系吗？"虽然我们没有任何关系，但鸿上还是很在意我女朋友。

"没事。"

我总是这样回答她。我没必要对晶说谎，因为晶本来就不是那种会整天打电话问我正在干吗的女生。所以，我和鸿上出来喝酒这件事，我都不必向晶汇报，就算偶尔晶会问我"今天过得怎么样"，我只要说"和社团里的家伙在一块儿"，晶就不会再多问了，只是说声"是吗"。

晶真的是个好女人。美女，身材好，知识丰富，简直完美，我时常会感谢能交到她这样的女朋友。也正因为晶太完美，我才希望晶能够经常想我。我不想让晶知道，我过去曾那样放荡，也不想让她知道，我和鸿上会讲黄段子来开玩笑。我希望在晶的眼里，我是个智慧、帅气、硬朗的小男友。

"那样装腔作势，难道不累吗？"

我和鸿上正在涩谷的烤鸡肉串店内喝酒。我俩一样，都是一开始喝酒就不吃东西了，只是吃些鸡皮橙酱和毛豆。

"装腔作势……可是，我也是想让她看到我好的一面啊。"

"但也该有个底线吧？话说回来，今桥桑和女朋友在一起的时候，你们都聊些什么啊？"

"聊音乐、电影什么的。还有就是我女朋友必须要找工作了，会聊一些今后出路的话题。"

"你女朋友比你大一岁是吗？有什么想去的地方吗？"

"她好像想找出版社和唱片公司的工作。"

晶平时总爱穿牛仔裤，或者工装裤之类的，打扮得酷酷的。因此，她穿上职业套装的样子光彩照人。我曾向她请求过好几次，想让她穿职业套装，晶虽然笑，但还是会按我说的去做。我还几次弄破了她的长筒袜，每次晶都不得不再买新的。

"女朋友又漂亮，工作应该很快就能找到吧。"

"谁知道呢。"

当时日本的经济出现了前所未有的大萧条，找工作什么的并不容易。晶瞄准了大众传媒领域，也拿到了几家公司的内定，但是工作并不是只靠长相漂亮就能找到的。

"又被刷了。"

晶每次和我见面，都会笑着这样说。可是，日子一天天地过去，我也看得出晶脸上浮现出的疲惫表情。我什么也做不了，我认为这个时候不应该轻松地劝解说"没关系的"，可我又不能给出其他有用的建议。所以，我总是老实地说"这样啊"，而后沉默。

而我对于明年即将开始的就业季，实际上毫无危机感。尽管晶经常告诫我，大三结束后再开始找工作就晚了，还是早些开始找工作比较好，可就算到了大三那年的夏季，我仍旧什么都没考虑。

　　我辞掉了之前在 CD 店的兼职工作，到一家卖唱片和书籍的小店去工作了。来小店购物的顾客，都是真正喜欢音乐和书籍的发烧友，店面很漂亮，在这里工作，我自己非常满意。老板叫唐岛，是个 30 岁左右的男人。唐岛桑经常因要采购唱片和外国书籍而到处奔波，我向往他这样的生活，内心某处期望自己未来能够像唐岛桑这样。

　　"话说回来，鸿上你将来有什么想做的事情吗？"

　　鸿上戳着鸡皮，已经开始喝第三杯啤酒了。

　　"哎呀，没有什么特别想做的工作呢。想一直像现在这样生活下去，不过，这应该不行吧。"

　　以前我就觉得鸿上是个像水一样的家伙。透明，又能应需而变。她的确是个坏女人，但这种如水一般的特质，让我偶尔觉得她像个天使。

　　"我……曾经被诱拐过。"

　　"欸？"

　　鸿上这样出人意料的一句话说完，又悠闲地喊道："不好意思，再来瓶啤酒。"

　　"诱拐？"

　　"对，啊，不过，实际上也就被诱拐了几个小时。还是在我两岁的时候。"

　　"被谁拐走的？新闻没有报道吗？"

　　"没有。因为是在老家时出的事。"

鸿上贪婪地把剩下的一丁点啤酒喝了，等着店员再端来一杯新啤酒。感觉好像比起接下来要讲的事，啤酒才更重要。

"别看我现在这个样子，小的时候，我可是十分可爱的。你不敢相信吧？"

"嗯，这样啊。"

"你没有否认哦。哎呀，我是真的很可爱。而且我爸妈都很溺爱我。虽然我还有个姐姐，大我9岁，但我爸妈是真的很疼爱我。姐姐还因此经常欺负我，揪我耳朵，打我。每当这时，母亲都会对我姐姐发火，然后更加疼爱我。"

"那诱拐是怎么回事？"

"啊，那个，我们当时住在学区，附近都是学生宿舍或者公寓什么的。就是住在这儿的一个学生，某天把我给诱拐走了。"

"怎么把你拐走的？"

"我当时正在起居室里睡觉，我妈不知道去哪儿了，反正当时就我一个人在那儿。那个学生好像是从院子里进来的，他把我抱起来，带着我走了。"

"男的？"

"嗯，还是个挺有名的大学的学生，左邻右舍也都觉得他是个很优秀的年轻人。"

"噢，这种事常有的。"

"那个学生把我带到了他住的学生公寓，但我哭了，而且哭得很厉害，在那期间，我妈在家里慌了，很快就报了警。而且我一直哭，左邻右舍的人也觉得很奇怪，因为公寓里住的只有学生。然后过了大概两个小时，我就被找到送回家了。"

"那个男的，后来怎么样了？"

"好像他家里很有钱，就调停了事了，当然他们也搬走了，但没有被公之于众。总之，就是因为我太可爱。"

鸿上虽然说话露骨，但我没有问她，那个男生对她做了什么。而且当时鸿上只有两岁，应该还没有到记事的年纪。可鸿上却说道："在那个男生住处时的事，我好像还记得。虽然我也觉得不可思议。

"并不是对我做了什么，只是盯着我看。我当时躺在地板上，他应该是低头看我才对，怎么说呢？脸却像是向上看的，就像是我有多难得一见似的。我当时一直在哭，他也不嫌我的哭声太烦。也没做什么奇怪的事情，只是盯着我看。"

我又点了一瓶啤酒，也想去洗手间，但我也想继续听鸿上把话讲完。

"回到家后，我爸妈更是对我加倍溺爱。我从小到大，爸妈从未和我说过'不行'。这难道不厉害吗？我姐姐从初中开始就堕落了，就算在我看来，我爸妈都对我过于偏爱了，尤其是我妈。小茅，小茅，一遍遍地喊我的名字。"

店员给我端来了新啤酒，鸿上又说道："啊，不好意思，我也再来一杯。"店员露出了有些不耐烦的表情。

"总觉得和那个男生很像。"

"很像？"

"嗯，该怎么说呢？那张仰视的脸，感觉像是很崇拜我。"

鸿上明明是在说自己的事，听起来感觉却像是在说陌生人的事。

"我讨厌那种表情。"

说完，鸿上打了个嗝。我笑话她道"好恶心"，鸿上又打了个嗝。

"你姐姐呢？"

"欸？"

"你姐姐现在在做什么？"

又来了一瓶啤酒，鸿上一口气喝下去，表情带点怒气。

"死了。"

我吃了一惊，可是，内心某处也有了那种感觉。我也喝醉了。

"去世了，在她 20 岁的时候。"

鸿上的唇被啤酒润湿，居酒屋脏兮兮的地上，散落着客人掉的烤鸡肉串。

"和现在的我同岁。"

那个时候我的手机响了。不知为何，我感觉是晶打来的，我没有接。鸿上也没有问我"不接电话吗"，只是小声地嘀咕着"很快就要超过我姐姐了呢"。

37

我姐姐——贵子，
和父亲在迪拜过着安稳的生活。

　　虽然这中间几经周折，但姐姐本来就最喜欢父亲，而且对于父亲来说，如果没有母女间的争吵，姐姐就成了他驻外工作的慰藉。姐姐很勤快，给父亲做饭，照顾父亲的生活起居。

　　我也会和父亲联系。当时还没有 Line 或 Skype 之类的应用软件，主要用的是便宜的传真来联系。

　　"迪拜今天的气温高达 41 摄氏度，白天都不能出去。"

　　"今天我们在街上看到了王子。这个国家的治安真好。"

　　发的也都是些日常的内容，而且偶尔姐姐也会补上一句：

　　"大家的香水味好重。"

　　"体态丰满的人在这里更受欢迎。"

　　偶尔姐姐还会画些精致的画。画的内容有伊斯兰或阿拉伯人，还有阿拉伯湾的景色等。姐姐的绘画水平日益精进，越来越上手。说实在的，我本来想把传真都扔掉的，但看到姐姐的画，我最后还是把传真全部保留了下来。

我也会给他俩回信。

"今天休息，一天都在看 DVD。"

"日本也非常热，不过到不了 41 摄氏度。"

依旧是些日常的内容。

父亲和姐姐已经离我的生活非常遥远了。迪拜和日本的实际距离，更加深了我的这一感受。父亲毫无疑问仍然是我的父亲，姐姐也当然还是我的姐姐，可我离开家开始一个人生活后，这两个距离我非常遥远的亲人，却渐渐地变得只存在于我的回忆当中。

父亲在传真里提的最多的事是，姐姐常去参加伊斯兰教的礼拜。姐姐并不是伊斯兰教徒，而且作为女性能否加入伊斯兰教还有待研究，但我很容易就能想象出姐姐做礼拜时的样子，戴着伊斯兰教女性常戴的 hijab，身上披着 chador，表情严肃地向阿拉做祷告。

总之，姐姐过得很好。

失去了 satuorakoomonnsama 这个精神支柱，姐姐一定需要其他的精神依靠吧。不管它是基督教，还是伊斯兰教。

姐姐从上小学起就开始学着大人做祷告了，而且那时又住在伊斯兰教的国家。现在，姐姐这样一个日本女性，前往清真寺做礼拜，一定会引来众人的目光。姐姐只要待在那里，绝对能成为独特的存在。

实际上，我希望姐姐就这样一直待在那里。

坏家已经分崩离析。可是，我却认为现在这个状态，对我们一家人来说最踏实。

母亲不知何时交到了新的恋人。大概就是在我过着放荡生活的大一期间，母亲也以她的方式放纵着自己。现在的新家，只有母亲一个人居住，她可以不必顾虑任何人，自在地和自己的恋人约会。我虽然不知道夏枝姨和姥姥是怎样想的，但我认为，以她们以往的态度，会觉得那是他们两个人的事情，接受母亲所做的一切。母亲再次闪耀起了她女性的光辉。

但母亲并没有忘记她作为一位母亲的职责，虽然只是偶尔给我打打电话而已。

母亲在电话里经常问我，有没有好好吃饭，有没有认真学习，等等，的确都是作为母亲的人该问的问题。但她似乎完全没有想到，我会回答说"没吃饭""没在学习"。

不知为何，母亲总是选在午睡的时候给我打电话。

比如，有一天，我翘课在家。下午两点多的时候，母亲打来了电话。

"喂？喂？"

在我说出第二个"喂"的时候，母亲说道："出大事儿了！"

母亲经常是这种说话方式，就好像我完全了解她身边发生的事情，或像是我和她一直在聊天，在继续聊着那件事的后续情况。

"哎，真的，出大事了！"

因此，这时，我必须问她："什么事？"

"还有什么事，出大事了，哎。治夫桑自杀了。"

听到"自杀"两个字，首先我脑海里浮现的是鸿上，因为不久前鸿上刚告诉我她姐姐自杀的事情。这种奇妙的巧合，让我倒吸了一口凉气。

"自杀？"

"对啊，治夫桑！"

我花了几秒钟才反应过来治夫桑到底是谁。终于，我想起来了，治夫桑是好美姨的丈夫，也就是我的姨夫。母亲并没有因为我，而转换成"治夫姨夫"。

"自杀？为什么？"

确切来说，不是自杀，而是自杀未遂。

治夫姨夫一直经营着进口红茶、餐具的生意，有着很高的声望。可是，泡沫经济崩溃后，几年间公司的生意直线下滑。这件事，姨夫一直瞒着好美姨和家人。但也许姨夫觉得公司气数已尽，昨晚吃了很多安眠药。

"好美发现了，很快让他吐了出来，这才得救的。"

说到这句话时，母亲已经和我聊了将近一个小时。她真是拐弯抹角了半天，才说到了正题上。先是说了好美姨他们奢侈的生活，又聊了真苗的长相，还有治夫姨夫自命不凡的神气劲儿，其中有一件事，最令我吃惊，同时我又能够理解。

"义一君成了人妖！"

母亲说道。准确地说，应该是同性恋。可是，当我听到这个词的瞬间，脱口而出："文也君也是吗？"

我回想起了小时候他们给我看那本杂志的事情，而且在那之后，他们两人还特地将杂志寄到了开罗。

"文也君？为什么？"

"不是啊。"

"不知道，总之就是出大事了！"

母亲聊天，像是没完没了。因此，我想要把电话挂了，说道："总之，不是获救了吗？"

在那之后母亲又说了什么，最后斩钉截铁地说道："如果只相信钱的话，早晚会倒大霉的。"

母亲之所以能这样说，不盲目地崇拜金钱，是因为有父亲每个月向家里寄钱。她不需要为钱发愁，就可以过着悠闲自得的生活。赐予母亲这一切的，不是别人，而是父亲。

因此，我对母亲的这种说法嗤之以鼻。

治夫姨夫的借款是分别由他的亲戚——义一、文也和我父亲还上的。尤其是义一，他帮了姨夫非常多的忙。姨夫在得知义一是同性恋后，几乎要和义一断绝关系，他蔑视义一。但事已至此，姨夫也不得不重新思考何为男人的气概。

但是，我父亲的忍耐力和宽容的胸怀，实在是令人折服。

他不仅接受了那个难缠的长女，还一直为离婚的妻子和其家人提供生活费，甚至还共同帮已经完全没有关系的亲戚还欠款，还要供自己的儿子上东京的私立大学。

驻外人员的工资待遇非常好。我听说，除了有租房补助外，还会有各种其他补助，驻外人员在驻外期间所得的工资，基本上全都可以攒起来。

父亲已经年过五十，此次外派被委以了重任。所以，公司对他尤为厚待。父亲和姐姐两人住在六室两厅的大房子里。而且，还是在凯悦酒店集团的住宅区！

然而，父亲自己的工资全都给了我和母亲。尽管如此，父亲却毫无怨言，也没有再婚的迹象，更主要的是，父亲竟然过着朴素的生活。

比如，父亲每天的一日三餐是这样的：

早餐是从日本带过去的糙米加味噌汤，再配上自己腌制的小菜。午饭带去班上吃，是姐姐捏的糙米饭团。晚上父亲会尽量直接下班回家，回到家后还是吃糙米、味增汤和小菜，再煮一些蔬菜。

担任要职的父亲因为工作需要，有时要参加派对或是饭局。不过，父亲会尽量推掉，或是让自己的属下代替前往，如果是必须本人出席的情况，父亲顶多在那里待上几十分钟，推掉第二天的饭局。

我也是后来才知道父亲为何如此逼迫自己。但那个时候的我还不明白这里面的缘由，只知道父亲在迪拜那样一个闪耀的国度，住在凯悦酒店集团的六室两厅的豪宅里，尽可能地过着朴素的生活。

后来，父亲退休后最终选择了出家。但比起在僻静的山寺里的修行，父亲在迪拜那样一个充满欲望的都市里，过着与那里相去甚远的朴素生活，这种修行要苦上数倍吧。

后来，姐姐重新踏上了她的宗教漂泊之旅。换句话说，失去了satuorakoomonnsama的精神支撑后，她踏上了探寻真理的精神之旅。但在迪拜期间，姐姐只是个怪人，她照顾着消瘦的父亲，经常去清真寺做礼拜，将自己委身于她有几分熟悉的伊斯兰教。而且这样的生活让姐姐的精神状态稳定下来了，姐姐本应该一直待在迪拜。

可是，但凡是外派人员，就必定有外派期限，最终都要回来，就像我们一家从开罗回来一样。

在我大四那年夏天里的某一天，我收到了父亲发来的传真：

"今年年内外派工作就要结束了。"

我看后陷入了忧虑之中。因为我那个姐姐要回来了。

"你姐姐，要来东京吗？"

我又和鸿上去喝酒了。

我没有参加求职活动。现在想来，那时的我倒是真能沉住气啊。

我快毕业那会儿，正遇上日本前所未有的求职冰河期，有很多人是非正式员工。像我这样的人并不起眼，我母亲又忙于恋爱，完全无暇顾及我就业的事情。

而且，当时的我完全认为，在求职的时候根本不会有什么好事发生。这是因为晶。

晶在面试了数十家公司后，终于进入了一家小型的影视制作公司工作。她从早到晚地工作，拿着可怜的工资，面容日渐憔悴。

"倒是兼职打工的时候，挣得更多。"

看着这样打电话抱怨的晶，我完全没心情强迫自己去参加求职。我仍然在那家书店兼唱片店打工。店长让我负责免费报纸专区，而且店里的常客也会邀请我出去玩儿，带我去看外国歌手在日本举办的 live，或是著名 DJ 的活动，我每天过得很开心。学校的学分也全部修满了，我又不去参加求职活动，因此有着大把的空余时间。在星期天我和晶也不怎么见面，活力充沛的我和鸿上在一起的时间变多了。

"家在大阪，却要去东京？"

"不是，我妈不是住在家里吗，喂，我不是和你说过她们关系不好吗？"

"哈。可是，她做什么工作呢？"

"我姐姐不上班，但我爸想来东京工作。"

仅剩几年父亲就该退休了，公司自然很痛快地答应了父亲的这一请求。父亲在东京分公司（父亲的公司总部在大阪），几乎不必做什么工作，就能获得一定的地位。

"我想我爸大概是为了姐姐才这样做的。"

父亲应该知道，姐姐再回去和母亲两个人一起生活，两人的关系也不会好转。可是，即便是现在，姐姐已经 26 岁了，她还是没有生活能力，没办法一个人生活。父亲为了姐姐才申请调到东京工作的。

而且，我想，姐姐也希望如此吧。她不想和母亲在一起生活，更重要的是，她应该也希望远离 satuorakoomonnsama 吧。

那个时候，我仍然不清楚矢田阿姨到底和姐姐说了什么，姐姐以前一心崇拜 satuorakoomonnsama，我不清楚她又是怎样就此放手的。

satuorakoomonnsama 已经颓败不堪。

原来的寝殿被出售，但因为外观奇怪，没能找到买家，最终成了废墟。墙壁上被人涂上了粗俗的涂鸦，窗玻璃也被人用石头打破了。这里成了当地小混混儿们的聚集地，经常会有警车停在寝殿前。这里成了我们当地的不良遗产。

satuorakoomonnsama 虽然已经衰败，却并没有完全消失。也就是说，仍然有人信奉 satuorakoomonnsama。信奉者失去了寝殿，因为之前的事件而觉得抬不起头来，他们不再聚众祷告，而是各自自行祈祷。

原本 satuorakoomonnsama 就没有神的真身，只是在祭坛上摆上写有"satuorakoomonnsama"字样的纸而已。换句话说，即便是在自己家中，也很容易就能做到。如果连这样做都会害怕的话，还可以在心中祈祷。没有神的真身，但只要在心中想起"satuorakoomonnsama"这几个字母，就已经算是在祈祷了。也就是说，只要识字，谁都能够靠近 satuorakoomonnsama。

矢田阿姨仍然住在那套没有浴室的两居室的小公寓里。

而在不良遗产这件事上，矢田阿姨本应该受到追究的。但没有人责怪矢田阿姨，即便有，左邻右舍也会守护矢田阿姨。更讽刺的是，比起 satuorakoomonnsama 的鼎盛时期，现在阿姨反倒更像是被大家当成了教祖对待。

阿姨家里原来摆祭坛的地方，摆了一个新架子，上面堆放着杂志、吹风机和其他零零碎碎的东西。阿姨家十分简陋，简直令人难以置信，曾经规模庞大的 satuorakoomonnsama 就是由此开始的。住在附近的人们又像以前一样来阿姨家串门儿，和阿姨谈论自己的烦心事，已经没有人来这里祈祷了。时常有流浪猫前来阿姨家，来串门儿的人有时会抚摩这些猫，或是随便吃些橘子什么的，在此度过舒适的时光。

姥姥和阿姨的友情完全恢复到了以前的状态，两个人经常互相串门。阿姨会和姥姥聊各种事，经常在谈话的间隙向姥姥打听姐姐的情况。阿姨唯一一直挂念的就是我姐姐。

"你姐姐难道不想见见那个矢田桑？"

鸿上把头发剪短了，露出来的耳朵泛起了红晕。

"不，我觉得她想见。姐姐非常喜欢矢田阿姨。可是，该怎么说呢？大概她仍然觉得不能见面吧。"

"果然，矢田桑对你姐姐说的话是关键。"

像这样，一聊到我姐姐的事情，鸿上就很关心。她想了解有关我姐姐的各种事，而且完全不会厌烦，因此，我把我所了解的关于姐姐的事情，全部告诉了鸿上。

"说是关键……哎，因为阿姨说的话，像是真理吧。真的很尊敬她。"

"你姐姐真是天真啊。真的，我都有点吃惊。"

鸿上经常会这样谈论我姐姐。我曾经好几次想过，鸿上是不是把她死去的姐姐和我姐姐看作一个人了，但事实并非如此，鸿上似乎只是单纯地对姐姐感兴趣。

"与其说她天真，倒不如说她活在戏里。她所有的事都是如此。如果不这样的话，她肯定受不了。总之，真的是连累了各种人。她就是想如此吧，自己一个人活不下去。都已经26岁了，这不愁人吗？"

我当然不看好我这个姐姐。

鸿上对我姐姐评价过高，真的令我有些害怕。那个时候，我的内心某处也许已经隐隐感觉到，总有一天鸿上会和我姐姐相遇。我不希望鸿上见到我姐姐时会失望。我尽可能地对我姐姐评价低些，不想让鸿上对我姐姐有过多的期待。因为我姐姐这个人不论何时都是把自己看得很了不起。

"要是家人的话，的确有点麻烦……但是，该怎么说呢？我想，你姐姐一定是个多愁善感的人。"

鸿上已经咕咚咕咚地喝了好几杯啤酒了。听了她说的话，我想起了须玖。

"因为是个多愁善感的人啊。"

地震过后，须玖一直记挂着我姐姐。可是明明须玖才是最受伤害的那个人。不知不觉，须玖已经离我遥不可及。

我还没有和鸿上提起过须玖的事情。一聊到高中时的事情，我总是聊自己当时踢足球的事情，或者是当时交往的女朋友的事情，总之就是敷衍搪塞过去。我想要忽略掉须玖的事情。关于须玖，在我心里，一直有根刺拔不掉。每当想起须玖，我都很痛苦。同时，我又感觉很羞愧。

"鸿上，你办过什么令自己觉得羞愧的事情吗？"

鸿上既是天使，也是恶魔，换句话说，她是个天真烂漫的人。

据我观察，她好像没有女性朋友，甚至不在意自己在大学里的名声，被大家称为坏女人也无所谓。

"为什么这样问？你是觉得我不知廉耻吗？"

"不，不是，不是、不是。因为鸿上你心胸豁达，该怎么说呢？我是觉得你不会为鸡毛蒜皮的小事而心生羞愧。"

"不知道为什么，我还真没有什么觉得羞愧的事情。"

鸿上不喝啤酒了，突然改喝便宜的白薯烧酒。我叫了店员，又点了一瓶280日元的啤酒。当时才过9点。我没有再继续听鸿上说话，起身去卫生间了。即便如此，鸿上也没有生气。

我解决了小便，回到座位上，鸿上仍然保持着和刚才一样的坐姿。手里拿着倒了烧酒的玻璃杯，呆呆地用另一只手托着腮帮。

"但是……"

鸿上接着刚才的话说道。那语气就好像刚刚一直在聊这件事，没有停下来过。

"嗯，东西越来越多，我倒觉得羞愧。因为我喜欢奇怪的服装，经常一看到有趣的T恤，就会买下来。"

那天鸿上穿的那件T恤，上面印着漫画《阿基拉》中的铁雄。下身穿着印有柠檬图案的拖地长裙。

"然后，我房间里的东西就渐渐多了起来。鞋子也多到鞋橱里都盛不下了，餐具也是。一看到奇怪的东西、有趣的东西，我就非要买回来不可。"

"你会因为这个觉得羞愧？"

"对。我觉得羞愧。"

我想鸿上大概是喝醉了，不知道自己现在在说些什么。鸿上一喝醉就会变得语无伦次，突然倒在桌子上睡觉。

"东西越来越多，我会觉得羞愧。舍不得扔掉它们，我也觉得羞愧。"

鸿上小声地打了个嗝。声音出人意料的可爱，我不禁笑出声来。

"鸿上，你家里很脏吧？"

"嗯，很脏。"

"也许你是为此才觉得羞愧的吧。"

"不是，我不是因为家里脏才觉得羞愧。"

鸿上一点也没喝自己点的烧酒。我瞥了一眼她的脸，她的眼睛有些蒙眬，咬着自己的嘴唇。

"昨天夜里，有个咱们学部的男生来我家了。"

"欸？"

"现在我已经忘了他叫什么名字了。反正就是那个男生，来了。然后，哎，我们就上床了。"

鸿上握着玻璃杯的手湿了，应该是因为玻璃杯外壁上沾有水吧。虽然只是水，却很刺眼，我别过脸去。

"房间脏点也可以，无所谓的。可是，比起之前他来的那次，那个男生这次来，和我说'东西是不是变多了'？听他说了这个，我觉得非常羞愧。"

"欢迎光临。"传来了店员的声音。

"东西越来越多，自己又舍不得扔掉，我真的很羞愧。"

鸿上的声音微微颤抖着。那痛苦的声音，听上去像是在哭。

我无话可说，干了啤酒。

因为我大吃一惊。

每当鸿上说"昨天晚上有个男的来我家"时，我都会很生气。我能开玩笑地说鸿上是贱人，也知道常有男的去鸿上家过夜。可是，我一听到具体的日期时间，就比如"昨天夜里"这样的，我会羞愧难当，对那个男人、对鸿上都非常生气。

我动摇了，而且动摇得非常厉害。

鸿上没有察觉到我当时的表情。她仍旧坐在我旁边，手里握着玻璃杯，小声嘟囔着："羞愧。"

38

那年冬天，
我和晶分手了。

　　并不是因为鸿上。我的确嫉妒鸿上和那些"昨夜来的男人"，但我打消了自己的这一念头。我无法想象，自己和鸿上发生关系，并且喜欢上鸿上。我不能这样做。

　　我回想起，鸿上迄今为止所发生的所有关系。她是如何把我们社团搅得天翻地覆的，又是用怎样的语气叙述她的情史的，我和鸿上在一起散步时，周围的人又是用怎样的眼神看我们的。

　　这样想，使我心里极度蔑视鸿上，而后我再客客气气地邀请鸿上出来喝酒时，就算看到她喝醉的样子，我也别无他念了。我想，即便鸿上告诉我"今天回去，会有男的来我家"，我也能做到心平气和。好的，我暗自为自己欢呼。好险。

　　鸿上是我最重要的一个朋友。

　　她能够不厌其烦地听我讲，可以和我谈论电影、音乐，甚至连我姐姐的事情，我都能和她分享，她简直就像须玖。可是，鸿上是女人，单凭这一点，我就必须蔑视她。只有蔑视她，我才能平等地和她来往。

"今桥桑,你看不起我吧?"

鸿上最初和我说的这句话,的确说中了在那之后我俩的关系。

"被人看不起,我倒轻松。"

鸿上从一开始就很温柔。

晶很长时间没有和我见面了。

就算偶尔能见面,她也因为连日的工作而看上去十分疲惫。起初,她还会和我吐槽说"还是兼职打工时更好",或者吐槽上班干了太多杂事,但渐渐地连这些抱怨她都不会说了。相反,她竟说了些积极向上的话,譬如"这是我将来的职业生涯",或者"在发布消息的岗位上工作,我觉得很骄傲"。

晶在兼职打工时就很能干,甚至比正式员工还能干。我很喜欢这样有能力的晶。晶也对工作充满信心,她知道我喜欢这样能干的她。

可是,我总觉得,那个时候晶的积极向上,其实是在虚张声势。

难得晶和我见上一面,我明明没有向她打听工作上的事情,她却一个劲儿地和我说。比如,工作单位的某位同事制作的影像有多出色,能够留在现在的这个公司工作有多幸福。我当然知道,晶其实是在说给她自己听。被繁重的工作和各种杂事追赶着,却拿着比兼职打工时还要少的工资,她必须告诉自己做的是一份有价值的工作,否则她就会坚持不下去了吧。因此,我打算好好配合着晶聊天。

可是,我的内心却仍然认为,晶还是像以前那样和我抱怨,心情会更轻松些。

晶不愿将自己脆弱的一面展示出来。也正因如此,我才觉得她的抱怨很宝贵。脆弱的晶，在我看来很可爱。但是，从某个时间节点开始，晶再也没有向我抱怨过。晶不再抱怨，她的固执变成了一种坚硬的东西，刺痛着我们之间的空气。

我们分手的导火索，是我的一句话。

那天，晶像往常一样不断地和我说着，她的工作有多了不起、多么有价值。即便我听得有些腻烦，也不想让这么久没见面的漂亮的恋人不开心。我"嗯、嗯"专注地呼应着，不，是装作很关心的样子，倾听着晶的话。

但是，在晶说到"我帮忙做编辑工作，一直弄到昨天早晨"时，我不经大脑地脱口而出："别太勉强自己。"

话音刚落，晶的脸色就变了。

"你这是什么意思？"

我心想，糟了，一定是说了不该说的话。

"不是，我是担心你的身体……"

我说着，低下头去。桌子上放着晶给我沏的咖啡。不管多忙，晶一直保持着这样的习惯，咖啡必须是现磨的。

"我的工作，如果不强迫自己去做的话是不行的。"

晶的声音很镇静。晶最大的优点就是，绝不会歇斯底里、无理取闹。

"嗯，哎呀，也是啊，虽然我也知道，但是，还是有点担心你……"

我说谎了。我只是想随便附和她罢了。晶聊起来像是没完没了的样子，我没有勇气转换话题，只是"嗯、嗯"地随声附和她的话，我想她会察觉我对她说的话题没兴趣，所以，我在脑海里浮现的词语当中，选择了听起来最合适的词来说。

实际上，前一天，某杂志的编辑来过我打工的店里。他看到店里的免费报纸专区，告诉我，他觉得我布置的专区很有趣。这本杂志属于文化类，晶从学生时代起就很喜欢看，因此，我高兴地把这件事发短信告诉了晶。

不一会儿，我收到了晶回的短信：

"太好了！很厉害啊！"

可是今天，从我来晶家里，一直到现在，晶都没有提起过这件事情。

"担心？你应该没有在担心我吧？"

我一听晶这样说，就明白了，这是她从开始就想和我说的话。"别勉强自己"，相当于一个导火索，就算我说的是其他什么话也无所谓，因为最终都会变成这样。总之，晶从一开始就像是要吵架的样子。

晶的手里端着咖啡杯。那个咖啡杯白如骨，是我们两个一起去美术馆时，在纪念品店里买的。我看着那个杯子，胸口闷闷的。大概在那个时候，我就已经强烈地预感到了我们会分手。

"步，你总是这样。"

"欸？"

女生只要说出"你总是这样"，一定没好事。我在大一那段放荡的生活里，不知经历过多少次这样的体验。接着这句话一定会这样说：

"我不明白你到底在想些什么。"

"你自己没主见吗？"

"你到底想怎么做，倒是痛快地做啊。"

这些话，我老早以前就已经从我们家的两个女人那里领教过了。所以，我只能像以前那样回答说：

"嗯，唉。"

我知道，正是因为我的这种态度，女生们才变得越来越生气。但是，除了这样回答之外，我不知该怎样回答才好，因为我不想积极地去改善当时的气氛。我希望自己一直处于被动的状态，动不动就生气，甚至吵起来，这都只是对方做的事，和我没有关系。

"步，你总是看不起那些正在努力奋斗的人。"

不过，晶所说的这句话却出乎我的意料。

"欸？"

"自己总是不怎么努力就被人选中，你是这样觉得的吧？你一直都是被动地接受。因此，你才会把那些为了达到目的而努力拼搏的人，都看作傻瓜吧？"

晶也许是觉得自己说得有些过分了，话说到结尾有些犹豫。

"步，你不参加求职活动，那是你自己决定的事情。我知道，你觉得靠着在 Odd 的打工生活就觉得十分享受了。"

这里的"Odd"指的是我正在打工的那家唱片店兼书店。

"可是，正因此，你才把那些努力找工作，在自己不喜欢的岗位上努力拼搏，作为社会的一员而努力工作的人，当作傻瓜，难道不奇怪吗？"

晶说了三遍"努力"。

"是吧？"

在晶的眼里，我似乎成了"把努力工作的人看作傻瓜的男人"。即便她是用疑问的语气说，但却很果断。

"我工作了 8 个月，虽然很累，但重新认识到了工作的重要性。不是因为兼职打工，而是因为成为公司的一员，才理解了自己对社会持有的那份责任的意义。"

之后，晶继续不断地说了下去。我没有去仔细听，因为我真的很生气，也因为我受到了打击。

虽然曾经有人责怪我太被动，但从来没有人责备我被动处事的原因，就连我自己都没有这样想过。

我被动处事，是因为我不想把事情弄得更糟。我不会主动地参与到某件事情当中，换句话说，我不愿卷入旋涡当中，我只是想静观其变，等待事件平息，这样做也有错吗？

我差点反驳回去，但最终我还是什么都没有说。若是我此时说点什么的话，就和晶变成同一水准了。

那天，我和晶分手了。在晶提出分手之前，我已经不喜欢她了。自己曾经那样喜欢她，她曾经是个那样优秀的女性，可我现在甚至不想变成她那样。晶已经是离我遥不可及的人了。

我们彻底分手了。

我从晶的家里把自己的东西拿了回来，回到家，我把我家里仅有的几件晶的东西用快递邮寄给了她。虽然对于大学生来说，我们将近两年的交往已经很长了，但分手时却没怎么觉得震惊。

我伤心的是，自己真的被甩了。

我在房间里找寻着晶的痕迹，情绪低落，懒懒地看着手机，叹气。

这几个月，几乎没怎么和晶见过面，只是互相发过短信，但我和晶本来就不怎么喜欢发短信这种沟通方式。

和晶分手，原本对我的生活不会造成实质上的影响。但是，除了我的思想以外，周围的一切都在宣告着晶已经不在我身边了。

晶是个好女人。

Odd 的老板也很喜欢晶。和我经常来往的朋友中见过晶的，都会夸赞她。对我来说能有晶这样的女朋友，是我的骄傲。长相漂亮，既聪明，又信任我，更重要的一点是她很温柔。

分手那天，我明明很讨厌晶，可是时间越久，我就越是只想起她的好。虽然说出来很害羞，但我偶尔甚至想哭。虽然初中时和高中时，我都经历过分手，但我有生以来第一次尝到了失恋的感觉（实际上，我是第一次被甩）。

正当这时，父亲和姐姐回国了。这是我最糟糕的一段时期。

父亲在巢鸭租了一个两室一厅的房子，和姐姐继续过着朴素的生活。他们回国后，没过几天，我和他们见了一面。

我们约在了咖啡店见面。父亲走过来，脸被晒得黝黑，看上去更加精悍了，体形没有变，还是和以前一样消瘦。但父亲身上没有了之前那种可怜兮兮的感觉，反倒是添了几分庄严感。总之，父亲身上多了很多僧人的感觉。

"步，我来晚了，不好意思啊。"

姐姐跟在父亲身后。

我在来之前已经做好了心理准备。不是因为父亲，而是为了面对我姐姐。

我料想父亲大概还是那样消瘦，但我完全想象不出我那个姐姐变成什么样了。父女俩在外期间从没有回过国，也没有寄回来过照片。

几年不见，我不知道 20 多岁的女性会发生多大的变化。更何况那个人是我姐姐。我并不了解，姐姐现在是何种新奇的打扮，也不清楚她的容貌有没有变化。就算姐姐打扮得像伊斯兰教的女性一样，我也不会感到惊奇，万一姐姐打扮成伊斯兰教男性的模样，我也不会惊讶地出声。

可是，我眼前站着的姐姐，还是那个样子。

和出发前往迪拜时一样，姐姐没有任何变化。没有变化比变化还要令我吃惊。

"没怎么变啊！"

我想都没想，便脱口而出。

"是吗？"

姐姐依然留着光头。在前往迪拜之前，姐姐好几个月没有洗澡了，这才不得不剃了光头。至少，我是这样认为的。因为当时她的头发都打结了，很难梳通顺，所以只能剃成光头。

可是，姐姐却说道："这样，我挺喜欢。"

她说，自己在迪拜的时候，也会在家里自己剃头发。

姐姐也没有化妆。和父亲一样都被晒黑了，依旧穿着肥大的男款衣服，乍一看像是双性同体一般。我们虽然是在新宿的咖啡店见的面，但是姐姐进来时，谁都没有注意到。

我就喜欢东京的这一点，有很多像姐姐这样的怪人。因此，谁也不会留意姐姐。在这一点上，也许姐姐选择来东京是正确的。

"真的是一点没变哪。"

姐姐没有理睬我，打开了菜单。而且也没有问父亲想点什么，自己直接叫了服务生。

"来两杯橘汁。"

父亲见到我很开心。

"步，真是长大成人啦。"

"说我长大成人……我都已经 22 岁了。"

"这样啊，那也可以喝酒啦。"

我当时在想，父亲不会是要我和他两个人出去喝酒吧？因为有个成年儿子的父亲，大都会想这样做。

"你爸我已经戒酒啦。"

但我父亲已经和一般的父亲不一样了，他变得很沉稳。他能脸色平静地告诉我，自己已经戒酒了。

姐姐接过服务生端来的橘汁，咕嘟咕嘟地喝下去一大半。

"东京这地方，怎么样啊？"

她紧盯着我的眼睛看。

说实在的，我对他俩有点认生。我已经有四年没见过他们了。而且，他们还是我的父亲和姐姐。这两个被称为家人的人坐在我面前，我不禁觉得很害羞。

然而，我姐姐对我的态度，却像是我们昨天就见过面似的，一直目不转睛地盯着我看。我心里觉得害怕。

"让我说怎么样，大都市？"

"步，你怎么还反问啊？"

我姐姐并不是有意为难我，而是真的发自内心地这样问。她细长的眼睛直勾勾地盯着我。

"是啊，真的是，大都市啊。"

父亲还是那样和蔼可亲。话说回来，我本打算见到父亲后，先向父亲问好的。帮我出学费，真的非常感谢；帮我付房租，非常感谢。此外，虽然也许这些话不该轮到我说，但帮治夫姨夫还欠款、担负母亲和姥姥一家的生活费，这些都要感谢父亲。

可是，我没能说出口，甚至觉得说出来，很羞愧。

"要说大都市，迪拜不也是大都市吗？"

我这样生硬地说道，而后喝起咖啡来。

"嗯，的确是个五彩斑斓的大都市，但我基本上不怎么出门。简直难以想象路上会遇到这么多人。"

"是吗？"

"步，你们学校也有这么多人吧？"

"嗯，哎，没有新宿这么多人。"

"步，你住处附近的地铁站也有这么多人？"

"到不了，新宿比较特殊。"

父亲这时才终于注意到了端上来的橘汁，用吸管只喝了一小口，润了润嗓子。

"巢鸭呢？"

"巢鸭也有这么多人，虽然都是些爷爷奶奶。"

"爸爸你为什么选择去巢鸭住？"

"嗯，在公司给我的房子当中，那里的房子看上去最好。"

"唉。"

之后，大家都安静下来。我在脑海里思考着，22岁的儿子和57岁的父亲许久未见后，应该聊些什么。然而，却怎么也想不出来。脑海里浮现的只有母亲。我不想和父亲提起母亲，不想告诉父亲，母亲换了几任男友，现在正处在热恋期。

我们没再说话。

几位客人进店里来了，又有几位客人走了。新宿，真的是人多啊。

我有些尴尬，看向父亲，他嘴唇边浮现着一丝微笑，盯着橘汁看，就好像这橘汁里面有世界的真相。

"步。"

姐姐大声说道。猛的一下，我身体吓得一哆嗦。

"白糖，对身体不好哦。"

姐姐说着，手指着放了白糖的银色咖啡壶。

姐姐真的是一点都没变。

39

大学毕业后，我仍旧在 Odd 做兼职。
同时，我也成了个兼职撰稿人，
接一些简单的文案工作。

前面我有提到过，晶很喜欢的那本杂志 VOL 的主编，很欣赏我布置的专区，觉得很有趣。就是他给我介绍的文案工作。

杂志某页的小专栏交由我负责，主要是用于介绍 Odd 里值得推荐的唱片和书籍，或者记述一些我自己的日常杂记。Odd 这家店有一定的知名度，多亏于此，杂志社才让我负责起了这个 400 字的小专栏，可以在晶最喜欢的这本杂志上连载内容。这也让我回想起了晶。

我喜欢写作。

在我为 Odd 出售的唱片和书籍写流行推荐时，我第一次意识到了这一点。最初，店长让我介绍的是迪·安格罗的专辑《红糖》。

字数有限，必须在仅有的这几行间，向大家介绍这张专辑和迪·安格罗的特点。为此，我绞尽了脑汁。说实在的，我觉得自己当时比准备大学的考试还要认真努力。可是，当时我思来想去，却毫无头绪，不断地写了又删，删了又写，如此重复着。后来，我想起了须玖曾经说过的话，回想起了他是怎样称赞音乐和故事的。

"唐尼·海瑟威的声音，该怎么形容好呢？难道你不觉得此声只应天上有吗？

"将真正的雷鬼音乐，解释为多种节奏的音乐，太晦涩。

"莫里森是在用世界上最美丽的语言进行战斗。"

须玖的话语在我的脑海里交错闪过。

《红糖》是在我18岁那年发行的。那个时候，我已经和须玖断绝联系了。因此我不清楚须玖是否听过这张专辑（我消极地认为须玖一定没有听过这张专辑。须玖那时正深陷于黑暗的海底）。

但我能在脑海中想象得出，须玖听过这张专辑之后会如何评价，并用须玖的声音精准地再现出来。最终写成的就是这样一篇短评。

"在甜蜜的歌声当中，透露出男子汉的气概。迪·安格罗不仅是在为他的女朋友们歌唱，也是在为我们歌唱，更是在为音乐歌唱。"

这篇短评，完全是我凭空想象，装模作样编出来的。

我当时20岁，这是喜欢装腔作势的年纪。更主要的是我不懂音乐上的专业知识。比如，弹吉他，或是混音什么的，我都不懂。所以，我只能用自己的语言来写，用自己的语言来介绍流行音乐，尽管多数的推荐文案都会介绍唱片公司或是制作人。

我诚惶诚恐地递交了自己的文案，店长看过后，说道："写得不错嘛，很有意思。"

我至今都还记得，当时我有多么开心。一直喜欢被动处事的我所主动表达的语言，获得了其他人的认可，那个瞬间，我是多么开心。

"写得不错嘛，很有意思。"

在那之后，店长交给我的任务，从一张专辑增加到了两张，又增加到了七张，我激动得就像是刚初恋的女生那样，想要尖叫出声。店长交给我的这块四四方方的流行专栏，成了我连通世界的一张重要车票。

我为 Odd 写了数百张专辑的推荐文案。有时我甚至不去做大学的研究课题，一直写文案，我一点也不觉得累。相反，我非常开心。有的时候，会有人在看过我写的那些天马行空的文案后，来店里询问："这个，到底是什么意思啊？"我被问得面红耳赤。还有时，店长会让我把文案修改七八遍。

"步，你写的这个果真是看不懂啊。"

但我毫不气馁，会继续写。在为免费报纸写文章时，我对文字的推敲能力已经算得上是文豪级别的了。而且不知不觉，一些店里的常客，也欣赏起了我写的那些天马行空的文章。其中一位是 VOL 的主编池井户先生。

"你知道 400 字是什么概念吗？是一张稿纸。所以，写些自己喜欢的内容挺好的。"

在我看来，池井户先生就是神一般的存在。

而且我写的内容，不仅会有 Odd 的顾客阅读，还有很多我不知道的人也会读到。我突然之间充满了干劲儿，但我并没有什么伟大的理想，并不想向这个平等的社会发出什么声音。我只是希望，自己写的东西有人看。我想，就是我的这种天真，以及那些不讲大道理的天马行空的文章，才让主编觉得有趣吧。

"从你写的文章里，能看出你真的非常喜欢写作，文章里总是透着那种欢欣雀跃的感觉，这很棒啊。"

实际上这并非我期望扮演的角色，我本想让自己看上去更冷酷些。可是，当一张稿纸摆在我面前时，我的虚张声势早已飞到了九霄云外，我只是埋头写作。

实际上，我人生当中第一次有这种感觉。不论我是练足球的时候，还是我玩儿 DJ 的时候，我都以为自己已经竭尽全力。然而，我总感觉自己内心某处，有另外一个自己在冷眼旁观。我没能像须玖那样，发自内心地享受这些过程。我后来反思，认为足球与 DJ 都是和很多人一起玩儿的，因此我必须伪装自己。踢足球的时候，我担心拖队友的后腿；玩儿 DJ 的时候，我尽力选择让自己看起来很帅气的曲子，而不是选择自己喜欢的曲子。

而写文章的时候，只有我一个人。

就算我写的文章有人读、有人品评，但写作的时候只有我自己。我可以不顾及任何人的眼光，全身心地投入其中。

那个时候，我还不是职业撰稿人。即便是现在，我也不是十分清楚职业撰稿人到底是指什么。但是可以肯定的是，当时的我一心只想着写作，并不会去想别人如何解读我的文章。凭借这一信念，我的写作水平得到了提升。当然，偶尔脑海中也会闪现出这样的想法，"主编会不会夸奖我呢"，不过那也只是一瞬间的事，之后仍是一心只想写作。

为了写出更好的文章，我读了很多书。虽然大部分是 Odd 的书，但没有自己想看的书时，我会拜托鸿上帮我从学校的图书馆借来。

我喜欢看美国文学作品，就像我喜欢音乐一样。而在美国文学中，我尤其喜欢约翰·艾文的作品。

想想，我第一次看见须玖读小说时，他手上拿的就是约翰·艾文的《新汉普夏饭店》。如果我没有在那时和须玖相遇，我一定不会像现在这样为杂志社写文章。

关于约翰·艾文，须玖是这样评价的：

"约翰·艾文给人的感觉是，他对所有事物都平等看待。他不去评定事件的好坏，而是把它们放在同一张纸上。你难道不觉得这就是小说的精彩之处吗？"

除了约翰·艾文的作品，我还喜欢看米尔豪瑟、塞林格、卡佛、戴贝克的作品。

首先，那些故事里出现的食物和人物的名字，已经让我觉得很新奇了，感觉自己像是进入了一个全新的世界。一想到在这样一个完全不同的世界里，即将开始一段未知的旅行，我的内心就很激动。而且，在阅读当中，看到一行贴合自己心情的描述，整个人都会高兴得颤抖起来，感觉这句话就是为我写的。

现在想来，我写专栏那会儿，不是参考小品文，而是参考小说，这真是一件非常有意义的事。当然，我并不是不知道还有小品文。我知道伊丹十三、内田百闲等小品文作家，我也喜欢不少小品文。但我终究还是想要写小说，以及类似小说一样的东西。

即便在社会里是个自由职业者，我每天也过得很高兴，甚至想要讴歌这一世的春天。

靠着 Odd 兼职的工资和做兼职撰稿人的稿费，自然不能过上富裕的生活，但我住在下高井户的一居室的公寓里已经很满足了；吃饭的话，就在便利店随便买些东西凑合（打小时候起我就这样，比起母亲做的豪华精致的饭菜，我更喜欢吃那些便宜的东西）。

而且，同经常光临 Odd 的 DJ 和主编熟悉后，在我想去一些俱乐部活动时，他们会给我特别待遇或者优惠。到了俱乐部里，熟悉的前辈们会请我喝酒。偶尔还会给我几件他们不想要的衣服，手头实在紧而为钱发愁时，我会把家里的一些唱片卖掉换钱。

就这样过了一年，又过了一年，等我意识到这一切的时候，我自己已经成了一名自由撰稿人。虽然仍旧在 Odd 做兼职，但我每周的出勤天数已经从一周五天，减少到了一周两天，甚至偶尔一周只去一天，剩下的时间我全部用来写作。我主要负责 VOL 杂志的采访专页，和其他杂志的文化专栏的内容。在我 25 岁那年，我从 Odd 辞了职，开始专心从事写作的工作。

勉强挣了点钱，于是就搬了家。我的新家是一套两室一厅的公寓，位于三轩茶屋。公寓内配备了有加热功能的浴缸，厕所也是西式的。此外，公寓还带有一个小阳台，这样一来洗衣机也可以放到室内了。

我有了新的女朋友。和晶分手后我曾交往过几个女朋友，但都是分分合合、合合分分（事先说明，这绝不是像我大一时那样），而这次交的女朋友，持续了很长时间。

我的新任女友名叫纱智子，比我大两岁，是个美女。留着一头齐耳的短发，偶尔她会把头发染成漂亮的金色。她是一名自由摄影师，也为 VOL 杂志拍摄照片。她比我经验丰富，在业界朋友很广。我和纱智子一起参加酒会，结识了很多创作者，他们也都认为我和纱智子很般配，我的工作也顺利地增多了。

我作为自由撰稿人，日子过得顺风顺水，可在某次和纱智子一起参加的酒会上，我得知了一个惊人的消息。

"最近，出现了一个很有意思的艺术家。"

不知是谁聊起的这个话题，不过似乎这个行为艺术家最近在圈子里引起了不小的轰动。

"我之前听朋友说起过，不过最近我终于见到真人啦。"

据说，这个艺术家经常出没于东京的各大地铁站和景点。

有一个人提起这个话题，大家就都知道了。

"我男朋友告诉我说，他也看到了。"

"听说，松田桑也看到了。"

那个时候，我们的手机上大多数还没有配备照相机。

因此，我们不能像现在这样，拿出手机指着照片给大家看。我们只好根据其他人的描述，想象事件的整个过程。

"起初，大家好像都觉得，'哎呀，这种地方是不是有素材'，有的对吧，那里面。"

据说，那个人套在一个大海螺里，一动不动。

"外面的人向里面的人打招呼，拿出糖给那个人，等着那个人从里面出来。"

而且据说，那个大海螺的尾部，伸出了一条长长的老鼠尾巴。

这个时候，我的脸色已经变了。

"真有奇怪的人啊。"

姐姐，海螺，老鼠尾巴。

绝对没错。姐姐年幼的时候，就在自己房间的墙壁上刻画过这些东西。

"欸？我竟不知道这些事。步，你知道吗？"

纱智子这样问我。我没有理会，站起身来躲进了厕所。

我姐姐贵子，以一个神出鬼没的行为艺术家的身份活跃着，现在成了小有名气的人物。

她套在大海螺里，有的时候会出现在涩谷的摩艾像旁，有时会出现在上野公园的喷水池前，甚至有时出现在国会议事堂前面。

那个海螺大且精致，是用泡沫苯乙烯和细小的陶瓷片做成的，制作工艺十分精良，任谁都不会去踢踏或是点火，故意制造麻烦。

从海螺里伸出来的尾巴，使用泥浆状的东西制成。灰色里混有红色，很是吓人。如果你去碰它，那尾巴就像是真的一样动起来，有时还会缩进海螺里面不出来。

据说，只有用这世上最温柔的语言，才能唤出海螺里面的人（对我来说就是我姐姐，但在世人看来她是海螺里的人）。这并不是我姐姐说的，而是不知从何时起，就变成了这个样子。

"听说，如果能说出这世界上最温柔的语言，那个人就会从里面出来。"

不知从何时起，姐姐所做的这件事情成了一种倡议活动，引起了社会关注自闭症和儿童不愿上学的问题。换句话说，姐姐的自我表演，被赋予了意义。

大家都积极地想让姐姐从海螺里出来。女高中生之间传言，谁若看到了我姐姐的真身，就能永葆青春，听起来跟真的似的。甚至还流传着，只要拍了海螺的照片，就能两情相悦。

"我最喜欢你了。"

"世界因为有你而美丽。"

海螺四周响起了各种温柔的话语，海螺前面摆着漂亮的鲜花或是可爱的布料、纽扣，总之都是些漂亮的东西。

而且渐渐地，有的人为了等待姐姐从海螺里出来，甚至在旁边搭起了帐篷。姐姐不知为何没有被任何人看到过。海螺总是在不知不觉间出现，又在不知不觉间消失。

姐姐有了支持者。为了掩藏姐姐不被人发现，支持者会驾驶面包车把姐姐送到目的地，帮姐姐摆好海螺。等到姐姐从海螺里面出来的时候，又用白布遮住姐姐，迅速地离开现场。

因为是匿名的活动，又很神秘，姐姐渐渐地成了街头神话。

我却很害怕姐姐所做的事情。

终于，姐姐真的变得疯狂起来。那段时期我没有和姐姐联系过，但有关姐姐的消息，也就是那个海螺的消息，我却走到哪里都能了解到。

"海螺今天在神保町。"

"海螺今天在六本木的十字路口。"

每每听到这些消息，我都会身体一颤。

谁也不知道，海螺（里面的人）是我姐姐。我也没有打算说出来，我对姐姐，也就是那个海螺，很无语。

我觉得，姐姐又开始妨碍我的人生了。

"那个，是步的姐姐？"

我的脑海里浮现出大家意味深长地询问我时的样子。那个家伙是我的血亲，真是受不了。本来顺风顺水的生活，再次被阴霾笼罩。

那个家伙，为什么总是那样？

我憎恨我姐姐，由衷地憎恨她。姐姐已经 29 岁了，都快 30 岁的人了，为什么还是那种作风？喜欢受人瞩目（我并不像大家那样认为，在我看来，我姐姐只是想引人注目而已）。

我很生气，觉得自己很悲惨。为何姐姐没有一直待在迪拜？当我想起这一点时，我想到了父亲。

姐姐应该是和父亲住在一起的。

姐姐做了个那么大的海螺，每天都往外跑，为何父亲没有阻止她呢？

自从那次见面后，我只和父亲见过几次面。每次父亲都只是说"贵子挺好的"，根本没有提起过姐姐成了海螺。

我憎恨我父亲。因为我不想和姐姐有任何瓜葛，我决定向我父亲发泄愤怒的情绪。

然而，当我在电话里盘问父亲关于海螺的事情时，父亲却满不在乎地回答道："看她还挺开心的。"

"姐姐难道不是脑子有问题吗？"

就算我这样说，父亲还是回答说："哈哈哈，正常啊。她挺开心的，这难道不好吗？"

父亲的脑子也不正常！

挂了电话后，我坐在了地板上。

坏家变成什么样了！

我的家人原本就有些奇怪。各有各的个性，就是这些个性让我吃尽了苦头。即便如此，我也忍过来了。我开始认真地过起了自己的生活。

然而，现在我非常确定。

我的家人不正常。

而且，他们现在想要妨碍我的生活。

我想要找一个依靠。可是，我却不知道我想依靠谁。

40

而我们坏家（曾经）的一员——我母亲，
正和她那不知是第几任的恋人顺利交往着。

母亲并不知道，她的前夫活成了高僧，女儿每天都罩在一个
大海螺里。就算她知道，她也不想和他们扯上关系。因此，我也同
样完全不想和她主动联系。

我已经很久没有回家乡了，然而，某杂志社的编辑发来了一
封邮件，却让我不得不回。邮件的内容是这样的：

"你能不能去采访一下海螺艺术家？"

如果邮件里写明具体日期的话，我还能以"那天有事"为理
由拒绝掉。可邮件里只有这一句话，我这个自由职业者又不能无缘
无故地回绝，更不能说"是我亲姐，我不想去"。

因此，在我做自由职业者以来，我第一次说了谎。

"我妈的身体状况不太好，我想暂时回老家一段时间。"

时隔三年，我又回到了家乡。

我突然和母亲联系说要回家，母亲还有些疑惑，但她也很高
兴我回去。

"那……我做好饭等你回来。"

我在东京吃饭一直都是吃些简单的东西，回到家乡后，能吃上母亲做的豪华饭菜，我的确很开心。

家乡当地的地铁站，修整得漂亮些了。令我惊讶的是，地铁站前竟然有了星巴克，当地的超市全部换成了在东京都很有名的全国连锁超市。我从地铁站出来，走在站外的商业街上，忽然有种不可思议的感觉。我有些不敢相信，自己现在住在东京，在为全国一线的各类杂志撰稿，偶尔还能见到艺人，甚至还会和他们一起去喝酒。

我想象着，自己如果没有离开家乡，会是什么样子；从家乡当地的大学毕业，直到现在 25 岁，我都一直住在家里，平日里在这条商业街上来来往往。但不管怎样，我都无法顺利地继续想下去。我无法想象自己一直待在这里。我已经是个"东京人"了，同时我的内心某处鄙视着那些一直留在家乡的同学。

在我去东京后的这几年间，中学的同学还几次邀请我回来参加同学聚会。

但我拒绝了所有的邀请。我觉得参加同学聚会很麻烦，也很害羞，不愿在同学聚会上重温旧情。

不过以我现在的心情，我倒有点想去参加一次了。我在电话里告诉了同学，我曾经一边在唱片店打工，一边为杂志社撰稿，对方听后，大为吃惊。

"你说什么？你太厉害啦！"

那家伙上中学的时候，并不像是有组织力的人，现在他担任同学聚会的负责人。他留在了家乡，和家乡当地人恋爱、结婚，一有机会就会和同学们见面。虽然我不记得他的名字了，但在说话间，我又想起来了，这个家伙叫石崎。

"撰稿人，就是会去做采访的人吧？你见过艺人吗？"

那个时候，我还只是为 VOL 写那个专栏。因此，我只好回答说"并不是"，但现在，我已经见过好多艺人了。甚至，我也会去美国、英国、荷兰、德国等国采访，我周游世界，去采访各国的创作者。

"什么？没见过啊。"

那时，石崎这样说道。现在的我，应该真的会让他大吃一惊了吧。即便如此，我还是没有心情自己来联络同学聚会。我心想，自己已经拒绝过多次邀请，石崎很快又会联系我了吧。

许久未见，母亲看起来倒显得年轻了些。

"你竟然留了胡子！真让人嫌弃！"

母亲看见我留的胡须，像女高中生那样的厌恶，大概母亲希望我一直是个有着可爱童颜的男孩儿吧。我记得很清楚，高中时，母亲看到我长出的腿毛，很是惋惜地叹了口气。

母亲把家里收拾得很漂亮。家里换了新电视，沙发套也换了。

"步，去看看厕所，换成了 Washlet[1]。"

我想说，这都是靠父亲给的钱买的，但看见母亲开心的样子，又不忍说出口。

我与姐姐的房间和我们离开时一样，没有变化。

我们仅仅离开了几年而已，房间里已然有了毫无生气、百无聊赖的感觉。房间里一尘不染，大概母亲偶尔会替我们打扫房间吧。可即便如此，在房间里也完全感觉不到人的气息。我决心去姐姐的房间看看。

打开房门，一股难闻的气味扑面而来。

---

1 一款温水冲洗马桶。

霉味里混合着姐姐那几个月没洗澡的体臭味，仍然残留在房间里。或许母亲打扫姐姐的房间，不如打扫我的房间那样频繁吧。但仔细观察，会发现房间的各个角落里一尘不染，窗户也很干净。

姐姐的房间简直就像修道院的宿舍（虽然我没有去过），房间里充满了禁欲的感觉。房间里没有床，姐姐以前都是在地上铺被褥睡觉，因此，我推开门乍一看，她房间里什么都没有。也许母亲把东西都收到了壁橱里，我还不至于会打开她的壁橱看，因为我的良心不允许自己那样做。

而后，我发现了一个小书架，书架上摆的大多数是哲学书，或者和宇宙相关的书籍，其中还穿插着生物词典、世界地图。旁边的架子上放着画具和油画棒，以及几本素描册。

一瞬间我有些害怕，但我还是拿起了素描册。我想看看现在作为一名艺术家活跃于世的姐姐（虽然我不清楚她本人是否也这样认为），过去是否显露过端倪。

翻开素描册，里面画的是些窗外的风景，还有很多的猫。这些画，每一幅都精致得令人惊讶，我回想起了姐姐从迪拜发过来的传真。姐姐的确有绘画才能，但在我看来，这并不能成为她躲在海螺里神出鬼没的理由。这些素描册中没有海螺的画，房间的墙壁上也没有。

我确信，姐姐是为了博人眼球才那样做的。大家对她的行为的解释都太友善，这种社会性意义，对我姐姐来说分文不值。甚至连我那位父亲，不是也说她很开心吗。

想到这里，我愤恨地合上了素描册，随便把它插回了书架，离开了姐姐的房间。

晚饭的时候，姥姥和夏枝姨也过来了，母亲精心地做了满满一大桌子菜。我便料想到母亲现在正处在恋爱期，母亲打扮得很年轻，和夏枝姨明明没差几岁，看上去却比夏枝姨年轻 10 岁。

"我看到杂志上有步君写的文章时，我就把杂志买回来了哦。"

我没有和母亲一一汇报自己在为哪家杂志社撰稿。但夏枝姨却坚定地跑到各种书店，买回那些杂志来。

"那个是什么时候写的来着？你写了一篇关于罗伯特·勒罗伊·约翰逊的文章，真的写得非常好。"

会这样夸赞外甥的姨母，在日本应该再也找不出第二个来了。我很喜欢夏枝姨。

姥姥瘦了，头发也变少了。虽然还是像以前那样爱聊天，看起来也很精神，但姥姥已经完全变成了一个老年人的模样。当然，这也符合姥姥的年纪，但姥姥变老的速度如此之快，让我很害怕。

"贵子还好吗？"

姥姥这样问的时候，母亲没说一句话，只是默默地吃她自己做的香草蒸猪肋肉。我在犹豫要不要和姥姥说姐姐的近况。"姐姐现在躲在海螺里，在东京各处神出鬼没的"，像这样的话，我又不能说出口。

"最近，我和爸爸见面，听爸爸说姐姐过得不错。"

"是吗？"

姥姥小声嘀咕道。那声音完全不像是姥姥的，听起来完全像个老年人的声音，我吃了一惊。

"你姐姐不和你联系吗？"

"会给我寄信，经常寄。"

感觉姥姥没见到姐姐，有些落寞。

"过得真挺好的话，倒好啊。"

夏枝姨也有些想念我姐姐。

可我姐姐明明是那样一个人，我心想。她从小时候起，就把坏家——今桥家搅和得天翻地覆，任性胡来，让人操碎了心。可姥姥和夏枝姨仍然如此疼爱她，我对我姐姐更为生气了。我几乎想把她罩在海螺里的事情说出来，但我又担心姥姥和夏枝姨会伤心，最后还是忍住了。

"步回来了，回来得正是时候。"

母亲似乎不想聊有关姐姐的话题。

现在，姐姐在母亲心中的地位和在我心中的地位一样。姐姐就像个瘟神，会给我的幸福生活带来阴霾。那个时候的我，就是这样认为的。但母亲的想法似乎和我不同。母亲看到大家都沉默下来后，放下筷子，严肃地说道："我想结婚了。"

我们谁也没说话。我拿着筷子看向夏枝姨，夏枝姨缓缓地转过脸看向姥姥。

"听到没？我要结婚了。所以，他会搬到这个家来。"

姥姥静静地闭上眼睛，眼皮垂下来，形成了黑色的阴影。

"报告完毕！"

母亲又开始吃起来。这时姥姥只说一句："这样啊。"

姥姥和夏枝姨回去了，只剩下我和母亲两个人。我终于可以问母亲这到底是怎么回事了。

母亲要再婚，而且再婚的对象要搬到这个家来住。

"为什么这样？"

我整理了一下思绪，终于问出口，但也只是这样问。

"什么为什么，你也已经成年了吧。"

母亲没有回答我的提问。在母亲眼里，再婚的事情已敲定，那个再婚对象搬到家里住的事情也已经敲定。而且，在她看来，谁都没有权利提出异议。

"步，你几乎不常回家吧？贵子也在东京。"

"不是说这个，我是问你为什么……"

"说出来怪害羞的，别让我说了吧。"

母亲洗完了碗，一边擦着桌子一边回答道，却不看我一眼。

"这栋房子，可是爸爸花钱买的。"

我那个时候，终于把怒气发泄出来了。母亲离婚后受到父亲多方面的照顾（包括我也是），却各种放纵自我（我也一样），现在，甚至想在这栋房子里开始新婚生活（我绝对不会这样做）！

"所以呢？"

这个时候，我注意到母亲的耳朵上有什么在发光。那个不是耳环，而是耳钉。母亲已经50多岁了，又去打了耳洞。我看清楚后，绝望的心情油然而生。

"还'所以呢'，你是经常让男的来家里住吧。"

我的脑海里浮现出了那个像高僧一般，过着清贫生活的可怜的父亲，他已经骨瘦如柴，还为姐姐到东京那样一座不熟悉的城市工作。同时，要给母亲和家人提供生活费。

"你从爸爸那里拿着钱，自己也不去找个正式的工作。"

我生平第一次对母亲说出了这样伤害她的话。可是，那个时候，我是替我父亲感到生气，替那个几乎是在为母亲、我、姐姐三个人而活的父亲生气。

"而后，交到男朋友就结婚，还让他搬到家里住。你有考虑过爸爸的心情吗？"

桌子早已擦得很干净了，可母亲还是一遍一遍地擦着。她的手背上现出静脉血管的纹路，终于让我看到那符合她实际年龄的地方了。

"虽说你们已经离婚了，但也曾经是夫妻吧？为什么你能做出这种事来？"

我很清醒。晚饭时喝的那一杯啤酒，还不至于让我醉了。但我却说出了只有醉酒时才敢说出来的话。

"我爸真可怜。"

这时，母亲终于看向了我。

"步。"

母亲的太阳穴又在跳动了。这是母亲生气的信号，我浑身一僵。

"那个人的事，你不了解。"

我反应了一会儿才想明白，"那个人"是指我父亲。

"你不了解，那个人，和我，之间的事。"

母亲像是在说给她自己听一般，一字一顿地说道。

"你绝对不了解。"

话音刚落，母亲便拿着抹布去了厨房。一会儿，里面传来了水流的声音。

我坐在那里一动不动，听着水流的声音。我刚才真的很害怕，母亲生气的样子实在是太可怕了。就算我已经25岁了，已经长出了胡子，身形也比母亲高大许多，但我仍然害怕母亲，我觉得这样的自己很羞愧。可是，不管我多么羞愧，这都是事实。

那一夜，我时隔三年，在自己的房间里睡觉。

我梦见了海螺。那个海螺没有露出老鼠尾巴，我想靠近去攻击它。我手里拿着武器，但却不清楚我到底拿的是什么。只差一步的距离，那个海螺突然抬了起来，从里面走出来一个人。那个人不是我姐姐，而是我——小时候的我。

41

我回家乡的这段时间里，姥姥去世了。

　　早上，姥姥去上厕所，就没再出来。夏枝姨去看她的时候，她的身体已经僵硬了，是因为突发了心肌梗死。

　　面对姥姥的离世，夏枝姨表现得很坚强，而我母亲却惊慌失措。因此，守夜和告别仪式等诸多事宜，全是由我和夏枝姨分别负责操持的。我本来是跟杂志社撒谎请的假，没承想这次回家探亲倒真变成必要的了。

　　守夜和葬礼上，有很多人前来。

　　好美姨和治夫姨夫仍处在麻烦当中，他们来时似乎有些不好意思。特别是姨夫，他不仅瘦了，也完全没有了以前那种威严的感觉。我不清楚那些视财如命反遭殃的人，是否都会变成这样，但至少比起以前，我更喜欢现在的姨夫。

　　与姨夫的变化形成鲜明反差的是他的几个孩子。尤其是义一、文也都成了出色的人士，这点真的令我瞠目结舌。

　　"步君，好久不见。"

看到他们和我打招呼，说实在的，我很害怕。乍一看，根本看不出来他俩到底谁成了同性恋。两人都在大型企业里上班，浑身散发着的那股威严，我始终都无法拥有。他们两人都已经是 35 岁的人了。

真苗是和丈夫、孩子一起来的。她还是很胖，但现在她这个身形倒与她的年龄和生活很相称。也就是说，她已经变成了一个普普通通的阿姨。她应该还不到 30 岁，但和大她 10 岁的丈夫站在一块儿，却看不出什么差别。真苗的两个女儿也都长得圆滚滚的，简直是她小时候的翻版，就像备受宠爱的海豚。真苗和我匆匆忙忙地寒暄几句过后，就去找姐姐聊天了。曾经是竞争对手的两个人，现在却生活在完全不同的两个圈子里，真的是天差地别。

葬礼上，全是人。有住在附近的邻居，还有矢田阿姨。

矢田阿姨是坐轮椅来的。

听说，她现在腿脚不好。阿姨现在身体微微发福，头上戴着蕾丝网装饰的帽子，反倒显得更加霸气。

按好美姨的意向，夏枝姨担任了葬礼的丧主（好美姨真的变得很谦虚）。

在葬礼仪式期间，夏枝姨一次也没有哭过。就连她作为丧主致辞时，都很淡然，好像她之前已经料到姥姥会离世一般。出殡的时候、拾骨的时候，母亲和好美姨哭得像哭丧女，一脸淡定的夏枝姨和她们形成了鲜明的对比。

姥姥是我人生中遇到的第一个"过世的人"。

对我而言，死亡是电视上或者其他人家里才会发生的事。因此，在我听鸿上讲述她姐姐是自杀而死的时候，我并没有感同身受。我只是对那个事实感到震惊。然而，当我看到姥姥那完全冰冷的遗体时，我第一次感受到死亡就存在于我触手可及的地方。大家都会死，我这样想。我了解火葬文化，当我第一次亲眼看到姥姥的白骨时，我才切身感受到人真的能燃烧。

守夜那天晚上，我和姐姐两个人守在姥姥的遗体前。

母亲仍有些不知所措，由父亲陪着回了家。夏枝姨本来也和我们在一起，也许是累坏了吧，上到二楼睡下了。

姐姐，也没有流泪。

被姥姥宠爱着长大的姐姐，在看到姥姥的遗体后，一言不发。话说她回来见到母亲时，也只是轻轻地点了点头。姐姐的打扮也和她本人相符，简直就像个外星人（姐姐还是留着光头，穿着一身黑色的制服，是光滑而又有光泽的针织面料）。

姐姐偶尔会去摸摸堆在姥姥遗体四周的干冰。我看着她心想，不会烫伤吗？但姐姐长时间抚摩干冰，也没有什么反应。

快到天明的时候，困意达到了顶峰，我终于问出了口：

"海螺。"

姐姐没有看我。

"那个，是什么意思啊？"

我用批评的语气问道。可是，姐姐面不改色。

"我还想做更多呢。"

我没再继续问。

附近的人们看到坐在亲属席上的姐姐时，都小声嘀咕着。我知道，他们不是议论姐姐的打扮，他们都还记得 satuorakoomonnsama 引起的骚乱。

寝殿终究被拆掉了，现在那里仍旧是一片空地。有说要建图书馆的，还有说要建购物中心的，各种传言都有，但没有一个真正落地建成的。这里突然变成空旷的空地，但satuorakoomonnsama 那恐怖的气氛仍旧飘荡在上空。或许因此，姐姐才没有和矢田阿姨打招呼吧，矢田阿姨也没有和姐姐说话。

葬礼结束后，我们在现场举办了一个小小的宴会。

我忙着给那些我不认识但前来参加葬礼的人敬酒。姐姐和母亲根本应付不来，所以只好由父亲来应酬，虽然他已经和我母亲离婚了。附近的邻居、亲戚，时隔多年又见到我父亲，很是高兴。我母亲虽然漂亮，却很强势，但父亲仍旧包容着、宠爱着母亲，甚至现在即便已经和母亲离了婚，但在治夫姨夫遇到困难的时候，还是伸出了援助之手。这样一位沉静的男人，大家当然都很喜欢。

"宪酱[1]，身体还好吧？"

"瘦了好多呀。"

宴会上到处都是和我父亲打招呼的人（治夫姨夫几乎快给父亲行跪拜大礼了）。父亲则每次只是微笑不语，简直像一位圣人在席间穿梭。

没过多久，大家的心情都变得轻松些了。我松了口气，从宴会厅里出来，看见矢田阿姨站在火葬场前，我吃了一惊。阿姨应该是坐着轮椅来的才对。

"阿姨。"

我喊了一声，阿姨缓缓转过身来。虽然阿姨拄着拐杖，但她还是能稳稳地站着的。

"腿，没事儿吗？"

"没事儿。"

举办葬礼的会场离阿姨家很近。好像这里附设的墓地，埋葬

---

1 "酱"来源于日语"ちゃん"，加在人名之后，表示亲昵。

着阿姨的熟人。阿姨也经常过来，阿姨也带着我和姐姐来过这里好几次。当时，我又怎会料想到，十几年后，姥姥竟然会在这里火化。

"真不容易啊。"

阿姨像个大佬一样，安慰我道。阿姨放在我肩膀上的手，厚实而温暖，但手背上也有很多斑，几个指甲泛着紫色。阿姨真的上岁数了。

"我想坐会儿，你方便吗？"

阿姨倚靠着我的肩膀，走到了墓地入口旁的长椅那儿。"哎哟"，阿姨说着坐了下来，又朝不远处的火葬场看了看。天空中飞过一只乌鸦，看着很不吉利，却又像是在悼念我姥姥的离世。

"临走前能见上你一面，她一定很高兴。"

阿姨安慰我道。

其实，说到我姥姥的离世，当然令我很难过，但更多的是我受到了至亲离世的打击。刚刚过去的那一刻，是我人生中离死亡最近的时候。而且我很清楚，这只不过是个先兆，今后我还将面对更多的死亡。

当天，会场场馆内还举办了另一场告别仪式，我不认识那些人。我看到很多穿着黑色衣服的人来来往往。有的人在哭，有的人在笑，都是活生生的人。

"您和我姐姐也是许久未见了吧？"

听我这么一说，阿姨"呼"地吐了一口气。

"是啊，从那件事之后。"

我也不知道自己为何就提起了姐姐。我在脑子里思考着，一时没说话。就算我沉默不语，阿姨也没说什么，只是凝神望着从那烟囱里升起的白烟和在四周盘旋的乌鸦。

姥姥和阿姨是至交密友。望着自己的朋友就这样化作一缕白烟，会是怎样的心情呢？

"我姐姐，现在，整天罩在海螺里。"

从我嘴里冒出了这么一句话。

并不是受不了气氛的一时沉默，也不是为了照顾阿姨的心情，那个时候，我只是随着自己的心走。

"这样啊。"

阿姨的反应很冷淡。乌鸦飞出一个急转弯，升起的白烟也变成了近似的弧度。

那个时候，我突然意识到，阿姨也会死去。当然，我也一样。

大家都会死。

我看着阿姨。她只是坐在那里，却在呼呼地喘气。

阿姨的死期就在不远的将来吧。

这片地区的教父，姐姐心目中的英雄，死期将至。若阿姨去世了，这片地区会变成什么样呢？而我姐姐又会变成什么样呢？

我想要知道，阿姨在那天对我姐姐说了什么。

姐姐当时一直闷在自己的房间里不出来，阿姨和姐姐说了什么呢？为何阿姨能说服我姐姐，让她从自己的房间里走出来呢？姐姐又为何能够舍得离开那个她曾经虔诚信奉的 satuorakoomonnsama 呢？

"您和我姐姐说了什么？"

连我自己都感到震惊，我竟然那样直接地问出口来。或许是因为自己意识到所有事物都会死去，受了刺激，但我想，更多的是因为看到阿姨就在眼前，自然而然便问出口来。

从以前开始便是如此。

410

不仅仅是我，很多人到了阿姨面前都变得很坦率，都会把真实的自己毫无保留地展露在阿姨面前。阿姨就是拥有这种力量。

"那天，姐姐终于从她的房间里走了出来，阿姨不是来过我们家吗？"

阿姨的目光从烟囱那里移开了，像是觉得刺眼，眯着眼。已经是傍晚了，我们四周只剩下朦胧的余光。

"我姐姐曾经那么虔诚地信奉着satuorakoomonnsama，但阿姨和我姐姐谈过话之后，那天她就突然从自己的房间里出来了。去了迪拜，回来后，她就开始了那个罩在海螺里的行动。阿姨，您和我姐姐说了什么？"

海螺事件应该和阿姨无关。但现在姐姐又开始了她那令人费解的行动，我只能认为，这一切的原点应该和阿姨说的话有关。因为阿姨是姐姐心目中的英雄，一直都是。

我等待这阿姨的回答，阿姨眯着眼睛，一直盯着什么看。

"没有吧。"

"欸？"

阿姨缓缓地转动着眼球，像是在找什么一样。一瞬间，我意识到，阿姨刚刚不会一直在发呆吧？顿时吓了一跳。

阿姨微微探了探头，真的是在找什么。我害怕了，阿姨该不会是在寻找我姥姥的灵魂吧？又或者在寻找这世上不可能存在的东西？我震惊地看着阿姨，不敢挪动一下。

"找到了。"

阿姨高兴地说出声来。

我循着阿姨坚定的视线看去，在隔着墓地和道路的院墙上，有一只黑色的猫。那只黑猫悠闲地在院墙上信步，走到一处低矮的民房处，跳上了屋檐，蜷成一团。猫，是这世上的普通生物。我松了一口气，但我还是不明白阿姨的意思。

"步君，吓了一跳吧？"

"欸？"

阿姨用关怀的眼神看着我。

"你吓了一跳吧。你从埃及那样一个遥远的国家回来后，看到阿姨家里摆了个 satuorakoomonnsama。对吧？"

我第一次从阿姨嘴里听到了"satuorakoomonnsama"这个词。明明是阿姨提起了这件事，可当阿姨这样说出口时，我却在想，刚刚阿姨说的话是不是我自己的幻想。真的是不可思议。

satuorakoomonnsama 到底是什么呢？

"的确吃了一惊。不过，我没有问过那个 satuorakoomonnsama 到底是什么。因为我觉得不能问。"

阿姨呵呵地笑了。

"你啊，从你成人的很早以前开始，就弄得自己必须像个大人啊。"

听到这句话，我出乎意料地想哭。

我清楚地记起了自己玩儿乐高积木的事情。在矢田公寓的一间屋子里，我一个人安静地搭着乐高积木。

那个时候，我还不满 3 岁。连我自己都觉得奇怪，我竟然能记得那么小的时候的事情，这应该是不可能的。然而，我的脑海里的确浮现出了红色、蓝色的乐高积木，闪着光，非常漂亮，像是现在就在我眼前一样。而且，那场景给人一种安静而寂寞的感觉。

"satuorakoomonnsama 啊。"

阿姨的眼睛里含着泪水，但阿姨并不是在哭泣。阿姨真的是位老婆婆了，她的鼻子里缓缓地流出鼻涕，阿姨松垮的身体里所有的水分都渗了出来。

"是什么都无所谓。只是为了来我家的那些人造出来的。"

我仍记得阿姨口中所讲的"那些人"。记忆没有模糊，真是太好了。我能够清楚地回想起那些人的一张张脸，虽然基本上都是女性，但里面也有男性，有的人在哭，还有的人，连当时还年幼的我都觉得危险。

有的人被父母留下的债务缠身，有的人遭受了丈夫的家暴，还有的人的整个家被大火烧没了，觉得活着再无意义。

不论是什么样的人，阿姨都平等以待，倾听他们的苦恼，微微点着头，总是陪在那些人的身边。

"只要是来我家的那些人所相信的东西，什么都可以。"

阿姨长话短说道。这是阿姨一贯的作风，我很开心阿姨能这样和我谈话。我想，这证明了阿姨对我的认可。我在脑海里思考着。

思考着阿姨所说的，"什么都可以"这句话背后的意思。

只要是人们所相信的东西，什么都可以。

所有人的，无数的痛苦。其中，有无能为力的事情，也有无法接受的残酷事实，一定是为了这些人而诞生的信仰吧。那些我们人类无法解决的事情，我们自己负罪就无法继续活下去的事情。

可以承载着一切的，应该就只有信仰或者说是宗教了吧。

不过，阿姨没有向实际存在的事物寻求它的寄托。

阿姨是个聪明人。不，阿姨不仅聪明，更重要的是，她能够看透一切，她能看透危险的事情，能看透会给谁带去苦难的事物。

"是什么都无所谓。"

阿姨一定觉得，若寄托于现有的宗教，又会生出新的痛苦来。

因为宗教的不同，引发了很多悲惨的战争，使得人们在"教义"的名义下备受迫害。这些事并非阿姨从新闻上了解到的，而是切身体验后领悟到的。

satuorakoomonnsama 是没有教义的，原本也不是宗教。satuorakoomonnsama 只是存在于那里的事物，一张纸而已。它不强求祈祷之人做任何事情，也不给予人们任何东西，只是存在于那里。大家可以将一切寄托于 satuorakoomonnsama，也可以将一切归咎于 satuorakoomonnsama。

"那么，为何要叫 satuorakoomonnsama 呢？"

satuorakoomonnsama 是什么？

"你看。"

我顺着阿姨用下巴所指的方向看去，刚才的那只黑猫正在睡觉。

"什么？"

"就是那个。"

"猫？"

"对。不过，不是黑色的猫。"

"那是？"

"棕色虎纹的。"

我沉默了。承受着这份冲击，我的胳膊上起了一层鸡皮疙瘩。

"不是有一只棕色虎纹的猫经常来我们家吗？你有印象吗？"

我还记得在来阿姨家的那些猫当中，我经常看到一只棕色虎纹的猫。那只猫很普通，普通到随处可见。没有任何的灵气，只是一只猫而已。

"那只猫舒展身子的时候，它的肛门会咻咻咻地颤抖，实在太可爱了。我一看见那幅场景，之前不管有什么事儿，也都无所谓了。"

阿姨像是又想起来了似的，笑了起来。鼻涕随着那节奏流下来，阿姨并没有在意。

"那是指棕色虎纹猫的肛门？"

我怯生生地问道。

"是。"

"satuorakoomonnsama？"

"对。"

听到阿姨的回答，我不禁微微一颤。曾将数百人卷入其中，成了这一带最大的宗教（虽然阿姨没有提起这件事），让这片地区的人们陷入狂热的那个satuorakoomonnsama的正身，实际上竟是棕色虎纹猫的肛门。

"不管什么事，都无所谓了。"

这正是最重要的。它不能是华丽的东西，也不能是令人生畏的东西。它是能让人看淡这世间发生的一切事情的东西。

"那天您和我姐姐说的话，就是指这个吗？"

我想起了姐姐房间那道反锁的门。

那天，在一直静无声息的那个房间里，阿姨第一次开口说话。在那个房间里，姐姐听过阿姨的话后，一定和我一样，不，应该是受到了更重的冲击，重到无法用言语形容的程度。

"我姐姐，说什么了？"

"没说话。一直盯着我看。"

我听后，已经明白了姐姐当时的心情。

自己相信的，虔诚信仰的，并不是什么伟大的力量，也不是其他什么伟大的事物，而是猫的肛门，是至今见过很多次，到处都有的微不足道的东西。

我回想起了那天姐姐从房间里走出来时的样子。头发乱成了非洲脏辫，身上全是污垢，浑身散发着难闻的气味。

姐姐在渴望着。从小时候起，她就渴望所有。

阿姨一直守望着这样的姐姐，阿姨爱着姐姐，自己创造出来的"satuorakoomonnsama"，那微不足道的东西夺取了姐姐的心智，阿姨想要一直守护着姐姐。

在阿姨看来，觉得"自己没人爱"，"不满足"地渴望着，姐姐不想把这些都归咎到自己身上，因此，satuorakoomonnsama才对姐姐如此重要吧。而后来 satuorakoomonnsama 迎来了那样一个结局，姐姐的心一定受到了伤害，但即便如此，阿姨也不会抛弃姐姐。阿姨爱着姐姐。

"我对她说，必须自己去寻找自己的信仰。"

姐姐房间里那股强烈的气味，仍残留在我的鼻孔内。而且，那味道让我自然地就想起那刻了一整面墙的带老鼠尾巴的海螺。

"必须自己去寻找自己的信仰。"

姐姐的宗教之旅，就是这样开始的。

她行动起来，为了找到那可以取代"satuorakoomonnsama"的自己所信仰的事物。

我想起了在葬礼上看到的姐姐的背影，还有她那漂亮的光头。

烟囱里升起的白烟，袅袅不断。

42

姥姥的离世，
令母亲失魂落魄，但她并没有放弃再婚。

我已经回家乡两周了（作为自由撰稿人，这么长时间不工作是致命的），母亲非要趁我在家的这段时间，让我和她的结婚对象见一面。

我果然不能跟着母亲生活。

守夜和葬礼上，母亲哭得死去活来，完全派不上用场。可是，即便在服丧的时候，甚至刚刚开始服丧的几天里，母亲还想积极地为自己的再婚做准备。

当然，我拒绝了和她的结婚对象见面。

"那我随便结婚也可以喽？"

母亲简直像是要吵架的架势，令人难以置信。现如今，我也不会生她的气了。只是，我想知道她为何如此着急。姥姥刚刚离世没几天，她自己不也是哭得死去活来的吗？

"为什么这么急？"

厨房柜台上摆着姥姥的照片。我们家里没有佛龛，母亲不喜欢在家里摆个佛龛做装饰。姥姥的遗像由夏枝姨供奉在了家里的佛龛上，夏枝姨每天早晚为姥姥供上水和饭。

"我没着急啊。老早以前就决定了，一直在等机会和你们说呢。"

就算母亲一直在等，很着急，我之前也不知道啊。虽然无奈，但我明白，就算我告诉了母亲，以她现在这个状态，她也听不进去。

"姥姥刚刚过世吧。"

"你姥姥，也一定会为我高兴的。"

我不再说什么了，沉默着躲回了自己的房间。因为母亲给我的感觉就像是"你必须去见见他"。母亲在我身后穷追不舍地说道："因为我会很幸福的。"

话说回来，母亲从几年前开始，就不再以"母亲"称呼自己，而是以"我"自称。

"因为我会幸福的。"

母亲很固执，不管遇到什么事情，都不会妥协。

我回东京那天，母亲给了我一记重击，她竟然带着她的再婚对象来新干线站台，找到了我。

我当时正在站台上等待着开往东京的列车，他们两人就这样突然之间出现在我面前。我大吃一惊，愣在那里说不出话来。他们是怎么知道我坐这趟新干线的？这站台这么大，他们又是怎么找到我的？虽然母亲冲动起来谁都挡不住，但我没想到母亲能做到这个地步，难不成她有什么超能力？

"步，这个人，是小佐田桑。"

母亲完全不顾及我的脸色，搂着站在她身旁的男人的胳膊。

这个叫小佐田桑的人说道："我是小佐田，请多指教。"

而后鞠躬。

母亲本就显得年轻，但小佐田桑却比母亲看起来还要年轻许多。后来我问了他的年龄，他才 44 岁，要比我母亲小 8 岁。而且可悲的是，小佐田桑长得和我父亲年轻的时候惊人的相似。高高的个子，长相潇洒。

面对小佐田桑，我有些拘束。小佐田桑也显出一脸为难的表情，大概他也是被母亲生拉硬拽来的，我已经开始同情小佐田桑了。我母亲现在的这种精神状态，以及她那绝不服软的性格，小佐田桑今后都该体会得到了，他该多么难过啊。

看到我鞠躬，小佐田桑说道："不好意思，这个时候过来。"

又深深地鞠了一躬。小佐田桑一定是个非常好的人，但是，这样的人应该不会在我姥姥刚刚离世后，立刻搬到我家住才对。

"哈啊。"

我暧昧地回答道，登上了刚刚驶入站台的列车。我决不想再回头看，但当我坐下来时，母亲牵着小佐田桑的手，走到了我座位的车窗前，隔着窗户，盯着我看。那个时候，一阵恐惧席卷而来。母亲那有些异常的对幸福的执着追求，让我不寒而栗。

"步，还要再回来啊。"

母亲隔着车窗说道。母亲话语里应该是想表达，虽然小佐田桑搬去和她一起住了，但那个家也是我的家。然而，我根本不打算再回去了，我无法原谅母亲这次的行为。

小佐田桑一直都是一脸歉意的表情，站在母亲身旁。他身着灰色的西装，腋下被汗水浸湿了。他刚刚离婚，有两个女儿，还都在上小学。

在回来的列车上，我少见地喝醉了。

每当售货员经过的时候，我都会买瓶啤酒，到达新横滨站的时候，我已经喝了9瓶。到东京的时候，我已经喝得烂醉如泥。下了车，我在车站的厕所里待了半天没能出来。我的脑子昏昏沉沉的，眼睛一直盯着坐便器那光亮的陶瓷白。

母亲真的很快就再婚了，以小佐田奈绪子的名字继续生活下去。

填补完前段时间的空白，我调整回了之前的工作节奏。在此期间，海螺，也就是我姐姐，深入到了东京都内的各个地方。

"我还想做更多呢。"

正如她所说的那样，她又制作了很多海螺，有大有小。姐姐和她的支持者，在东京各处放置这些海螺，有时遇到无法放置的地方，他们便用彩喷在墙壁上绘制出海螺。姐姐完全是个神秘的涂鸦艺术家。

我拒绝掉的那个有关姐姐的采访，最后由其他撰稿人去做了。我不清楚他们是如何同姐姐取得联系的，但在亚洲文化系列的文化杂志上，用黑白页面的四分之一登载了关于姐姐的采访，的确没有写出姐姐的真实姓名，也没有登载姐姐的照片。标题用粗体字写着《自幼，我便把海螺当作自己的心灵港湾》。

我只看了标题，便将杂志合上了。

如果可以的话，我想和今桥家的女人们断绝关系。我甚至想躲到山上去，但转念一想，很是生气，"凭什么是我躲到山上？"我在这个世界上踏踏实实地生活着，和那些创作者见面，撰写文案，和这个社会相联结。

应该离开这个世界的不是我，而是她俩。

我在脑海里无数遍地想象着，母亲和姐姐遁入空门，过着宁静的隐居生活。不必说，那是不可能的事情。那两个人绝不会自己主动离开自己的舞台。

而真的如我所想那样去做的人，是我父亲。

父亲从公司辞了职，躲进了山上的寺庙。

"也就是，你要出家？"

我从父亲那里得到这个消息时，仅仅离他隐居山寺只剩一周时间了。父亲已经从公司辞职了。

"还没有'出家'那么夸张啊。"

父亲喝着橘汁。我看着玻璃杯壁上的水珠，脑海内"坏家"这两个字彻底粉碎。

"但是，你是要抛弃这个家，放弃财产，躲进山寺里对吧？这和出家有什么分别？"

"房子留给贵子住，财产分给你们三个人。我拿了不少退休金。"

"我不是想问你这些事。"

我情绪激动了。

这算什么事？坏家怎么了？

我以前就这样想过。我以前就觉得家人都很奇怪，非常奇怪，不，我这样想过无数次。

可是，如今，我却像是第一次认识到这点，内心受到了极大的伤害。

姐姐不断地制作奇怪的海螺，母亲在姥姥离世后迅速再婚，而我一直认为的唯一正常的父亲，却告诉他我要出家。

我的家人，到底是怎么回事？！

"什么啊，真的是，这算什么事？"

我抱着头。就在前几天，我刚刚过了 26 岁的生日，现在却感觉自己像是老了 5 岁，甚至 10 岁。

"告诉你晚了，对不起啊。可是，就算说出家，也不是那么严格，如果你想和爸爸见面的话，还是能见面的。"

"那些都无所谓。为什么？怎么回事？因为那个人再婚了吗？"

我不想称呼我母亲为"妈"。母亲称呼自己时用的是"我"，如果她想过她自己的人生的话，我没有道理再称呼她为"妈"。

"喂，是因为那个人再婚吗？"

听过我说的话后，父亲一时语塞。他的表情看上去很难过，但或许父亲本来就是这样的表情。

"是这样吗？是因为这个受了打击吗？"

"不是的。你妈妈再婚，获得幸福，我真的感到高兴。你爸我真的感到高兴，这下我也安心了。贵子似乎也找到了自己想做的事。钱的话，靠爸爸的退休金，我想一段时间内还够用。"

"等一下，你的意思是，你之前就打算好了要出家？"

"是的。"

父亲认真地说道，像是去意已决。

"可是，那个人一直自己生活，姐姐又是那个样子，所以你一直在忍耐？"

"我没有忍耐。只是你爸我单方面担心罢了，她俩没有错。"

"没有错？靠着爸爸给的钱逍遥自在地生活，姥姥去世后立刻再婚，这没错？"

"这样，没错的。钱是我自愿给你妈妈的。"

"不仅是结婚的事，那个人一直在找各种男人交往，这也没错？"

我停不下来。说完后，我思考着自己为何想要这样伤父亲的心。

"她还不是和一个人。她和各种男人上床，还和他们住在那栋房子里，这也没关系？花着你的钱？"

"就算如此，只要你妈妈能够幸福就好。"

"你知道？"

"……"

"爸，你知道那个人不断地找男人的事？"

"还到不了你说的那种程度吧。不过，嗯，我知道。"

"啊？"我瞬间石化了。

离婚后，母亲交往了不计其数的恋人，用父亲辛辛苦苦挣来的钱打扮自己，去找其他男人约会，这些父亲都知道。

"说不定那个人拿着父亲你挣来的钱，给别的男人花呢。"

我为何非要伤害父亲的心啊？妈妈应该不会拿钱给别的男人花。至少，我不知道她有这样做过。可是，看着眼前驼背的父亲，我变得很残忍。

"谁知道呢。"

"你不生气吗？"

"我不生气啊，只要你妈妈幸福，那样也无所谓。"

听了这句话，我突然回想起了，那天夜里母亲说过"因为我会幸福的"。即便父亲生活不幸，女儿、儿子痛苦不堪，但唯独她自己是幸福的。虽然母亲没有这样说，但她说的那句话里却满含着强硬和残忍。

"如果你妈妈幸福的话。"

我喝了口咖啡，想让自己冷静下来。咖啡很甜，我突然想起了姐姐曾经说过，"白砂糖对人体有害"，真是讨厌。

"因此，因为那个人获得幸福了，你便安心了，然后出家？"

父亲已经剃好了光头，身上穿着白衬衫，外面罩着灰色的无领长袖运动衫。从父亲走进咖啡店时起，我就感觉他像是已经出家的僧人。

不，不仅是今天。父亲从很早以前开始，就过得像个僧人，只不过是在自己家修行而已。我曾经好几次这样想过。可是，"像僧侣一样的父亲"和"成了僧侣的父亲"是不同的，完全不同。

父亲，还是我的父亲。

"为什么这么重要的事情，你和我什么也没提，就决定了？"

我没再看父亲。

"我们是一家人吧，为什么你们都是这样的呢？"

我曾经认为，父亲，只有父亲是正常的，只有父亲能够理解我的心情。父亲异常宽容，只是因为父亲非常温柔体贴。然而，我错了。

"为什么这么随便？"

家人分崩离析的故事，我曾经听过很多，听得都已经麻木了。可是，当这件事真的降临到自己身上时，那股血淋淋的绝望，令我毛骨悚然。我知道这样想很丢人，但我仍然觉得自己是这世上最不幸的人。

"步。"

我能感觉到父亲向前探着身子。下个瞬间，父亲将手放到了我肩上，这一出人意料的举动，让我一愣。我觉得很丢人，甩开了父亲的手。即便隔着衬衫，我也能感受到父亲的手是冰冷的。

"对不起。"

父亲深深地向我弯下腰，我看到了父亲光滑的头顶。即便我不愿意，我能感觉到，父亲是下定决心了。

"真的，对不起。请原谅我。"

父亲这样做，反倒令我更加生气。

父亲一直为了我们，那样努力拼搏，只为了我们。不知从何时起，父亲不再把自己挣的钱用在自己身上。他一直在为母亲、为姐姐、为姥姥和夏枝姨而工作。

然而，当父亲终于想做自己的事情时，我却对父亲大发雷霆。

"随便就离婚。"

我已经26岁了，是个大人了。父亲剃了光头，瘦得不能再瘦了，他把所有的财产全留给我们，只是想要遁世离俗，而我没有道理说出这样的话。然而，我却抑制不住自己。

"随便地说自己要出家。"

我生父亲的气，又厌恶自己这样伤父亲的心。我的身子微微颤抖着。

"步，真的真的对不起。"

父亲没有直起身子来。当看到父亲头顶上的伤痕时，我几乎要哭出来了。父亲一定是自己剃的头，伤口的形状像是耐克的商标，虽然很小，但印记肯定一时无法消退。

父亲住进了关东近郊的山寺。

没过多久，我的存折里收到了汇款，很大的金额。可我看着这笔钱，却很难过。

第五章

残酷的未来

43

姐姐成了地下世界的超凡人物。

　　姐姐做了很多海螺，也画了很多海螺，她在现场用彩喷留下了旋转的图形。大概她是想用这个做签名吧。因为这个记号，姐姐有了一个代称——"旋涡"。一直以来我都因为她而卷入各种事件，这个名字还真适合她。

　　"旋涡"留下的海螺，每一个都很精致。做好的成品，可以直接摆在那里，可这些画她又是怎么画的呢？大家都觉得不可思议。可是，姐姐他们就是在人们不知不觉间，画成了一个个精美的海螺。

　　即兴涂鸦一类是违法的。姐姐他们却总能巧妙地躲过警察的耳目，留下各式各样的海螺。不知何时，姐姐留在东京各处的海螺模型被人偷走了，并且被人拿去高价拍卖。有时是5万日元，有时达20万日元，最后甚至超过了50万日元。我在网上看到这个数字时，手都在抖。

　　不过，这些事情都还只是在私下进行。

　　综艺节目和新闻，还都在报道艺人结婚或是六本木新城开业等消息，姐姐的事情被这些新闻事件所掩盖，关于"旋涡"连一个字都没提。但姐姐的确是个名人了，这是为什么呢？

我从几年前终于开始使用互联网了。而此时，互联网正以怒涛之势迅速扩展。我总觉得，这种扩展的方式和什么类似。然而，就在我考虑它和什么相似时，互联网又进一步扩展了它的应用范围，容不得我再继续考虑。

姐姐在这个网络世界里掀起了各种争论，渐渐地被推到了众人的目光之下。

在名为"UZUMAKI"的贴吧上，写有各式各样的帖子，有的在争论"旋涡"到底是谁（其中还有人说是班克西、巴斯奇亚，当看到评论里写道"现代版的东洲斋写乐"时，我简直觉得恶心），有的满是谩骂。

有一天，我终于看到了那个：

"旋涡是神。"

这只是一句自言自语的话，而且很快就被其他的反驳评论淹没了。可我却没有忘记，那个时候的噩梦，在我脑海中清楚地再现出来——satuorakoomonnsama 事件。

现在，姐姐周围已经聚集了很多支持者，他们该不会认为姐姐是神吧。不过，在他们的心目中，姐姐一定是个伟大的存在。姐姐应该不会给他们报酬。所以，这些聚集在姐姐周围的人，都由衷地信仰姐姐。

现在这样，我已经可以预见姐姐在不久的将来会崩溃的命运。

因为，姐姐不是神。

姐姐已经没有矢田阿姨陪在她身旁了，再也没有人会向她伸出援助之手。

姐姐已经 30 岁了，她已经不是那个容易受伤害的十几岁的少女了。但我知道，姐姐心中有比十几岁的少女更脆弱的部分。

因为姐姐的事情，我很是心烦意乱，人也日渐憔悴。我本来就瘦，本以为应该谁都不会察觉，但偶尔有人见到我时会说"你瘦了啊"。加之压力，我抽的烟多了，人也变得爱咳嗽了。

我的这些变化，我的女朋友纱智子也察觉到了。

"步，你忙吗？"

纱智子刚刚从石垣岛回来。她这次是去为旅行特刊拍摄照片，纱智子经常会这样远行。而且，她每次都会在回自己家之前来我家，这点令我很开心。

"为什么这样问？"

"可是，我看你很累的样子。"

纱智子晒黑了。但她就算被晒黑我也不在乎，我喜欢这样的她。

"我没事。"

实际上，我在犹豫要不要告诉纱智子。

我本来发誓不会把姐姐的事情告诉任何人，但随着姐姐的影响力不断扩大，我内心的承受能力也已经到极限了。我想把姐姐的事情告诉谁，这样就轻松了。

现在想来，我很后悔当时为何没有把鸿上约出来喝酒。大学毕业后，就算我当了自由撰稿人，我仍和鸿上保持着联系。鸿上大学毕业后，没有去就业，一直在兼职打工。她一直在位于池尻的某家餐厅打工，偶尔会去美术大学做裸模。

若是鸿上的话，就算我和她说了姐姐的事情，她也不会感到惊讶，反而会热情地听我说。而且，她不仅会替我担心，她也会担心姐姐吧？没有那些无聊的好奇心，而是发自内心地担心姐姐这个人。鸿上就是这样的人，温柔的家伙。

然而，我处在一个新世界里。

我有很多活要做，名人的采访、纪行、新专辑评论、影评等各种各样的工作都等着我去做。我作为一名畅销撰稿人，需要去见的人很多。

而且那个时候，我喜欢纱智子，非常喜欢。纱智子和晶一样，不会动不动就心生嫉妒。但我不想让纱智子产生不必要的担心。

"真的吗？你难道不是在为什么事发愁？不用顾虑，和我说说吧。如果不想说的话，就等你想说的时候再说。"

纱智子很体贴。

"嗯？"

看着纱智子灿烂的笑容，我感动得热泪盈眶。这就是我的失误，我最终把姐姐的事情告诉了纱智子。姐姐就是"旋涡"，是她制作的海螺。

纱智子手里拿着正准备检修的相机，认真地听我说话。时而微微点头，实际上，我没有仔细看纱智子的反应。总之我就想找一个人说出这些事：我从小是怎样被我姐姐耍弄、如何努力逃离我姐姐的影响，包括父亲出家、母亲在姥姥离世后迅速再婚，这些事，我全都告诉了纱智子。

等我把这一切全部说完时，已经是深夜了。

纱智子沉默了一会儿，注视着我，而后静静地说道："你可真能说啊，苦了你了。"

听到这句话，我简直想要哭出来。

纱智子说了我最想听的话。我不是在寻求解决我同姐姐和家人之间纠葛的方法，我只是希望有谁能够认可我，认可我是坏家最辛苦的人，我是这世界上最能忍耐的人。

"你难道没做什么吗？"这类题外话，我不想听。"你姐姐这样做，也有她自己的原因吧"，更会令我生气。

"苦了你了。"

再也没有比这句话更适合现在这个场合的了。

我觉得，纱智子就是女神。

她比任何人都懂我的心，我简直想要和她求婚，那是我第一次觉得自己也到了该结婚的年纪。我在脑海里想象着，我和纱智子住在漂亮的房子里，我们两个人都从事着富有创造性的工作，这样的生活，像影像般在我脑海中流淌。我们很幸福。

"纱智子，谢谢你。"

在那之后，我和纱智子一起泡澡，她留宿在我家，和她缠绵过后，我睡了一个安稳的好觉。我心想，说出来真的太好了。我觉得，我和纱智子之间，建立了新的更为坚固的关系。

然而，第二天清晨，我冲过咖啡后，纱智子这样开口说道："我能见见你姐姐吗？"

纱智子很早就起来了，坐在餐桌前，像是一直在思考这件事情。

"欸？"

"步的姐姐应该住在东京吧？"

"是这样。"

"我能见见她吗？"

起初，我没反应过来纱智子在说什么。我把倒好咖啡的马克杯递给纱智子，在她面前坐了下来。

"我想见见你姐姐。"

那个瞬间我还满怀希望地认为，纱智子是在为我担心，才这样说的；以为她是为了我才想去找姐姐谈话。一直以来我受尽了姐姐的折磨，纱智子是打算去告诉姐姐："我希望你今后别再折磨步了，希望你注意一下自己现在所做的事。"我这样想着。然而，当我看到纱智子的表情时，立刻便明白我想错了。纱智子的眼里闪着亮光。

"你说想见我姐姐……为什么？"我小心翼翼地问道。

纱智子探过身来。

"我想拍摄你姐姐的照片。"

我听到这句话的瞬间，立刻将目光移向了马克杯。我回想起了我和晶分手时的事情。纱智子这一句话，让我瞬间决定和她分手，她伤害了我（马克杯是我和纱智子一同去柏林取材时买的。我似乎很喜欢和女友买情侣款马克杯）。

"照片是……"

"别担心。不是拍那种曝光'旋涡'是谁的绯闻照。我拍的照片，你还不知道吗？曾经的人生受过创伤的女性，用艺术开启了自己全新的人生。我是想拍这样的照片。"

我一直盯着自己冲的咖啡看，那是漂亮的栗色。我虽然喜欢喝咖啡，但如果不加入牛奶和白砂糖的话，我就喝不下去。每次放砂糖的时候，我的脑海里就会回响起姐姐的声音。但我会无视它，继续放砂糖。

"喂，步？"

纱智子握住了我的手。纤细的手指，根本令人无法想象那会是摄影师的手。但纱智子一直在摄影，她拍过数千张、数万张的照片。每张照片都很美，但我却从没有觉得她拍的照片出色。重要的是，我不知道从哪里去判断一张照片是否拍得出色。编辑赞赏的照片，我就认为拍得好；编辑不屑的照片，我便觉得拍得烂。我就是这样的人。

"相信我，相信我的照片。"

当然，我拒绝了纱智子的请求。但纱智子并没有就此放弃，她想方设法地想要说服我。

"步，你有必要正面面对你姐姐。

"你姐姐若是光明正大地现身，或许她就能安下心来，直面过去。"

纱智子和我说了种种，但中心意思只有一点，"让我给你姐姐拍照片吧"（女生为什么这么喜欢"直面"这个词呢）。

纱智子目光澄澈，像是北欧的湖水，清澈无垢，很漂亮。但正因如此，我才觉得恐怖。纱智子那颗赤裸裸的野心，令我害怕。那种一意孤行的强势，很吓人。

是的，纱智子有着和我母亲一样的目光。

当我察觉到这一点的时候，我手中的杯子落地而碎。我是故意的。

即便如此，我和纱智子仍旧继续交往了几个月。纱智子会给我发短信，我也会回复她，但我们终究不能再像以前那样交往了。我无法相信纱智子，纱智子也明白这一点。最终，纱智子生气了，气我不能够理解她对艺术的追求。

我非常明白。

纱智子是想通过拍摄我姐姐的照片，提高自己。

纱智子很漂亮，讨人喜欢，也有不错的能力和体力，因此，拍摄工作接连不断。可是，纱智子自己也注意到，她的实力仅此而已。

如果只是做一名普通的摄影师的话，她现在这样已经非常够格了。纱智子不是一个普通的摄影师，而是一个有野心的摄影师。

纱智子想要得到那所谓的艺术家的名誉。不是摄影师，她想要成为"摄影家"。因此，对于纱智子来说，像我姐姐这样的人物，是极具吸引力的拍摄对象。

只有我们两个人的时候，只要纱智子提起姐姐的名字，我就气不打一处来。纱智子看我不高兴了，她也会不高兴。她会责怪我不懂艺术，不支持她积极从事自己喜欢的事情，观念守旧。我的忍耐已经到极限了。

虽然我和纱智子分手了，但那时候我还爱着她。

那个温柔、聪明、漂亮的纱智子，那个我真心爱着的纱智子，仍旧温存在我心中。然而，最后，我却对她深恶痛绝。

纱智子在和我分手后，向关照过我的那位编辑提交了自己的方案。

"能不能让我拍摄'旋涡'呢？"

如果只是这样，倒还好。纱智子还告诉了那位编辑，"旋涡"就是我姐姐。

编辑给我打来了电话。

"今桥君，你能不能拜托你姐姐接受我们的摄影呢？"

我当然拒绝了。更恐怖的是，在那之后，纱智子和姐姐取得了联络。

不幸的是，我姐姐一下子就接受了她的请求。编辑找出了我推掉的那篇关于我姐姐的采访，并和纱智子一起联系了那篇采访的作者，最终和我姐姐取得了联络。而且，更加过分的是，他们利用了我的名字，说服我姐姐接受了摄影。

"那个人，说是步的女朋友呢。"

之后，姐姐告诉我。那个时候，我已经和纱智子分手了。纱智子利用了我的名字。

纱智子的野心实在太可怕了，甚至能让她为了达到目的而不择手段，轻易地就出卖了自己曾经的恋人。那个时候，我对女性彻底绝望。我和女生的相处方式从我中学时代起，从有岛那时起，就是扭曲的，但至此，已经彻底扭曲。我不再相信女人。

"她说，能来见见男朋友的姐姐，觉得很光荣。"

纱智子拍了姐姐数百张照片。而且，做成了特辑，刊登在了杂志上，占了整整 10 页！

标题为"接触旋涡，UZUMAKI"，姐姐的素颜被公之于众。

姐姐顶着光头，身穿男士西装，站在巨型海螺旁边，更显得身材消瘦。肩膀处垫了肩垫，乍一看有点像弗兰肯斯坦的西装。靠近屁股的地方，缝上了那条尾巴。西装下面，是赤裸的双腿。

裸露的双腿瘦得跟皮包骨头一般，看着都可怜。消瘦的脸颊、凹陷的眼眸，姐姐的样子看上去很不吉利。

杂志一经发售，姐姐的照片便（在网络世界）引起了巨大反响。

在那之后，纱智子以拍摄"受挫女性的重生"为主题的照片作为自己毕生的事业，而另一边，姐姐却只是陷入了被谩骂的境地。

44

姐姐为何同意登上杂志呢？

　　作为神秘的"旋涡"，充当地下世界的神，难道她还不能够满足吗？或者是因为纱智子是我的女朋友，所以她才同意的？虽然我最不愿意这样想。

　　如果真的是那样的话，那么让姐姐的世界再次崩塌的罪魁祸首，就是我了。

　　尽管我这样做像是在找借口，但我的确尝试着给姐姐打过电话。重要的是，我想告诉姐姐，我已经和纱智子分手了，纱智子为了成为摄影家在利用她。可当姐姐听我说完这些事情后，却说道："步，你不能因为分手了，就诋毁你曾经的女朋友啊。"

　　姐姐的声音里，透着活力。

　　大概她自己本来就想拍照，能有人热情地找她拍照，这使她很激动。而且，她一定开心地认为，我的前女友是想要约见她这位姐姐。

　　姐姐既是母亲的女儿，同时，她也是父亲的女儿。母亲固执己见，父亲体贴入微。母亲认为别人帮她拍照是理所当然的事，但绝不会主动去帮别人拍照。父亲却对周围所有人宽容以待，像个傻瓜一样，无私地帮助身边的人。这两个人的血液在姐姐的体内交汇融合，姐姐却因这种融合受到了伤害。

网上满是谩骂的帖子，多到令人瞠目结舌。

仅一次抛头露面，就被骂到这种程度的人物，也是少见。姐姐能引起如此轰动，自然是有抨击价值的吧。发帖无须留名，谩骂之声汹涌而来。我曾经就觉得，互联网的扩展和什么有些相像。看着贴吧上的这些文字，我终于意识到了。

这，就像是蝗虫来袭。

不不，无论是蝗虫还是蝙蝠，抑或是其他什么，都无所谓。

总之，这与生物大量繁殖吃光村落和森林十分相像。

姐姐似乎看到了网络上的这些谩骂。

或许是她的支持者中有谁告诉了她，又或许是姐姐直接受到了某种伤害。我没有旁敲侧击地问过这些，重要的是，姐姐再次受到了伤害。

网上的谩骂之声，针对她的海螺作品的并不多，几乎多半是对她容貌的辱骂。"丑八怪""恶心""和厕所里的涂鸦一样，无聊的家伙"。作为一名"艺术家"，姐姐不该在意这些事。不，或许她从没在意过。说她"装腔作势"也好，说她是"一个外行的出来瞎瑟"也罢，对于姐姐这样一位孤傲的艺术家而言，这些应该不过是生活中的调味料而已。

然而，姐姐看到了那个。

在众多无聊的谩骂之中，出现了那个词——老树。

确切地来说，是这样写的，"看着只像棵老树"。若往好的方向看，这或许是在指姐姐的孤傲和神圣性。

"老树"。

可是，姐姐不仅仅是 30 岁的人。她是我那个姐姐。

她不是那个"旋涡"，她是贵子。

姐姐很容易就会回忆起幼时的事情。而且一旦记忆倒回去，那些曾经围绕在她周围的心理阴影，又会重新浮现出来，还有那些迄今为止对她的语言攻击，投向她的冷嘲热讽。曾经被当作神一样受人崇拜，转眼间人们却都对她避之不及。

加之，姐姐现在是孤身一人。

父亲躲进了山上的寺庙，我这个弟弟也帮不了她。向母亲求助这种事，姐姐更是从未想过。

"旋涡"停止了活动。

这一切简单到令人恐惧的地步。这简直比蝗虫席卷村落还要轻而易举，姐姐这棵树倒下了。对于姐姐来说，"老树"这个词就像是诅咒人崩溃的咒语。

纱智子和编辑都未替姐姐考虑过，只是拍完照，发布出去了事。之后的事情，他们一概不管。是姐姐自愿接受的摄影请求，她也已经是个成年人了。但这对姐姐而言实在是残酷。

姐姐被抛弃了。

跟随她的众多支持者，纷纷离她而去，姐姐不再制作海螺模型，没有谁长久地陪在她身边。没有了海螺，姐姐只是一个人而已。

姐姐又闭门不出了。

海螺的吸引力，也没能让姐姐继续留在这个现实世界。而且，更为重要的是，satuorakoomonnsama 已经不存在了。棕色虎纹猫，在东京随处可见，它的肛门已经不能再拯救姐姐受伤的心，毕竟那也只是棕色虎纹猫的肛门而已。

但有人拯救了姐姐。

总能救姐姐于水深火热之中的那个人——矢田阿姨，这次的方式，有些独特。

因为阿姨已经去世了。阿姨即便已经离世，仍拯救了姐姐。

夏枝姨去看望阿姨时，发现了阿姨冰冷的身体。珍重的人去世时，夏枝姨总是第一个发现，这就像是命运的安排。阿姨去世的原因，竟然和姥姥一样，都是因为突发了心肌梗死，也就是猝死。

阿姨躺在被褥里，一动不动。厨房的窗户开着条细缝，野猫们从这儿钻了进来，像是要温暖阿姨那已经冰冷的身体似的，在阿姨的周围围成了一个香盒的形状。夏枝姨一时望着这般景象，心生感动。

"真的让我惊讶，就像是佛祖释迦牟尼离世似的。"

当然，释迦牟尼去世时，夏枝姨不可能在场。但夏枝姨绝不是会说谎的人，她既然这样说了，那当时的场景一定就是这样的。矢田阿姨就像释迦牟尼圆寂时那样，庄严地离开了。

姥姥去世还不到一年，我不得不又踏上回家的旅程，去参加矢田阿姨的葬礼。我小心翼翼地给姐姐打去了电话，姐姐和我一道回来了。实际上，我当时认为姐姐的精神会就此彻底崩溃。没有了satuorakoomonnsama，又再次受到伤害，如今，连矢田阿姨都失去了。

姐姐一路上都很安静。而这种安静，令我恐惧。姐姐任自己的头发长了出来，也不梳理，很难看，她看上去就像个男人。但姐姐走出了她的家，为了去见矢田阿姨，她回到了这个世界。阿姨的力量是如此强大，即便已经离世，她的影响力仍能波及遥远的东京。

我们姐弟二人没有回母亲家住，而是留宿在了姥姥家。

我们的家现在是母亲和小佐田桑的新婚爱巢。我们没有回去，母亲也没有说什么，我母亲内心一定也觉得有些不好意思吧。而且，母亲也能感受到我们内心对矢田阿姨的不舍与哀伤吧。

在阿姨的葬礼上，来了非常多的人，真的非常多。

在这些人里，有的受到过阿姨的经济援助；有的生了孩子，名字是由阿姨取的；有的曾是混混儿，听了阿姨的教诲如今已改邪归正；还有由阿姨做媒结婚的夫妇。尽管我和姐姐知道，矢田阿姨就像大家的教父一般，帮助过很多人，但没想到会多到这种程度。在一般老年妇女的葬礼上，根本不会来这么多人。

姐姐在葬礼举行期间，一直很安静。没有胡闹，也没有痛哭。

她一直注视着阿姨的遗像。我看着姐姐这个样子，觉得她并不像是精神快崩溃的样子。但我看到姐姐在葬礼举行中途，摇摇晃晃地走出去了。大家没有像在姥姥葬礼上那样，用好奇的目光看向姐姐，大家都在为矢田阿姨的离世默哀。因此，姐姐安静地离开了葬礼现场。

我悄悄地跟在姐姐身后，担心地想，她该不会是想做什么吧？比如去寻死什么的？就算不是去寻死，我也想不出被逼到这个地步的她，会做出什么事来。

姐姐穿过了墓地。几只猫蹲坐在墓碑上，姐姐走过去时，一下子就散开了，走在姐姐前面，像是为姐姐引路。而后又跳上了另外一块墓碑，注视着姐姐。好几只，又好几只，这样重复着。我看着这不可思议的一幕，确信姐姐是想去矢田阿姨家。姐姐的脚步十分坚定。

阿姨的家里，仍旧有很多猫。

其中，就有棕色虎纹猫。虽然不知道是不是阿姨说的那只，但它看上去极为普通。这时，姐姐察觉到了我在跟着她。她看着我，没说一句话。

阿姨家的门没锁。

就像进自己家似的，姐姐仿佛早已知道这些，打开门进去了。屋子里也有几只猫。尽管阿姨已经不在了，但房间里仍旧飘荡着阿姨的浓厚气息，不管怎样，我仍能感觉得出这里是"阿姨的家"，是我们非常熟悉的矢田阿姨的家。

在satuorakoomonnsama事件之后，这是姐姐第一次踏进阿姨的家。我跟在姐姐的身后，紧张地注视着姐姐的一举一动。

姐姐在那里站着，看了一会儿。就算我在她身后，我也知道，她在盯着某一个地方看，那里曾经放着satuorakoomonnsama的祭坛。那个瞬间，姐姐的脑海里，应该在飞速地闪现着过往的种种。那些我所无法猜测到的什么，向她压来，姐姐只能站在那里。

"喵。"

是一只三色猫。姐姐像是以这个声音为信号，行动了起来。

她走到曾经放置祭坛的地方，打开了摆在那里的橱柜的橱门。就像是在她自己的房间里一样，哪里放了什么，她像是全知道。我想，姐姐也的确了解吧。姐姐打开的那个橱柜里，放着一个简洁的木盒。这一切的展开，就像魔法一般，我暗自激动起来。

出乎我意料的是，姐姐拿出了那个盒子，并打开了它，毫不顾忌一旁有我在场。

盒子里放着两封信，一封是遗书，另一封写着"给贵子"。当时，一股强烈的妒意涌上了我的心头。虽然我没有姐姐那么喜欢，但我也是喜欢矢田阿姨的。阿姨应该也是喜欢我的。可是，阿姨去世了仍旧记挂着姐姐,只给姐姐留下了遗言。那个写有"给贵子"的信封,看上去是那么耀眼,非常耀眼。

这如同电视剧一般的情节,姐姐却不为所动。大概姐姐和阿姨事先就约定好这一切了吧。或许是从那天阿姨让姐姐走出房间开始的,又或许是在更早之前就约定好的。总之,姐姐存在的那个世界,只有阿姨和她自己了解。姐姐有些神秘,很难看出,她会因为网络攻击而意志消沉。

姐姐拆开那封写给她的信,里面是阿姨那像男人似的笔迹。

"如果找到的话,这封信和遗书就作废。如果没有找到的话,就把遗书交给某个成年人(希望交给夏枝)看。"

仅仅写了这些话。

没有一句离别的话语,或是伤感的语言。

说实在的,我有些失落。我原本期待信里会写着什么更具戏剧性的事情,但我又很快明白过来,这很符合阿姨的作风,阿姨自始至终都是男人的作风。阿姨不会留下恋恋不舍的冗长的话语,若是这样做的话,也会令姐姐感到不舍,阿姨应该也不希望变成这样吧。

姐姐静静地逐字读着这封信,仿佛在心中咀嚼着阿姨的这两句话。"找到的话"是指找到什么呢?"没有找到的话"又意味着什么呢?姐姐似乎也不明白这到底在指什么事,但在她内心迷茫的深处,隐约觉得是在指那件事。

我想起了那句话。

"必须靠自己找到自己的信仰。"

那天,阿姨告诉姐姐,要去寻找自己的信仰,寻找能够代替satuorakoomonnsama的自己所信仰的事物。姐姐的宗教求索之旅便由此开始了。

姐姐拿着信看了一会儿。

我知道，姐姐还没有找到她的信仰。姐姐曾想要去相信什么，或许是伊斯兰教的清真寺，或许是想要出家的父亲，又或许是她自己做的海螺。可是，这其中的哪一个，都没能成为姐姐的依靠。不然，她现在也不会落到如此受伤的地步。

我和姐姐一直站在那里，一动不动。我感觉，如果自己动一下，也许会有什么从姐姐体内爆发出来。而且，那绝对是这里不该有的。

姐姐抚摩着信纸。大概写"satuorakoomonnsama"的用纸和这张信纸是一样的吧，都是冷淡的白纸。但如果阿姨在这纸上留下她那强劲有力的字迹的话，这张纸便拥有了惊人的力量。

"（希望交给夏枝）。"

就在这时，有人打开了房门，那个人不是别人，而是夏枝姨。这就是阿姨那惊人力量的最好证明，我倒吸了一口凉气。姐姐已经是个十足的成年人了，阿姨却仍留下信让她交给成年人看。难道说，阿姨在生前就已经预料到现在这幅场景了吗？

"贵子酱。"

夏枝姨站在门口这样说道。察觉到我的存在后，夏枝姨冲我笑了笑，而后又看向姐姐。那个时候，我竟然很不懂事地心生嫉妒。我嫉妒，大家，不，正确地说，是我所爱着的大家，全都只是关心姐姐。

"这个。"

姐姐把写有"遗书"字样的信封递给了夏枝姨。夏枝姨稍稍愣了一下，而后又像明白过来似的，接过信封。她站在那里，拆开了信封。我甚至期待着，阿姨会不会在遗书里留下了什么话；期待着阿姨给姐姐和夏枝姨，希望也给我，写了一些伤感别离的话语。

然而，那封遗书的内容也很简单。

主要是关于遗产的分配方式（尽管阿姨住在这样一栋房子里，但她拥有一笔巨额的资产），以及葬礼后的安排，信的最后这样写道：

"希望能将我的骨灰撒掉。撒骨灰的事，交由今桥贵子来做。"

我这次终于看清了姐姐。

姐姐仿佛是深海里的生物，悄无声息的。既看不出她对什么感到吃惊，也看不出她对什么有所理解，她只是存在于那里。那种宁静的氛围，就像是待在那里的猫。

遗书最后还有一句话：

"撒骨灰的时候，请带上这张纸。"

那张纸已经旧得泛黄，仿佛轻轻碰一下就会碎开似的。因此，被放在了透明的文件夹里。看上去简直就像是古代神秘的文书，仔细一看，那是词典的一页，总觉得那是"す（su）"行的一页。

要说我为何不能确定，是因为那一页全被墨水涂抹掉了。除了一个词——"救世主"。

我不假思索地看了看夏枝姨，夏枝姨沉默地盯着这张纸。虽然夏枝姨的脸上没有什么表情，但她的眼睛深处分明显出惊讶。我看着夏枝姨的眼睛，然后明白了，夏枝姨知道这件事。

"救世主"。

墨迹干掉后，"す（su）"行的文字从纸的背面浅浅地透了过来。"喜欢""酸萝卜咸菜""立刻"。

"姨，这个。"

我这样说道，夏枝姨看着我和姐姐。

"你知道什么吗？"

夏枝姨微微地点点头，点过头后像是才想起来要回答，小声说道："知道。"

"到底是什么意思，这个？"

夏枝姨告诉了我们。

那是有关矢田阿姨的某段恋爱的事。

45

矢田阿姨于 1928 年在神户出生。

听夏枝姨姨说，矢田阿姨出身富贵，是个有钱人家的大小姐，自幼便有条件学习小提琴，这在当时可是非常少见的。矢田阿姨还有好几个兄弟姐妹，当时父母也都还健在。但阿姨从没有问过父母，自己在几个兄弟姐妹间排第几，父母都是从事什么的人。

除了阿姨，一家人全在 1945 年 6 月的神户大空袭中遇难了。虽然不知道和这件事有没有关系，但我的确没有听阿姨说起过亲人的事情。

空袭那年，阿姨 17 岁。

阿姨经常外出不在家。就在这期间，她的家被空袭的炸弹击中了。

"那个，对，吃了一惊。竟然全都没有了。"

夏枝姨的说话方式，有点前言不搭后语。我也明白这其中的原因。

夏枝姨是按照当时矢田阿姨的说法，在叙述这件事。

别人在说话的时候，夏枝姨是绝不会插嘴的。就算对方说话毫无条理，夏枝姨也不会寻问到底是怎样一回事。就算对方话到中途戛然而止，夏枝姨也不会继续追问下去。夏枝姨总是这样，把听来的事情原封不动地传达给别人（夏枝姨甚至很少主动转述别人的事，因为她本就是个喜欢倾听的人）。

我能够想象出来，矢田阿姨是怎样讲述这些事的。阿姨说起话来，常常把各种事情都省略掉。有时候是必然的，有时候又不是。但说到自己的人生经历时，阿姨省略掉了很多细节，我想是因为前面所说的事情吧。阿姨生活在那样一个艰难的时代里，如果不略掉一些细节的话，是无法讲述出来的吧。

总之，阿姨失去了亲人和家，但阿姨还活着。对于一个 17 岁的少女来说，这样的青春实在是太过残酷了。

在遭遇空袭的两个月后，阿姨在这片焦土上迎来了终战。

在那之后，阿姨是如何谋生的，不，用"谋生"这个词来形容太过简单了，应该说是如何生存下去的，阿姨把这里也省略掉了。夏枝姨当然不会询问阿姨当时做了什么，即便当时我在场，我也问不出口吧。我要问，也是该问夏枝姨这个转述人，但在听的过程中，我都几次犹豫要不要追问。

"然后呢，就遇到了身上有文身的人。"

那个身上有文身的人，某天出现在了阿姨的面前。那个人的背上就文着一个很大的辩才天女。

"然后，啊，阿姨，在家被烧掉的那一天，拾到了一本词典。"

夏枝姨绝不是一个擅长转述的人。她好几次倒回去说，或是沉默，在记忆里摸索着再现阿姨的话。夏枝姨这种真挚的态度，也是对矢田阿姨的一种敬意吧。当然，夏枝姨本来就具有这种特质。

倒回到空袭过后，矢田阿姨回到了化作焦土的家。

尽管自己的家化为灰烬，但她找到了一本词典。在这战火烧过的焦土之上，竟然留下了一本纸制的词典，阿姨觉得这简直是个奇迹，将这本词典视如珍宝地收藏起来。

然后，再谈回这个有文身的人。

可是，很快这个有文身的人不得不离阿姨而去。在由这件事转到下一件事之间，也就用了几秒钟的工夫，阿姨和那个有文身的人相恋了。不、不，恐怕用"相恋"这个词来形容两人之间的关系不太恰当。说"相恋"不大合适，还没有到"相恋"的程度。

两人分别的时候，阿姨将自己珍视的词典递给了那个有文身的人，并说道："请把它当作我。"而那个有文身的人则说，不能够接受如此珍重的东西。

"阿姨呢，则说，'那……就把其中的一页给我吧'。"

说到这里的时候，夏枝姨变得很能说了。

"我的意思是，想让你选一个词送给我。"

阿姨让那个有文身的人闭上了眼睛，而后自己便开始哗啦哗啦地翻起词典来，并说道："你若是决定了，就告诉我停下来。"

"这里。"

那个有文身的人意外地很快就决定了。

停下来的那一页，就是"す"行的一页。这一页分成了三部分。

"上面，中间，下面。你选哪边？"

"中间。"

"从右边起第几个？"

"第三个。"

这个词便是"救世主"。

"救世主"。

这个词对于阿姨来说该是多么珍贵的词语啊。

阿姨失去了家和亲人，变得一无所有，而就在这片焦土之上遇到的那个人选择了"救世主"这个词送给了阿姨。

阿姨将那一页撕了下来，珍重地收藏了起来。而后把词典送给了那个有文身的人，两人就此别过。那时，阿姨 18 岁。

"恐怕在这之后就再没见过面吧。"夏枝姨这样说道。

"夏枝姨，你是什么时候听矢田阿姨讲的这件事？"

"18 岁的时候。"

夏枝姨静静地答道。

我的直觉告诉我，矢田阿姨一定只和夏枝姨讲过这件事情。矢田阿姨在自己 18 岁时得到了活下去的力量，在夏枝姨刚满 18 岁的时候，矢田阿姨把这件事悄悄地告诉了夏枝姨。

矢田阿姨和夏枝姨虽然没有血缘关系（和矢田阿姨有血缘关系的人已经不存在于这个世界了），但是我能够理解矢田阿姨为何选择夏枝姨作为自己的倾诉对象，向她讲述这件事。

正因为夏枝姨不善言谈，能够将听到的事情原封不动地吸收，矢田阿姨才想和夏枝姨讲述自己的往事吧。不需要风趣地回答或是热情的反应，只是单纯地希望有个人能够倾听，这个时候，夏枝姨是最合适的倾诉对象。这时，我想起了母亲和好美姨曾说过的话："从没听过小夏谈恋爱的传闻。"

夏枝姨如果是在 18 岁的时候决定一辈子单身（虽然我不确定）的话，或许矢田阿姨觉得这个时候正适合将自己的往事讲述出来吧，将自己的往事讲给那个专注于艺术、安静生活的今桥夏枝听。

姐姐手里拿着的那个透明文件夹里，那页"す"行的纸已经破破烂烂。几十年过去了，那本经受过毁灭性的灾难奇迹般留存下来的词典，里面剩下的纸页恐怕已经消失不见了吧，我这样觉得，尽管我无法获知这本词典之后的命运。因为我总感觉，那个有文身的人在和阿姨分别后不久便死了。我想，夏枝姨和姐姐应该也是这样认为的吧。

"救世主"。

阿姨将其他词语全部涂抹掉，大概是想保持这个词的纯度吧。在战争结束后的数十年里，阿姨一直和这个词语相伴而活，相信这句话，并在自己的背上同样文上了辩才天女。

我被这段往事的宏大背景压垮了。我无法想象阿姨是十几岁的年轻小姑娘时的样子。为了仅一面之缘的人留下的话语，阿姨竟选择了独自度过一生。阿姨的这种专一，着实吓到了我。

我们沉默了一会儿。这次，猫们也都安静了。但这次，姐姐不再以猫的叫声为信号，她说道："走吧。"

姐姐总是这样，一旦下定决心，便会立即行动。

阿姨巨额财产的一部分竟然汇入了我的账户，和我父亲汇给我的钱款一样，金额大得惊人。阿姨记挂着我，这点令我很开心，但这笔钱的金额实在大得惊人，以至于我哭都哭不出来。

在迅速地举行过葬礼之后，阿姨的骨灰一部分遵照遗嘱交由姐姐善后（姐姐将这部分骨灰收到了一个密闭的蓝色塑料瓶里）。

母亲看着姐姐和夏枝姨的一系列行为，脸色不大好看，但也没有多说什么。小佐田桑站在母亲身边，两人看上去简直就像是相伴多年的老夫老妻一般，彼此亲密无间到了令我悲哀的地步。

矢田阿姨只写了"把骨灰撒掉"，至于撒在哪里，却只字未提。

姐姐决定拿着从矢田阿姨那里得来的巨款，去环游世界。

从她读过矢田阿姨留下的遗书，到她出发去周游世界，还不到一个月的时间。姐姐既没有什么社会关系，也没有必要和谁告别。可以说，她无拘无束。姐姐只带了一些旅行背包里能够装得下的东西，最里面是那个装有"救世主"词典页的透明文件夹和盛有阿姨骨灰的塑料瓶。这页"救世主"的词典页，偶尔也会成为姐姐的"救世主"，完全不需要其他的任何保护。就像是转学去开罗的小学生时候那样，姐姐潇洒地离开了日本。

我还曾担心过，姐姐的那些支持者会不会采取什么行动，但那也不是我该担心的事情。实际上，我也的确是杞人忧天了。

就算"旋涡"消失不见了，支持者又找到了新的目标——那些能够代替"旋涡"的事物。我这样说是有根据的，在姐姐从人们的视线中消失后，没过多久，有关"旋涡"的谩骂之声便销声匿迹了，半年过后，没有谁还记得"旋涡"。蝗虫离开了，是飞往下一个村落去了吗？应该是飞往再下一个村落去了吧？因为蝗虫不论何时，总是饥肠辘辘，必须吃点什么。

"旋涡"是我的姐姐这件事，也没像我担心的那样，变得众所周知。原本就没有几个人知道这件事。

我想，大概纱智子也不想让别人知道"旋涡"和我有关系吧。利用前男友的关系，拍到了"旋涡"的照片，这一定不会是什么好的名声。纱智子现在作为摄影家在各大媒体继续拍摄着她那"受挫女性的重生"系列照片。每当我在杂志上看到纱智子的名字时，就会想起那段痛苦的回忆而咬牙切齿。我嫉妒纱智子的成功。

我手头仍旧有接不完的工作，如著名人士的采访、书评和乐评、国外旅行的游记和日常杂记。

起初的时候，我怜爱每一个辞藻，对那些刊登着自己文章的杂志更是百看不厌，看到这一篇篇的文章，我会欢欣鼓舞。但是，渐渐地，这种工作形式成为日常，我总觉得现在变成了为工作而工作。不管去约见多么著名的名人，或是杂志留出多少版面刊登我的文章，但当我拿自己的工作和纱智子的工作做比较时，我还是不能够满足。然而，在我还没来得及考虑自己到底想做什么的时候，又来了新的工作，最后还是变成了为完成工作而写文章，最终演变成就算是手握刊登了自己文章的杂志，我也不会热心地读了。

我在自己的词汇中，没能找到超越"救世主"的词语。

或者可以说那也许是必然的。阿姨用自己的经历获得了"救世主"这个词，而我并不能硬从自己体内挤出与之相匹敌的词。

我果然被打垮了。

我没能像阿姨那样真切地渴望一个词。我终究无法知晓，自己所写的文章，对于这个世界会有什么意义。

我所写的文章，只是语言的堆砌，除此之外，再无其他可言。

某天，当我意识到的时候，我已经30岁了。

简直令人难以置信，我仍旧住在那套两室一厅的公寓里，一如既往地做着撰稿人。我没能找到超越"救世主"的词语，但我用那些矢田阿姨也曾用过的话语继续写着文章。到底是在向谁传达呢？甚至连我自己都不清楚，自己到底想向谁传达。就这样，我日复一日地生活着。

在一成不变的生活中，唯一在变的是我的容貌。

可爱的长相、标致的身材、光滑而健康的皮肤，纱智子靠着她的这副容貌和亲和力获得了工作。同纱智子一样，我的容貌一定也曾发挥过作用。第一次和我见面的女编辑们，看上去似乎都很开心见到我，她们还曾多次主动邀请过我。可是对于我来说，和自己相处了 30 年的这副身体，仅仅是自己的身体而已，再也没有任何其他意义。不仅如此，我曾竭尽全力地去忽视自己的容貌。我不想被人认为，我是靠外表得到一切的。

然而人生行至此处，我的身体有了戏剧性的变化。

我开始脱发了。

起初，堆在排水口的头发只是有点显眼而已。我当时还认为，是我的头发太黑了，掉几根堆在一起，的确看起来就像是掉了很多头发一样。可是，渐渐地，我脱发的程度越来越厉害了。

最终演变成我早晨起床时，惊讶地发现枕头上竟掉了一堆头发，我慌慌张张地买来了生发剂。那个时候，我又交了不知是第几任（算是）女友，每当女友来我家时，我都会把生发剂藏起来。我绝不想让人知道自己在拼命增发。不知从何时起，我嫌藏生发剂太麻烦，就不再把女友叫到家里了，最终和女友分手了，当然不仅是因为这个。

我不仅用过生发剂，还做过按摩，用过锤头的硬刷子，甚至还用过向头皮通电流的仪器。尽管我尝试了各种办法，但我的脱发仍在持续，仿佛我的发根全都坏死了似的。某天，我掀起刘海，"啊"的一声惊讶地叫了出来，我的发际线后退了，吓得我起了一身鸡皮疙瘩。

这副容貌曾给了我安全感。自幼时起我遇到的每个人，都会夸赞我长得可爱。初中、高中时，我能引起女生们的骚动。就算我在大学里放荡不羁，大家似乎也都原谅了我。在工作中遇到的人，也总是称赞我。虽然我曾经对自己的这副容貌产生过畸形的自卑感，但现在我的确因这副容貌受到了沉痛的打击。

一旦发量减少了，发际线就越来越往后退。如果用后面或是旁边的头发掩盖的话，分头发型就会看上去很奇怪。脱发脱到这种地步，我的这副英俊长相反倒显得碍事了。

我的样貌显年轻，就算我 25 岁左右的时候，看起来也像是 20 岁刚出头的人。如果我长得更男人些，光头的话也挺合适吧；如果长得更难看些的话，也可以把脱发当作笑料吧。然而，我长成这副样子。

某天，我终于下定决心，去了生发诊所。

我在网上预约好后，下定决心出了门。

诊所在新宿的一栋小型筒子楼的五层。在这栋楼的七层有一家"专业脱毛美容院"。一边是想要生发的人，一边是想要脱毛的人，这两类人竟在一栋楼里，多么讽刺啊。我一边在内心祈祷着不要遇到谁，一边按下了电梯的按钮。

电梯到一楼的时候，从里面走出来两位年轻的女子。

两人穿着超短裤，粘着厚厚的睫毛，感觉都能扇出声来。我避开这两位女子，她们两人快速地瞥了我一眼。

曾经女性看到我时，大都会投来友好的目光。便利店的店员看到我都会脸红；去咖啡店看书，女服务生会把写有电话号码的纸悄悄地放在桌子上。

然而这两位女子在走了没几步后这样说道：

"那家伙一定是去五楼的。"

这话简直像是一盆冷水浇了下来。那两个人放声大笑着走远了，而我站在原地一动不动。等不及的电梯合上了门，又往楼上去了。我看着电梯上升的数字，拼命忍住了泪水。我看着电梯停在了七楼，便走开了。

那个预约作废了，我回到了家。我想就这样待在家里一辈子都不出去了。

我从未想过，自己竟会变成这样。

我开始戴帽子了。

套头帽、棒球帽、遮檐帽……我买了所有样式的帽子。但不是出门买的。

"是为了掩盖自己脱发吧。"

我担心会有人这样说，最终我选择了网购。网络对我这样的人是友善的，我不仅在网上买了帽子，从那之后几乎一切我都在网上购买。甚至连衣服、鞋子、饮用水、洗衣液，我都是在网上买的，我尽量不让自己出门。

不得不出去工作时，我会戴上颜色最深的帽子。可是，我到了室内也不摘帽子，我也觉得很难为情。我感觉编辑和采访对象都在嘲笑我："这家伙脱发了。"

这让我有了痛苦的自卑感，不是扭曲的，而是真正的很丢人的那种自卑感。

我变得驼背了，而且说话变得吞吞吐吐的，也不敢直视对方的眼睛。我直到30岁才第一次知道，这种自卑感能改变我自身的印象。一直一起共事的编辑们每次看到我都会说："你最近看起来没什么精神啊。"

这句话成了我对自己的嘲讽。这是我对自己的头发的揶揄，也是我对想用帽子掩盖脱发的自我嘲讽。

我变了。

46

想喝咖啡，
于是，我走到了厨房。

　　墙上挂着的时钟，指针指向 3 点 27 分。开着换气扇的厨房里漆黑一片，但就算不开灯，我也能摸索着走到燃气灶旁。我在这个公寓里已经住了八年了。什么东西在什么地方，我闭着眼睛都能找到。

　　我只开了洗碗槽上方的荧光灯，往水壶里接水。

　　打开的荧光灯，发出刺啦刺啦的声响，清白色的灯光忽明忽暗，水流缓缓地注入壶中。虽然只有我一个人，接太多也喝不完，但我每次还是会多接出两个人的量。剩下的水第二天就凉了，若是在以前，我会用来给景观植物浇水。可是，现在我家里没有绿植。几年前我曾在家里养过滴水观音和鹅掌藤，滴水观音伸长的茎蔓弯弯曲曲的，鹅掌藤映在地板上的影子好似蕾丝花边。可是，由于我疏于照料，这两盆绿植日渐枯萎，现在阳台上只剩下空空的旧花盆摆在那里。

　　这藏青色的咖啡杯是在哪里买的，谁送给我的，现在有点想不起来了。往杯中倒入咖啡粉和咖啡伴侣，又放了很多白砂糖，而后倒入烧开的水。厨房的架子上放着咖啡研磨机和过滤器，但我已经有好几年都不磨咖啡豆喝了。我用汤匙好歹搅拌了几下，就把汤匙扔进了洗碗槽内。

"叮当"一声，清冷的声响。

我听到这声音，一时停下了脚步。这是生活中再平常不过的声音，却在我脑海中回荡着。

前天，我过了 33 岁的生日。

我仍旧住在那栋公寓里，做着同样的工作。和三年前相比，我的头发可以说没什么变化，也可以说脱发更严重了。不管怎样，有一件事可以肯定，我的头发很少。

一边喝着咖啡，一边写着稿件。

这是为偶像明星的粉丝会员杂志撰写的一篇采访，即便说是偶像明星，但也不是那种电视节目上的偶像明星。近几年，地下偶像明星突然陡增，我这里说的就是这类偶像明星。截稿日期是明天，现在已经过了凌晨 12 点，也就是今天了。按稿纸数量来算，三页的量。

我敲击着电脑键盘，啪嗒啪嗒的按键声在房间里回响，这声音并没有像刚才汤匙的声音那般铭刻在我心里。

完成稿件，发送过去，我牙也没刷，直接躺在床上睡了。等醒来时，已经是下午了。

我懒懒地拿过放在枕头边上的手机，在查看短信的时候，看到了一条来自"久留岛澄江"的短信：

"昨天你明明联络过我，抱歉啊！交稿排版费了不少工夫，才没能回复你。你工作怎么样？"

发过来的时间是早上 6 点 24 分。

我没有回信，打开了电脑里收到的邮件。有几封垃圾邮件，还有一封是上个星期交稿后，编辑又发回来的校样，以及一封来自陌生地址的邮件。没有打开那封邮件，我把手机放到枕头边上，盖上了被子。这一天，没有任何新的约稿。

我想过，这是从何时开始的？

从何时起，我变成了现在这个样子？

或许是从我开始脱发时起，又或许是从我的前任女友找我姐姐拍摄时起。然而，想想这些事，我的心情就会变得很糟，然后就不去想了。

我听说过，出版业不景气。也许，从我开始当自由撰稿人时起，就有这种说法。但是，我没把这个词当回事，过着自己的生活。在我步入社会工作那会儿，不用说出版业了，整个社会经济都不景气，时常能从电视上听到"不景气"这个词。

即便如此，我也找到了工作。就算没有好好参加毕业求职，我也找到了富有创造性的工作，可以见到日本乃至世界著名的艺术家。当时的我认为，我所在的圈子，和经济完全扯不上关系。不，我甚至都没有想过这件事。我顺其自然地得到了工作，结交了很多朋友，丝毫没有怀疑过自己的现状已岌岌可危。

然而，如今自己已 33 岁，却连每天是周几都不清楚，就想这样一天天地睡过去。

原因是文化杂志在持续废刊，而且为了削减经费，招收了很多兼职撰稿的编辑。但是，我这样浑浑噩噩，所有的原因一定出在我自己身上。

尽管持续废刊，文化杂志还是有的。编辑们兼任撰稿人，其实就是文章只有那个人能写，那样的人才会有工作可做。

我写的文章，大家已经感觉不到魅力了。

对此，我自己也这样认为。我写的文章，只是为了凑字数而已。对于撰稿人来说，思考自己的文章会被怎样解读，是非常重要的事。然而，我却变得仅拘泥于此。"这篇文章我想这样写"，这种想法我已经没有了。

写文章应站在读者的角度来思考，这或许是职业撰稿人的工作。但如果写文章变得很无聊的话，那就只是在为媒体而写。我现在写的文章，无所谓好坏，也不再像我的风格。换句话说，没有了找今桥步这个人写文章的理由，当然就会找能够替代的人。

我所负责的版面，交给了年轻的同事去写。

读一遍，真的令我自惭形秽，文章里充满了十足的干劲儿，洋溢着青春的气息。但是曾经，我也是这样的。虽然有很多拙劣的地方，但至少文章里充满了作者的一腔热血和坚定的责任感。

年轻的时候，曾有人告诉过我，一辈子都做自由撰稿人很难。"你最好找到一个自己专长的写作领域。"

那个时候，我还年轻。年轻，有魅力，充满了对文章的热爱。将文字串联成文章，让我十分享受。我没能把那个人说的话当一回事。

可是现在，我没能找到自己专长的写作领域，没能在某方面独具魅力，依旧是接约稿而后认真仔细地完成。

傍晚时，我起床了。

懒懒地拿过手机看，没有任何人发来短信。"久留岛澄江"也没发短信过来。

澄江，是我的女朋友。

她比我大两岁，现在35岁。她工作的编辑部主要出版面向职业女性的免费报纸，这类报纸通常在车站或是便利店都能看到。虽说是出版免费报纸的编辑部，但其背后有一个牢靠的企业做支撑，因此，我觉得澄江还是很优秀的。我和她是在一次大型酒会上初识的，从她点餐的方式，以及对大家的关照，可以看出她是个很能干的人。

在那次酒会上，澄江问了我的电话号码，之后联络过我好多次。在我们成为恋人之后，她高兴地说道："那次酒会，就像是为了让我和步君相识而办的呢。"

听她这么说，我难为情地差点叫出来。我讨厌自己完全上了大家的当，原本大家觉得澄江和我很合适，这件事就让我觉得屈辱。

澄江人很好。

即便是公司外的人都对她评价很好，而且她由内而外散发出的温柔气息，能让周围的人安心。

但她并不是个好女人。

圆圆的脸颊，圆圆的眼睛，虽然很可爱，但她看上去却像个阿姨。她虽然不胖，后背却很厚实，而且手脚短胖，略显土气，和她爽快的谈吐形成了鲜明的对比。

在我看来，好女人是像晶那样的，或者像纱智子那样的。线条纤细，有一双水汪汪的大眼睛，就算不化妆，看上去也很漂亮。结果，我憎恨这两个人，和她们分手了。在之后的几年里，我所交往的女朋友，水准越来越低。我知道，你们觉得我很渣。但我就是这样想的，没办法。而且，我也知道，这和我自己的情况越来越糟有关——一个从事自由职业的、头发稀疏的33岁的男人。

澄江人很好，值得人信赖、温柔、努力工作。可是，如果是在以前的话，我又的确会这样想。以前的我，绝对不会和澄江交往。而且，我会觉得那样想的自己很凄惨。

枕头沿着我头部的轮廓凹陷下去。起来的话，一定又会看到落在枕头上的头发吧。所以，我不想起来。就算不回短信，澄江也应该会联系我的。我这么想着。

我和她交往一年了，澄江真的很勤快。圆滚滚的身体，在我眼前匆匆忙忙地闪过，替我打扫房间。她做饭也很好吃。当然，也期待着我那心血来潮的欲望（要说哪边欲望强的话，澄江的欲望更强烈）。

我感觉自己深陷潮湿的泥沼。

提起晶和纱智子时，我会沉浸在一股优越感里，但说到澄江，我则会感到很安心，觉得自己的一切，在她这里都获得了肯定。她和我母亲是完全不同的类型，但我偶尔会想，或许提到我母亲，我也会是这种感觉？换句话说，我并不爱澄江。

出于罪恶感，我拿起了手机。

刚拿起来，手机就振动了。是我真正的母亲，给我发来了短信：

"还好吗？"

我母亲已迎来了花甲之年，可她这么大年纪，居然在发短信的时候还爱用图形文字。之前回老家时，我注意到，她手机上挂着年轻女性才会挂的装饰挂件。

母亲和小佐田桑在两年前分开了。

对此，母亲没有细说过。但据夏枝姨说，貌似是小佐田桑想去参加自己女儿的高中入学仪式，这成了两人吵架的导火索。

母亲觉得，比起她，小佐田桑更在乎他之前的家庭，认为小佐田桑这样做不好。

可是，对小佐田桑而言，女儿就是女儿。

和母亲再婚，也是母亲突然做的决定，他觉得对之前的家人有种强烈的罪恶感。母亲则把一切归咎于小佐田桑，她责难小佐田桑应该专注于现在的生活。

我亲身经历过，因此知道母亲是一个多么恐怖的女人，虽然我仅仅和小佐田桑见过几次面而已，但我知道他和父亲一样，是个性情温和、完全被动的人。尽管和我没什么关系，但一想到小佐田桑，我的胸口会一阵疼痛。因此，当我听说母亲和小佐田桑分开时，说实在的，我松了口气。

作为儿子，我当然也希望母亲能够获得幸福，但我母亲想要获得幸福的意念实在是太过强烈。这种强烈的意念让处在她身边的人受到了牵连，尤其是伤害到了像小佐田桑这样温柔的人。

我希望母亲在成为一个幸福的女性之前，能成为一个有常识的社会人。

然而，本来母亲就几乎没有进入过这个社会。有了父亲买下的房子和小佐田桑给的钱，母亲就算不工作，也能够生活下去。因此，我的愿望终究不可能实现了。

在那之后，母亲又有好几个月都在散漫度日。而且，不长记性地又找了男朋友。母亲都是这把年纪的女人了，还能找到男朋友，也是惊人。

现在这把年纪，已经找不到像小佐田桑那样可以步入婚姻殿堂的人了，因此，母亲也该有分寸吧。但即便如此，我觉得，我母亲绝不是因为两次婚姻失败就放弃再婚的人。

对母亲来说，第二次离婚虽然不是什么值得骄傲的事情，但却意外地成了一种良机。

好美姨频繁地来找母亲串门。

自治夫姨夫自杀未遂的那阵骚乱过后，好美姨变得对谁都很谦逊。与此同时，好美姨那妄自尊大和瞧不起人的秉性也随之消失了。

父亲和其他亲戚一起为治夫姨夫还欠款，好美姨感恩戴德，但父亲早早地出了家，这份恩情自然就轮到了我母亲这里。母亲根本没有接受这份感谢的权利，但父亲是母亲的前夫。因此，好美姨一有机会就给母亲打电话，对母亲表示感谢之意。

母亲见好美姨这个态度，曾和好美姨互相攀比的母亲，也褪下了铠甲。母亲和好美姨又变得像从前那般亲密了，这种气氛祥和的聚会，当然也少不了夏枝姨。也就是说，今桥家的三姐妹现在又聚到一起了。

"今天我们三个人一起吃的锅汤火锅。"

"我和好美、夏枝一起去逛街买夏季的衣服了。"

附带发来的照片里，三个人的脸靠在一起微笑着。

有时，母亲还会在发来的短信里问我有没有交女朋友，还有时直接问我有没有结婚的打算。

每当收到这种短信，我都会暧昧地回复，避而不答。33 岁，结婚也没什么奇怪的，但我不想考虑这种事。而且，澄江也期望着结婚，但我却不愿去想。

"结婚挺好的，又或许我想要个孩子。"

澄江曾这样半开玩笑似的说过。那时，我无法直视她的脸。

我逃避着所有的事情。

如果没有约稿的工作的话，就该卖些东西。在那之前，应该磨炼自己的写作技能，展现出自己的积极性。澄江既然是自己的女朋友，就有必要考虑到她的未来。她现在 35 岁了，如果不能对她负责的话，就该干脆利落地和她分手。

然而，我却没做任何事，而是选择了逃避。

我没想到靠自己工作会这么困难。我一直都很被动，自己主动去做成一件事的重担，我实在承担不起。

躲在被窝里的话，不必合眼，令人讨厌的现实也和我无关。但相对来说，现实也没有改变。就算这样躺着，也不可能有什么闪闪发光的宝物降临到我这里。我只是一直盯着床单的折痕看。

这时，手机来了短信。

打开一看，是一份突然而来的工作。大概是觉得发电子邮件的话，来不及了吧。采访约定在明天，对象是一位年轻的艺人。我明天也没有什么特别的事可做。

就算这样睡着觉，也能接到工作做。这样想着，我笑了一下。可悲。

47

指定的地点是一家小型事务所。

　　近几年，我做过很多艺人的采访，但这是一家我从未听说过的事务所。

　　艺人名叫"提拉米苏"，在昨天接到约稿的短信后，我大致看了一下网上发布的视频。他全身穿着褐色的紧身衣，脸上也交织涂着褐色和白色（也就是提拉米苏的颜色），总之就是一种意味不明的极力赞美提拉米苏的艺术。然而，就是这种意味不明，渐渐地积累起了人气。

　　采访内容将登在那种活动现场发放的价值100日元的小册子上。编辑也没有陪我来，所有的工作全由我一个人完成。今天不拍照也可以，但平时我是会带相机出来的。即便如此，酬劳却低得令人难以置信。

　　工作是工作。我收起了郁闷的心情，走进了事务所。

　　昏暗的房间里，摆着好几张办公桌，一旁的角落里勉强挤下了一张沙发，那里有个男人背对着我坐着。年轻的女人边向我鞠躬边说道："感谢您特意过来。"应该是事务所的人吧。之后她赶忙带我走向了沙发那边，男人向我这边转过身，站了起来。

"请多多指教。"

我看着男人深深鞠躬的身影，觉得有些眼熟。一种强烈的似曾相识的感觉袭来，让我有些眩晕，可我应该不认识叫提拉米苏的男人才对。然而，当男人抬起头的那一瞬间，我认出来了。

"须玖。"

男人不可思议地盯着我的脸端详了一会儿。而后，笑了起来说道："今桥！"

令人难以置信，须玖就站在我的眼前。

他一点都没变。棱角分明的精致面孔，虽然有点驼背，但身形非常匀称。而后，我的目光停留在了他的头发上，我非常讨厌这样的自己。须玖的头发浓密且漂亮，黝黑的头发像是迫不及待地想要生长出来似的。

我下意识地将手放到了自己头顶的棒球帽上。这种帽子，我在高中的时候从没有戴过。我唯独害怕须玖会说"你变了"。但是，须玖只是开心地说道："今桥，真的是你，好想念啊！"

"你们互相认识是吗？"

年轻的女人这样说道。

"是啊。高中的时候，是最要好的朋友。"

须玖这样回答道。"最要好的朋友"，听到须玖这样说，我都快要哭出来了。我内心面对须玖的那种罪恶感，渐渐开始融解了。

"今桥，能见到你，我很高兴。"

须玖还是以前的那个须玖。

心情平静下来后，我对须玖是提拉米苏这件事感到惊愕。须玖是那样有品位的一个人，却全身穿着紧身衣，脸上涂上颜色，竭尽全力地表演令人搞不懂的艺术。想问的事情实在是太多了，我反而容易沉默。

做采访，像我这样的话，是失职的，取而代之，须玖却聊了很多，这也让我感到吃惊。须玖以前不像现在这样能说会道，他总是侧耳倾听，别人在说，有谁有求于他时，他会竭尽全力去帮忙考虑，给予对方最真挚的回答。他曾是这样的人。

"总之，我想继续聊一下提拉米苏的好处。"

"我想把那种颜色，穿在身上。"

"刚开始，就已经很有艺人的感觉了！"

我知道，须玖是作为提拉米苏这个艺人，在回答我的采访。比如，当我问到他以前的经历时，他回答"我是可可爸爸和鲜奶妈妈所生"，偶尔在我没提的情况下，他还会以提拉米苏的身份插科打诨（虽然也只是喊一声"提拉米苏"而已）。坐在我眼前的须玖，没有变，还是以前的那个须玖；同时，也完全变了，成了另一个须玖。

总算结束了采访，我坐卧不安地想要起身离开，这时，须玖说道："之后有时间吗？"

我终于松了口气。

对我而言，时间多的是，而作为并不红的艺人，须玖似乎也有很多时间。我们两人走进了车站附近的一家咖啡店。

在柜台那里点了咖啡，我们找了座位坐下。我发觉自己在紧张，因为我和须玖已经有 15 年没见过面了，紧张是自然的。

"今桥你在从事撰稿人的工作啊？但是，很适合你。"

说实话，我都不想看现在的自己。几年前，文化杂志的评论文章几乎都是我负责写作，每天能见到各种艺术家，如果须玖看到那样的我，应该也会为我感到高兴吧。我想告诉须玖：我在唱片店为流行乐写推荐时，他曾告诉我的那些知识派上了用场。而且更重要的是，我想向他道歉，在地震后他心情郁闷的时候，我没能伸出援助之手。

然而，须玖却一直开心地笑着，说："没想到能见到今桥你！"

"我也是，根本想不到，须玖成了艺人。"

"哈哈，是啊。我曾经那么阴暗。"

"哪有阴暗啊？"

实际上就是这样。须玖并不阴暗。

虽然他寡言克己，但绝不是阴暗。他会饶有兴致地听足球部的成员说那些废话，在关键的时候能说出非常搞笑的话来，须玖是这样的家伙。总之，他很有品位。因此，就算我知道他成了艺人，我也许并不会惊讶。可是，我是指他成为一个很有品位的艺人的话。那种表情没什么变化，几乎一直在谈艺术类的事情，令文化人都感到略输一筹的艺人，会很适合须玖吧。可是，须玖全身穿着紧身衣，满脸涂上颜色，在毫无意义的时候喊出"提拉米苏"，我根本没想过，等待须玖的会是这样一个未来。

"你怎么了？"

这样说后，我又想这会不会像是在以一种轻蔑的口吻说话。我很焦虑。

"不是，我是说，那个，没想到须玖成了艺人，所以才想问你，怎么会变成这样的？"

我努力把话圆回来，但须玖显出丝毫不在意的样子。

"是啊，很吃惊吧？"

我在等着他的回答，须玖的眼睛直直地看向我。啊啊，是须玖的目光。我死也不把帽子摘下来，须玖绝对不在意。如果我现在把帽子摘下来，他也不会说什么吧。须玖只是目光认真地看着我的眼睛而已。

　　"提拉米苏。"

　　"欸？"

　　"我成为艺人的契机是提拉米苏。"

　　我忍不住笑了。

　　"不是，现在和采访不是一回事。你把真话告诉我。"

　　我这样说道，须玖的神情有些为难。

　　"不是，我是说真的。契机，就是提拉米苏。"

　　须玖认真地看着我说道。

　　地震过后，一直心情郁闷的须玖变得越来越糟糕。因为他的家庭并不富裕，他出去工作了，可是在外面听到的消息却总是令他伤心。因为经济不景气而自杀的人，欺凌，毫无理由地杀人。须玖不断在想，为什么这些受害的人不是他自己。

　　须玖不断地换着工作。

　　"我在工厂做产品检验、杀灭害虫，还做过用药实验。总之，我不想见人。"

　　须玖离开了家，自己住在一栋没有浴室的公寓里生活，每天也吃不上饭。

　　渐渐地，他的体重下降，脸也消瘦了下来。须玖说："整个人变得骨瘦如柴。"

　　除了工作上必需的对话之外，我不会去和任何人聊天，不知从何时起，须玖光想着自己死的事情，自己被死神选中的事情。

"那个时候，发生了那件事。"

当须玖提到那件事时，我没能立刻反应过来。我真的是很惭愧。

"我看见大楼崩塌的瞬间，自己也毁灭了。"

须玖说的是发生在美国的"9·11事件"。

"要说什么恐怖，我觉得就是对于那件事发生的背景，我丝毫不了解。那样恐怖的画面背后，在整个世界当中，在我不知道的地方，有多少人正在面临着死亡。"

那个瞬间，仿佛"9·11"的影像又出现在了须玖的眼前，他的表情很痛苦。须玖果然没有变，就算是别人的事，就算那是发生在国境以外的遥远地方的事情，他也会像对待自己的家人那般，为他们感到痛心。我看着眼前的须玖，再次觉得自己很羞愧。

在我看来，世界上发生的事情，只是发生在我周身之外的事情而已。对自己的生活没有影响的事情，我不会去深入思考。因为一听到这类事情，内心就会难受，我巧妙地选择了逃避。

"我已经迫不及待地想去死了。"

须玖自己想要死。很多人被夺去了生命，却不为人知，在这么多人当中，自己微不足道，也帮不上忙，须玖感到很羞愧。我的羞愧和他所感到的羞愧，绝不能相提并论。或者说，须玖的精神状态的确几乎快要崩溃了，但须玖无论何时都会体贴别人。他会这样想，如果自己不能帮助谁的话，那么自己就没什么必要活着了。

"决定去死后，我写了遗书。总之就是表达对家人的歉意。"

在那之后，须玖想在死之前再最后看一眼美好的事物。在须玖看来，世上一定有很多美好的事物。落在唱片上的指针的影子，在那之后奏起的各种音乐，油画笔画过的痕迹，翻动书页的声音。然而，须玖说："我当时想去看富士山。"

他想最后看一眼富士山。

"太宰治的《富岳百景》你还记得吗？不知为何突然想起了那本书，无论如何都想看一眼富士山。想看一眼太宰治看过的富士山。"

太宰治是须玖喜欢的作家之一。

"太宰治，会不会太阴暗了？"

我这样说道。

"不是，真的很好笑！"

须玖告诉了我意料之外的事。太宰治的作品中，须玖很喜欢《富岳百景》。不管读多少遍，都能开怀大笑。

我多少能够理解须玖为何在最后想起了那个让他读起来开怀大笑的太宰治。太宰治是个非常温柔的作家，而且，这位作家也因此而死。话说回来，我感觉须玖和太宰治有点相似。

须玖决定从自己所住的大阪徒步走到富士山。时值盛夏，一路上，须玖都在野外宿营，他身上有了一股难闻的味道。

"我想过，在徒步走的途中，想死的想法会不会就没了。"

须玖仍旧走着，向着死亡。想死的心思却没有半点动摇，连他自己都感到惊讶，就这样，须玖朝着富士山走去。

身上带的钱在途中用光了。反正都要去死了，饿死也无所谓，但他想看到富士山，并不是想死在森林里。总之看到富士山后，再决定怎么死吧。

终于，那天须玖看到了富士山。

那样稳健美丽的富士山，山脊缓和地延伸向远方。天气晴朗得如画一般，在富士山近处涌动着大片的积雨云。须玖感动了，太宰治看过的富士山，自己也终于见过了。接下来，就是想像太宰治那样死去。

那个时候，须玖有点眩晕了。

好几天没吃东西，须玖饿到了极限，他想吃点什么再死。可是，他身上只剩下一些零用钱。

凑起来一共是 198 日元。

他手里握着这些钱，进了最近的一家便利店。开始他本来打算买一杯泡面或者一个饭团，但他偶然瞥见冰柜的价签上标着 198日元，和他手里拿的钱数正好一样。须玖觉得这很巧合，就拿了这个商品。

而这个商品，就是提拉米苏。

须玖很快地拿着它走到了收银台去结账。他觉得，再也没有比这个更合适做自己人生中最后的食物的了。

须玖身上难闻的气味，令收银台的店员感到害怕。须玖也不在乎他们的眼神，拿起了提拉米苏。

站在便利店的停车位处可以非常清楚地看见富士山。

须玖坐在车挡上，缓缓地打开了提拉米苏的盖子，微风拂过，最上层的可可的味道，轻轻地飘了出来。闻到那个香味的瞬间，须玖开始疯狂地吃了起来。

在一阵甜味直击头顶后，一股微苦的咖啡味席卷上来。须玖有生以来第一次吃到这么美味的食物，他哭了出来。想吃提拉米苏，想吃更多更多的提拉米苏，须玖用舌头舔干净了塑料盒里剩下的提拉米苏，简直像个妖怪一样。

"然后……"

须玖说到这里，缓了口气。

"然后呢？"

我催着问道，须玖有些不好意思地笑着说："无论如何都想再吃一个。"

须玖坐立不安。钱已经用光了，须玖只好不顾形象地回到店里。店员们惊恐地瞪大了眼睛。须玖说道："无论如何，请再让我吃一个提拉米苏。"

须玖是认真的，他想再尝一次那种幸福的味道。只要再让他体验一次，那种甜味溢满口中的幸福感就好。

然而，里面的其他店员看到须玖这个样子，通报了警察，须玖被警察带走了。

"那个时候，已经没有想死的念头了。"

须玖像个顽皮的孩子似的，挠着头。

"总之，就是想吃提拉米苏。"

须玖喝了口咖啡。话说回来，须玖往那杯咖啡里放了很多白砂糖和牛奶。我不知道，须玖喜欢吃甜的东西。

"我也很对不住太宰治啊。如果是太宰治的话，应该会把我这样的家伙，这么不像话的话，很有趣地写出来吧。"

须玖这样说完，就不说话了，就像是所有需要说的都说完了一样，微微地笑着。当然，须玖还没有告诉我，在那之后他是如何成为艺人的。

不过，我也明白。

须玖救活了自己，因为他被这个世界上存在的提拉米苏感动了。一个甜蜜美味的提拉米苏，融化了须玖那颗坚定不移地想要去死的心。

须玖或许就是从那时起，想要做这世界上最无聊的事情的吧。

就算不潇洒也无所谓，就算不起任何作用也无所谓。

被当作这世界上最傻的人，做最无聊的事情，让大家开怀大笑。须玖这样想道。

"提拉米苏——！"

这句无聊的插科打诨，是须玖用清澈的嗓音向未来喊道，今后也要继续活下去。

"怎么总是我在说啊？真不好意思啊。"

须玖这样笑着说道。我喜欢须玖笑起来的样子。

"不不，很感谢你能说给我听。"

须玖一直盯着我看。他的眼睛显出疲惫，消瘦的脸颊，棱角分明，看上去就像耶稣。

"那么，今桥你怎么样了？"

我看着须玖。我也知道，自己的眼神像是在拜托须玖不要再问了。我没告诉须玖任何事，关于我自己的一切，我什么都没说。

48

我和须玖，友情重燃。

我们就像高中时那样，不，或许说比高中时还要有大把的时间。须玖光是靠艺人活动难以维持生计，因此，每周4次兼职深夜守卫，其余时间基本上都没事做。

我俩谁也没钱，所以每次都是去家庭餐馆小聚，在酒吧泡好几个小时。起初，我怕有人会想，一把年纪的大叔，一整天在这里干什么呢？但看到须玖毫不在意的样子，我也终于安心地笑了出来。

我们聊了很多。

我告诉了须玖，自己曾在Odd写流行音乐短评的事，以及迄今为止见过的艺术家。当然还有采访迪·安格罗的事，我也告诉了须玖。须玖听了《红糖》！我把自己第一次写流行音乐短评的事告诉了须玖，须玖真的非常高兴。最近听的音乐、看的书（须玖会去图书馆借书看），讲也讲不完。

"我觉得，就算没钱，生活也很丰富多彩。"

须玖实际上是富有的。

须玖几乎卖掉了所有的唱片和书。但是，对于新的音乐和新的小说，他又毫不在意价钱，买来听、买来看。他所拥有的丰富知识和那份对于艺术不变的热爱，让他看起来比任何人都富有。他几乎每天都穿着同样的衣服，但洗得很干净。须玖有着平日里游手好闲的男人完全不会有的品格。

话说回来，第一次和须玖约见的时候，他带来了一张唱片。

"这个，我一直借来没还给你。"

是妮娜·西蒙的唱片。

那天，我们一起听了《感觉良好》，之后就再也没见过。怀念和心痛，以及难为情的心情交织在一起，我不知道自己该露出怎样的表情才好。

"真的，对不起。我一直拿着它。"

我勉强地摇摇头。而后挤出一句话来问道：

"这个，你一直在听？"

"在听啊，一直在听。"

听到这句话时，我的脑海里想起了妮娜的歌声。低沉而冰冷，再没有谁比妮娜的声音更温柔。

"新世界即将由此开始，而我心情正好。"

我们等待着新一天的到来。

一个头发稀疏的自由撰稿人和一个不红的艺人，我们是这样两个 33 岁的男人。但在我再次遇到须玖后，我感觉一个全新的、不可思议的世界在我眼前展开。须玖对我而言是光。

就算聊得再多也聊不够。因此，在我们第 5 次聚餐的时候，也就是我们再次邂逅的总共 30 多个小时后，须玖这样问道："你姐姐还好吗？"

当然，我聊了我姐姐的事。我对须玖什么都能讲出来。矢田阿姨的事、骨灰放进了蓝色的特百惠塑料瓶里的事，还有阿姨的"救世主"的事，我通通告诉了须玖。须玖安静地听我讲着，那沉静的目光，正是须玖的，对所有人都温柔以待的男人的美丽的目光。

话说完的时候，须玖喝着第 4 杯加冰欧蕾咖啡，我喝着第 3 杯咖啡。

"像你姐姐的作风。"

须玖像聊起令人心疼的话题时那样，眯起了眼睛。对啊，我只有在须玖面前才不会为姐姐的事感到羞愧。我只有在须玖面前，才能把那个今桥贵子当作一个普通的姐姐那样看待。

"你姐姐，已经把骨灰撒完了？"

"好像是的。"

姐姐好像是在两年前把骨灰撒完了。

在姐姐出游的最初几年里，几乎音信皆无。母亲很是担心，经常收看电视新闻，可是，谁也不知道姐姐人在哪里，没办法确认姐姐的安危。

但夏枝姨总是说"没事的"。夏枝姨这样平静地说，真的让人觉得姐姐平安无事，实际上，姐姐也真的平安无事。

姐姐在周游世界。

马来西亚、泰国、柬埔寨、澳大利亚、克罗地亚、捷克、斯洛伐克、俄罗斯、德国、荷兰、法国、西班牙、摩洛哥、突尼斯、埃塞俄比亚、蒙古、中国，还有迪拜、埃及和伊朗。

虽然撒骨灰是此行的目的，但姐姐会在中意的城市暂住一段时间。因为矢田阿姨让姐姐找寻她自己的信仰，姐姐带着这个使命在旅行。

　　三年过后的某一天，夏枝姨来了电话。

　　"贵子酱说，想要步君的电子邮箱。"

　　在那之后，姐姐会偶尔兴起，给我发来封电子邮件。那个时候，提供网络的咖啡店在世界各处普及开来。

　　最初，邮件名写的是"贵子"。然而，之后邮件上终于开始标记她所在的城市和当地的天气。

　　"杜布罗夫尼克　多云""布拉格　雨""亚的斯亚贝巴　晴"，等等。有时一连数月都是同一座城市，有时一座城市只出现一次。可是，靠姐姐发来的邮件，我至少知道她现在在哪里。

　　发来的内容，都很冷淡。

　　"我认识了意大利籍的魔术师。"

　　"这边的人喜欢吃兔子。"

　　但她在埃及和伊朗时发来的邮件，内容倒显得有些激动。

　　"以前住的公寓完全没有变！"

　　"金字塔还是那么大！"

　　而且有一天，姐姐发来了这样一封邮件：

　　"我见到了牧田桑。"

　　邮件名为"圣弗朗西斯科　雨"。

　　起初，我没想起来"牧田桑"是谁。姐姐发来的邮件只写了"牧田桑"，却没做任何说明，那这个人我也应该认识才对，我只是想到了这一步。

　　但考虑了一会儿后，我终于想起来了。

那个牧田桑是姐姐的初恋。

姐姐刚转入学校的时候，他夸赞姐姐的衣服很漂亮，像个小雏鸡一样跟在姐姐身后的那个男孩子。牧田桑高贵的样子、修长的背影，清晰地浮现在我的脑海里。

"我见到了牧田桑。"

在那之后发来的邮件名没有变过，依旧是"圣弗朗西斯科"。也就是说，姐姐已经在圣弗朗西斯科住了两年了。

姐姐和牧田桑再会后，就没有再离开那里，又是怎么回事呢？在那之后，姐姐发来的邮件内容都是这样的：

"我和牧田桑一起去吃晚饭啦。"

"我和牧田桑一起去练瑜伽了。"

邮件里一直提及牧田桑，但只是文字而已，我不清楚姐姐的内心是不是动摇了。但是，从她发有关牧田桑的邮件频度来看，我只能确定一件事，就是牧田桑再次进入了姐姐的人生，而且对于姐姐来说，牧田桑在她心里占了很重要的地位。

"是在圣弗朗西斯科长住下去了吗？"

"看样子像是这样。已经在那里两年了，邮件名一直没变过。是不是很喜欢那里啊？"

须玖兴奋地挺起后背，优雅地吃起刚点的提拉米苏来。

"你姐姐是怎样又遇到那个叫牧田桑的人的呢？"

"嗯，回日本后也一直有联络，大概是通过社交软件吧。"

以互联网为介质，社交网络以迅速之势发展起来。实名登录后，很快就能找到自己的旧友，而且还可以结交到世界各地的朋友。这种软件，我还没有开始应用，我并不想让以前的朋友知道我现在是这个样子。一不留神看见昔日的恋人的近况，更是受不了。比如晶，特别是纱智子，她现在一定仍旧在这个圈子里活跃着吧。

而且，就算不特意去注册那种软件，我也能像现在这样和最要好的朋友见面。

须玖对社交软件一点也不了解，我虽然也不十分清楚，但还是向他做了简单的介绍。须玖只是说"好厉害啊"，但丝毫不感兴趣。看着须玖，我再次深深地感到，自己能和他相遇是个奇迹。

"今桥桑？"

这个时候，有人向我打招呼，在我身上又发生了另一个奇迹。循着声音的方向看去，我"啊"的一声叫了出来。

站在那里的竟然是鸿上。

"果然是今桥桑！欸，你怎么在这里？"

鸿上剪了短发，稍微瘦了点，但还是身着奇怪的服装（下身是印着忍者神龟的长裙，上身穿着男士白衬衫。可惜的是，她没有穿那双匡威运动鞋，也没戴"德里克·贾曼式"的帽子），一眼就能看出是鸿上。

"不不，你才是呢，怎么在这里？"

我吃惊地问道。

"我从半年前开始就搬到这附近住了！"

那天我们是在须玖住的车站附近的家庭餐馆里聚的。从我住的地方，只需换乘一次列车。

"竟然是这样啊。"

我大学毕业后，和鸿上时常保持着联系，但最终还是断了联络。首先我考虑到我有女朋友，其次就是我不想让她看到我现在的模样。

我戴着帽子，鸿上什么也没有问。她在我旁边坐下，打扮得像个十几岁的新新人类，但她已经 32 岁了。我快速地瞥了一眼她的左手无名指，没有戴戒指。

"啊，那个，这位是我大学的师妹。"

我向须玖介绍了鸿上，须玖沉稳地做了自我介绍。须玖完全没把鸿上奇怪的打扮放在心上。鸿上也没有用奇怪的眼神看须玖这个优雅地把提拉米苏吃光的普通男人。

"你好。"

就算没有社交软件这种东西，我们还是聚到一起了。

49

如我所预想的那样，鸿上没有结婚。

我们聚餐的这家家庭饭店，隔着车站的马路对面有一家面包店，听说鸿上就在那里打工，而且在那附近的公寓里借住。没有男朋友，也没找到什么特别想做的事情，鸿上就这样无所事事地生活着。

"爸妈好不容易供我读到大学，真的是对不住他们啊。"

鸿上虽然这样说，却完全看不出她脸上有任何歉意。

鸿上打工的时间是从早上到中午，因此，她也开始加入我和须玖的聚餐。须玖能够接纳任何人的加入，鸿上也有着能跟上我和须玖思维的各种知识。尤其是关于电影方面的，鸿上知道很多我们不了解的新作品和导演，因此，须玖很喜欢和她聊天。鸿上坚决地说在最近的导演里金基德是最出色的，须玖则说他喜欢亚历桑德罗·冈萨雷斯·伊纳利图。

我们简直像是三兄妹一般，总是黏在一起。

为了能三人相聚，须玖和鸿上甚至调整了他们的打工时间。

尽管须玖的艺人活动（虽然很少有）和我的工作（虽然在一直减少）都不规律，但须玖不在的时候，就我和鸿上两个人聚；我不在的时候，须玖就和鸿上一起玩儿。

和须玖一样，鸿上也问了我姐姐的情况。

"你姐姐，还好吗？"

果然，我和鸿上也能坦率地讲出我姐姐的事。

"她现在在圣弗朗西斯科。"

我完全不知道自己不在的时候，鸿上会和须玖聊些什么。因此，我不清楚，须玖知不知道鸿上的姐姐自杀而死的事，我也不清楚，鸿上知不知道须玖曾经想过要自杀。但当然，这种事很快我就觉得无所谓了。和须玖、鸿上待在一起，我感觉自己就像是浸泡在一碗温润轻柔的汤里。这和我与女朋友澄江待在一起的感觉又不同。

澄江也很温柔。而且她给我的感觉，也像是碗温润的汤。不过，一提到澄江，我总觉得自己很落魄。因为我能够清楚地意识到，澄江绝对算不上漂亮，但我这个 33 岁的脱发男人的确依赖着这位比自己大的女人生活。

提到须玖和鸿上，我能够很容易地回想起自己的黄金时代。我和须玖在一起时，我曾是多么光彩照人；我和鸿上在一起的时候，我曾引起多少女生的骚动。和他们在一起，我能够无视现在的自己，重回到过去。我知道这种行为是多么卑鄙无耻，但现实的自己实在是让我太受打击。我不想看到现在的自己，我只敢承认那个灿烂回忆里的自己。

因此，渐渐地，我和澄江见面的次数变少了。

澄江也很忙。有时她都是在深夜到凌晨之间发来短信，偶尔也会在短信里说"我已经两天没睡了"。

因为出版业不景气，各出版社开始削减人工费用，压在每个人身上的负担变重了。我们偶尔见面，澄江的眼睛下面出现了黑眼圈，法令纹也很明显，早晨的阳光照在她脸上，她看上去老了许多，我吓了一跳。

但偶尔欲望袭来，夺去了我的理智，很是碍事。澄江很配合我，我却把她错当成憎恨的对象。温存后，我背对着她睡，澄江则从后面抱住我睡。虽然我没勇气甩开她的胳膊，但我很讨厌她湿润的身体贴在我的脊背上。澄江睡觉总是会打呼噜，虽然我想理解为也许是她太累的缘故，但我实在是忍受不了她的鼾声。

"今桥桑，现在有女朋友吗？"

因此，在鸿上这样问我的时候，我说了谎：

"没有。"

话说出口的瞬间，澄江的脸便浮现在了我眼前，但我不想更正刚才的话。

"这样啊，今桥桑你以前不是一直都有女朋友吗？"

"欸，怎么会？你高中的时候不也是很受女生欢迎吗？"

"从高中时期就这样啦？今桥桑，很厉害啊。"

和他俩在一起的时候，就会变成这样。在那个瞬间，我忘掉了自己不断脱发的事，也忘掉了那净收些垃圾邮件的空洞的电脑。

除了这些垃圾邮件，剩下的只有我姐姐偶尔会发来邮件。

"圣弗朗西斯科　晴"。

已经没有必要再关注邮件名了，反正我姐姐好像真的在那里落脚扎根了。虽然我也想过她的签证问题怎么弄，但很快我就意识到这不是我该想的事情。姐姐渐渐地变得离我越来越遥远了。

然而，有一天姐姐发来了一封电子邮件，我终于知道她是如何拿到签证的了。

"这次我和丈夫一起回日本。"

丈夫？

令人难以置信，姐姐竟然结婚了！我那个姐姐！

而且不是"这次准备结婚"，是已经结了。姐姐没有告诉我们任何人，就这样擅自结婚了，而且还说要回日本。

我慌了。

良久，我没有回这封邮件（也就是说，这是我姐姐单方面告知而已），但我还是不由得回道："什么时候？"

连我自己都不清楚，我是想问她什么时候结的婚，还是想问她什么时候回来。姐姐当然是理解成了后者。

"下个月 4 日。"

她这样回复道。回复邮件的日期是 8 月 29 日，也就是说，一周后，姐姐将要回到日本。我慌张地发邮件问她："是就此回国了吗？"姐姐则回复道："临时回国。"我虽然松了口气，但要问我内心的慌张是否平息了，那倒还没有。

首先，我联系了夏枝姨。实际上，我这次和夏枝姨联系，和上次已经相隔数年。面对夏枝姨，我简直是不孝的外甥。但是，我不愿将已经变了的自己暴露在他人面前，我完全在逃避。尽管我们是亲人，但如果母亲看到我的头，一定会毫不顾忌地说："哎呀，你秃顶啦！"

夏枝姨丝毫不在意这几年我没联系过她，在电话那头说道："我听说了哦，贵子酱，太好啦。"

然后笑了。夏枝姨没有变，仍旧被动地接受着，简直令我吃惊。因此，我把自己无法接受的想法告诉了须玖和鸿上。

“我姐姐结婚了！”

须玖和鸿上，都是为人很好的家伙。

“挺好的。”

两人这样回道，我也预料到了会是这种情况。我接着告诉了他们，姐姐的结婚对象是谁，什么时候结的婚，我都不知道。

“真的很像你姐姐的作风啊。”

须玖说道，紧接着鸿上又说：

“圣弗朗西斯科的感觉。”

结果，只有我一个人因为这件事而慌张。想到这里，我羞愧难当。但感到慌张的不只是我一个人，还有我母亲。

母亲听说姐姐结婚了，吃惊地瘫坐在了那里。虽说母亲都会祈祷女儿幸福，但这次姐姐的单方面告知，相比高兴，更多的只是令母亲感到吃惊。一边姐姐结了婚，而另一边母亲仍旧过着不安分的生活。自己渐渐地老去，却无人庇护，孤独地生活，母亲似乎无法接受这个事实。

“真的是，不敢相信！”

电话那头，母亲听了姐姐的事后这样喊道。但我却把这看作是母亲对现在的我所说的话。

姐姐突然回国，我也不得不回老家，因为我母亲强硬地要求我这样做。我没有反驳她的力气，也没有什么非得我留下来不可的工作。

头发的事，我已经放弃了，反正都要让母亲看见了。姐姐突然回国而且还宣布她已经结婚，有她的事挡着，我脱发的事应该能蒙混过去吧。我抱着这种期望回去了。

回到老家，出现在我眼前的姐姐，令我大吃一惊，她留了长发。

姐姐一头乌黑发亮的秀发，和母亲年轻时引以为傲的那头秀发很像（母亲现在长出了白发，因为染过，所以显出的是毫无光泽的褐色）。

更令人吃惊的是，姐姐穿着女人的衣服，是一件贴合她身形的简单的针织连衣裙。淡淡的黄色，与姐姐晒黑的皮肤很相称。

没错，也就是说，姐姐完全变得像个女人了。

姐姐那曾被称作"老树"的身体，也长了些肉。站在普通女性的角度来看，姐姐依旧很瘦，但她有了些许女性的圆润。

细长清秀的眼睛、看上去诚实的嘴唇、长长的头发、苗条的身材，综合来看，就算说她是亚洲美女也不为过。我觉得，姐姐现在的样子，至少在国外的某些地方能称得上"美"。

"步，好久不见。"

更重要的是，这样微笑着和我说话的姐姐，身上透着那种过着优越生活的人才会有的从容淡定。我最不敢相信的就是这一点。

以前姐姐身上一直散发着的，是"危险"和"不安"。这种氛围会感染到她身边的人，姐姐总会是某些事的元凶。

但是，姐姐现在在微笑。嘴角坚定地上扬，后背挺得笔直，整个人简直就像是赤脚站在一块名为"安定"的平台上。

在姐姐身边，站着一位身形消瘦的男人，皮肤白到令人难以置信的程度。男人面容消瘦，薄薄的嘴唇泛着白色，但大大的眼睛坚定有力。浓密的睫毛和眉毛，还有头发以及手背上长出的毛发，全都是漂亮的金黄色。

我本以为他是东欧人，但之后询问得知，他是混有波兰血统的美国人。

这个人名叫艾萨克。姐姐称呼他为"艾塞克"。

我曾经怀疑，姐姐的结婚对象会不会是牧田桑。"我又遇到牧田桑了", 在我收到这封邮件后, 姐姐像是定居在了圣弗朗西斯科, 而且牧田桑本来就是姐姐的初恋。因此, 在我看到艾萨克时, 我感到了双倍的吃惊。

毫不在意姐姐样貌上的变化, 以及她的结婚对象, 夏枝姨在一旁暗自高兴着。令我吃惊的是, 夏枝姨用蹩脚的英语在和艾萨克交流。我问她是在哪里学的, 夏枝姨则告诉我, 她常年看国外的电影, 渐渐就学会了一些简单的对话。说到夏枝姨的能力, 简直不可估量。

母亲站在夏枝姨身后, 姐姐竟然也向她打了招呼:

"好久不见。"

母亲完全像个小孩子似的, 红了脸, 嘴里不知道嘟囔了些什么, 一脸无精打采的样子。

姐夫(竟然有一天我会用上这个词)在家里住了下来。而且, 预计在日本待一个月的时间。

姐姐和姐夫两人住在姐姐以前的房间里, 但母亲一点也没收拾。因此, 我和夏枝姨不得不赶忙出去买艾萨克用的褥子和毛巾被。

在姐姐的房间里, 我和夏枝姨在拆包装的时候, 都还在恍惚中。我还没能跟上姐姐改变的步调, 也没有实感, 那个名叫艾萨克的典型的白人成了自己的姐夫。我只是在想, 自己到底是为什么回来的。

夏枝姨边给枕头套上新买的枕套, 边少见地主动和我说道:

"找到了啊。太好了。"

我当时以为, 夏枝姨指的是姐姐找到了人生中的另一半。但是, 我错了。夏枝姨是在说, 姐姐找到了自己的信仰。我想起了那张写有"救世主"的破破烂烂的纸。

"什么?"

就算我问，夏枝姨也只是笑而不答。

我当时在想，如果姐姐找到的自己的信仰，是她的人生伴侣的话，那实在是太无趣了。如果姐姐的宗教之旅，就这样简单地结束的话，我会瞧不起她。但姐姐不可能只是找到了人生伴侣，因为她看起来明显整个人都处在安宁之中。

姐姐到底找到了什么呢?

楼下传来了姐姐和母亲说话的声音，尽管声音很小。我站在那里发呆，思考着自己有多少年没听到过这两个人的对话了。

50

艾萨克像是个非常理智而又安静的学者。

　　艾萨克曾在萨克拉门托的一所高中担任历史课的代课老师，现在暂时停职，在圣弗朗西斯科的大学学习。他比姐姐大 6 岁，现在 43 岁。即便到了这个年纪，他还想继续学习，他的这种欲望从他身上散发出的气质就能充分地感觉出来。

　　艾萨克安静地吃着母亲做的晚饭，他吃得很香。听姐姐说，艾萨克非常喜欢吃日本菜，他们住在圣弗朗西斯科的时候，也基本上是做日本菜吃。

　　母亲准备了手卷寿司。

　　姐姐和艾萨克都是素食主义者。原本姐姐在日本的时候就不吃肉。他们两人笨拙地将醋饭放到海苔上，又夹了黄瓜、葫芦干、煮过的甜味蘑菇，还有鳄梨，然后卷在一起吃了起来。艾萨克特别喜欢吃母亲煮的羊栖菜，嘴里说着"fantastic（太美味了）"，盛了好几次饭。母亲也因此渐渐地来了兴致。

　　因为姐姐突然回国，而且样貌大变，我都没来得及仔细端详母亲。母亲失去了昔日的光彩，不再做美甲了，体形也有点走样了。低下头下巴上有了赘肉，板起脸来，脸上的法令纹很明显。母亲现在已经到了花甲之年，年老色衰也是自然。但对于曾经那个母亲而言，这可以说是输得一败涂地。

也许艾萨克是难得的一位进入今桥家的男性。不论何时，母亲都是为了男人，才有的干劲儿。现在毫无干劲儿的母亲，大概又在懒散度日了吧。艾萨克作为一名男性，喜欢吃母亲做的食物，母亲应该难得地感到满足吧。

"要汤吗？"

母亲说完后，姐姐翻译给艾萨克听。艾萨克似乎能说点简单的日语，但还不足以做到和母亲交流。

"a-ri-ga-to-wu-go-za-yi-ma-su（谢谢）。"

艾萨克边磕磕巴巴地用日语表达了谢意，边轻轻地低下头。这种做法简直就像是谦逊的日本人。

"他也是很久没这么能吃了。"

而另一边，姐姐缩着肩膀这样说道，像是美国人的作风。

浅黑色的皮肤、细长的眼睛、纤瘦的身材，比起她日本人的身份，姐姐周身的气质倒更像是亚洲人，而且是生活在欧美圈的亚洲人。因为姐姐原本就不适应日本。我感慨地盯着姐姐看。

"怎么了？"

但姐姐看我的方式还是和以前一样，直直地盯着我的眼睛，表情毫不闪躲。

"没……没什么。"

我这样暧昧地回答道，喝起了母亲端来的汤。也许是我慌了吧，一下子咬掉了上嘴唇的黏膜。

话说回来，谁都没问过他俩相识的契机。或许是艾萨克不太会说日语的缘故吧，但我觉得更多的是由今桥家原本扭曲的氛围所致。首先，母亲就没有主动和姐姐说过话（您也许会感到吃惊吧），说到调节气氛，我姐姐本来就不是一个会看眼色、会来事的人。夏枝姨无论到哪里都喜欢被动倾听，至于我，一直都希望尽量不要和姐姐扯上什么关系。

不过，我觉得现在在这种情况下，可以问一下。

大家应该都对姐姐样貌的变化感到吃惊。前几年她还是那个闷在这个家里、整个人骨瘦如柴、不洗澡、整天和母亲作对的少女，如今身上完全不见当初的影子。姐姐成长了。

"你俩，那个，在哪里遇见的？"

我惶恐地问道。

"中国西藏。"

姐姐干脆地回答道。真意外，两人竟然不是在圣弗朗西斯科相遇的。也就是说，姐姐在和牧田桑再次相遇之前，已经认识了艾萨克。

"那么……"

"大概在四年前吧。"

姐姐和艾萨克的交往时间要比想象中长，对此母亲似乎也感到惊讶，像个傻瓜似的，在嘴里念叨着"四年"。母亲是不是以为，之前一直像颗子弹一样怼人的姐姐，在和正常的艾萨克相遇的数月之后，就和他结婚了（至少我是这样认为的）。

"在西藏，你们是怎么……"

我这样问道，但却不清楚自己为何如此胆怯。

姐姐结婚了。而且，结婚对象是那样一个端正而又温和的人。

这明明是一件非常幸福的事情（尽管姐姐很晚才向我们汇报这件事，给了我们一个惊喜），但我姐姐是那个今桥贵子，想到这里，我又像过去那样心生了防备。

"我在寺院里看酥油花的时候，他也在看。"

姐姐的说明实在是太过简短。这是沿袭了矢田阿姨的作风。她们两人都是按照自己的意愿，把想省略的部分统统省掉。

"艾萨克请了长假，来到了西藏。然后……"

这么说着，姐姐喝了口夏枝姨沏的麦茶。像是在称赞沏的麦茶很美味，姐姐对着夏枝姨微笑着，那样子完完全全是个大人的做派。总之，姐姐身上已经彻底没有了以前的影子。

"然后？找到了？"

这样问的是夏枝姨。一向被动倾听的夏枝姨，这次居然主动地提问，很少见。而且，这么一个事关姐姐根基的重要问题，夏枝姨竟在这样一个时机下，轻率地问出了口。我乃至我那不知情的母亲，都屏住呼吸等待着姐姐的回答。

姐姐注视着夏枝姨，不一会儿，便又笑了起来。

"找到了啊。"

姐姐卷了寿司，又吃了起来，这已经是她吃的第五个手卷寿司了。我们所认识的那个姐姐，是绝不会吃这么多的。

母亲又绷紧了神经。

第二天，看到刚起床的我，母亲说道："哎呀，步，你的头发！"

在昨晚的餐桌上，母亲根本没注意到我的头发。虽然很生气，但我什么也没说。我沉默着去了卫生间，慢慢地刷牙，直到内心平静下来。母亲的那句"哎呀"，让我意识到自己的样貌果然变化很大。

在这个本该熟悉亲昵的家里，我彻底受到了伤害。落在洗脸槽里的头发，被水流冲走了。真的是，惨。

水管的水龙头已经变得老化了，不只是水管。就像母亲年老了那般，整个家都变得很陈旧。母亲努力打扫过起居室吧，但除此之外，我的房间里积了薄薄的灰尘，窗玻璃也好久没有擦过了，看外面都模模糊糊的。走在走廊里，地板会发出咯吱咯吱的声音，护窗板如果不用力关，根本关不上。这座房子已经好多年了。

回到起居室，母亲很没礼貌，直勾勾地盯着我的头发看。虽然我心里很生气，想对她说"你也上了年纪啊"，但还是没能说出口。

"你看，贵子也变了啊。"

母亲感慨地说道，明显是由我的头发想到了已经流逝的时光。

"他俩呢？"

"散步去了。"

姐姐和姐夫老早起了床，也不在意倒时差，就出去散步了。没一会儿，玄关那儿就传来了开门的声音。紧接着就听见了姐姐的笑声，我和母亲不由得看向对方。

幸福的夫妻欢笑着散步归来，这本是极普通的事情。

可是，这种事发生在我那个姐姐身上，就另当别论了。我和母亲面面相觑，是因为姐姐和幸福的笑声并不搭调，本应该是不搭调的。

姐姐走到起居室，母亲小声说道："回来啦。"但总让人觉得她有点胆怯似的。姐姐笑容满面地说道："回来了。"旁边的艾萨克磕磕巴巴地也用日语同样回道。两人都流着汗。我问他们"是出去跑步了吗"，姐姐则回道："练瑜伽去了。"而后迅速地进去洗澡了。

姐姐很习惯这种加利福尼亚式的生活，我差点不由得笑出来。素食、读大学的丈夫，还有（大概是）每日必修的瑜伽！

留下的艾萨克擦着汗，闲着无事。母亲自言自语似的，说着"泡咖啡吧"，躲进了厨房，剩下我和艾萨克两个人。我觉得有些尴尬，冲他笑了笑，艾萨克则更尴尬地冲我笑了。感觉上他完全不像一个美国人，这倒令我松了口气。

自己还没洗澡就坐到了沙发上，艾萨克为此感到抱歉，说道："su-mi-ma-se-nn（对不起）。"母亲端来咖啡，艾萨克又低下头说道："do-wu-mo-a-ri-ga-to-wu-go-za-i-ma-su（非常感谢）。"我们静静地喝着咖啡，等待着那个我们之间唯一的联系——姐姐——回来。

我再次对自己的想法感到吃惊。

自己竟然觉得，是我那个姐姐把艾萨克和我们联结到了一起！那个总是会把周围人搅得一团乱、让大家分崩离析的姐姐。

姐姐洗过澡后，清爽出场，起居室的气氛竟然安稳了下来。姐姐能来真是太好了，以前我可没有过这种想法。我仔细地端详着姐姐，她拿过艾萨克的马克杯喝起了咖啡。

换艾萨克进去洗澡后，姐姐坐在了沙发上刚刚艾萨克坐的位置，身心放松地翻看起了报纸。过了一会儿，夏枝姨也来了，和我们一起喝咖啡。艾萨克难道在仔细地搓澡吗？明明只是冲澡，却一直没出来。

或许姐姐察觉到了我们的想法，说道："艾塞克喜欢干净。"

姐姐这样解释后，我总算放心了。看看母亲，像是和我的想法一样。

"为什么叫他'艾塞克'？"

母亲开始小心翼翼地表露她本来的直率性格。

"他的名字不是叫'艾萨克'吗？是绰号吗？"

姐姐抬起头来说道："'艾萨克'是英文名，是由'艾塞克'讹化后而来的。"

对于姐姐的这番解释，母亲似乎并不懂。很惭愧，就连我也没明白。

"'艾塞克'是出现在《圣经·旧约》创世纪篇的人物。用英文称作'艾萨克'，用希伯来语则叫'伊扎克'。甚至还有阿拉伯语版的，叫'伊沙克'。"

我瞥了一眼夏枝姨，她像是在专注地品咖啡的味道，没看任何人。

"我叫他'艾塞克'，他自己也很不好意思。但是，他是犹太教徒，我才想这样称呼他。"

"犹太教徒？"

母亲不由得问出口来。母亲如果没能问出口的话，我就会问的。

"是的。"

"犹太教徒……"

母亲似乎对犹太教育再无更多的了解了。而我也只是在脑海里将犹太与安妮·弗兰克画了等号。我不好意思地垂下眼，姐姐则毫不在意地继续说道："我也改宗了。因为据说犹太教徒只能和犹太教徒结婚。"

"改宗？"

母亲这次声音很大。但并不是生气了，只是很震惊。

我觉得母亲已经不会再生姐姐的气了。就算姐姐嫁到了亚马孙流域的原始部落，或是变了性，母亲也都无所谓了吧。并不是接受了这样的姐姐，也没有明显反对。因为姐姐一直都是这样的人，总会做出让人无法理解的事情来。

"那么，贵子酱，你现在是犹太人了啊。"

没想到夏枝姨突然出了声。自姐姐回国以后，夏枝姨的种种表现，都令我感到惊讶。我不知道，犹太教徒竟等同于犹太人。姐姐嫁给了美国人，难道不应该是入了美国国籍吗？

"对，犹太人。"

母亲也没有再问，静静地注视着姐姐。她的表情像是在说，不管姐姐说些什么，她也绝不会惊讶。就像曾经一样，不管年幼的姐姐如何哭喊、如何发疯，母亲总是一脸事不关己的表情。

"犹太人。"

我代母亲说出了口。

姐姐的宗教之旅，就是以加入犹太教而结束的吗？

年幼的时候，姐姐曾经那么崇拜安妮·弗兰克，现在成了和她一样的犹太人。很多犹太人在 20 世纪最大规模的大屠杀中，被夺去了生命。姐姐成了犹太人，就因此结束了自己的宗教之旅？

我非常理解，可是内心某处又有种很强烈的感觉——我无法接受。因为是少数民族而惨遭迫害和杀戮的犹太人，成为其中的一员，对一向特立独行的姐姐来说，可以说是最终的归宿了。但是，矢田阿姨所说的"信仰"，应该不是现存的宗教才对。

"很有趣吧，我成了犹太人。"

姐姐非常轻松。一点也感觉不出，她因成为犹太人，有任何的骄傲自满。完全像是在说别人的事情似的，姐姐在拿自己成为犹太人的事说笑。我陷入了混乱。

姐姐到底信了什么？

艾萨克洗完澡出来了。脸上热得染上了一层粉红色，真的洗得很干净了。

　　"Feelin' good（觉得舒服吗）？"

　　姐姐问道。

　　听了这句话，我突然想起来，自己还没有把妮娜的唱片还给夏枝姨。

　　"gu-do（舒服）。"

　　没想到艾萨克竟然用日式发音说了英文，姐姐听后开怀大笑。姐姐这样笑着，看上去真的非常幸福。

51

**本来，我打算很快就回去，
没想到我竟在家里待了很久。**

　　并不是谁期望我留下来。母亲没有说"留下来"，夏枝姨也
不可能说这样的话，我是按自己的意愿留下来的。奇怪的一家人，
聚在起居室里，多么畸形的团聚。

　　从手机里查看电脑邮箱里的邮件，并没有新的工作邀约，就
算有，我也会毫不犹豫地推掉。等待我的只有须玖、鸿上和澄江，
只有三个人。

　　我在东京生活了15年，在那里等我回去的，却只有三个人，
简直欲哭无泪。回想起15年前的自己，完全就像是别人的事。曾经，
我是想要逃离，才选择了去东京，尽管如此，曾经的我却有着光辉
闪耀的未来。我很容易就能找到喜欢我的女生，也可以不必在意"经
济不景气"这个词，因为有趣的工作自动就找上了我。然而，如此
光辉灿烂的未来，不知何时，消失不见了。我开始脱发，也失去了
漂亮的女友，甚至连有意思的工作都没了。

　　这15年间，我竟变了这么多。

另一方面，姐姐也同样发生了变化。但她的改变却和我不同，绝不像我这样凄惨。

首先，姐姐变得经常爱笑了。虽然不像我或者艾萨克笑得很讨喜，但如果她想笑，就会开口笑起来，偶尔还会讲个笑话。她不再像以前那样，总是躲在自己的房间里，而是尽量待在起居室，希望能和我、夏枝姨，以及那个母亲聊聊天。

瑜伽果然成了姐姐的日常必修课。姐姐和艾萨克每天早上起得很早，不知去哪里练过瑜伽后再回来。我见他们出去都不带瑜伽垫，就问他们原因。原来他们觉得"直接和大地接触，更能吸收大地的能量"。

虽然看不出艾萨克这个身材消瘦的白人从大地吸收了能量，但他却有着惊人的坚韧。在无意的谈话间我得知，艾萨克参加了世界级的全程马拉松，最近又开始挑战连跑数日的超级马拉松。

我问他"只靠吃素食能有力气坚持下去吗"，他回答说："参加超级马拉松的人中，有很多人是素食主义者。"

"我在西藏遇到艾萨克的时候，他就是从尼泊尔徒步数周过来的。"

姐姐爱怜地看着艾萨克骨瘦如柴的双腿。

第一天见面的时候，我听姐姐说，她和艾萨克是在西藏的寺院里相遇的。但那个时候我还不知道艾萨克是犹太教徒。

"他是犹太教徒，也可以去其他宗教的寺庙吗？"

我看着艾萨克，却在问姐姐，这种提问方式的确有点奇怪。艾萨克听不懂日语，为此他像是觉得很抱歉。

"这要看个人吧。虔诚信仰的人当然是不会去的，艾萨克并没有那么在意这个。"

"犹太教徒不都是很虔诚的吗？"

"并不都是这样啦。犹太教有 613 条戒律。在现代很难全部都遵守吧。"

"613 条？"

"对。虽然在以色列也有严格遵守这些戒律的犹太复国主义，但这些戒律在美国是很难全部遵守的，我们的拉比就是个很自由的人。"

"拉比？"

"嗯，意思是领导者吧。"

"是类似于牧师吗？"

"嗯，是的。差不多。"

"那个拉比，允许艾萨克参拜西藏的佛教寺院吗？"

"我也不知道会怎么样呢。不过，说到早上去练瑜伽，我们是在夏枝姨的神社院内做的。神社的祭主人也非常好，艾萨克还称赞神社很漂亮，他很开心。"

姐姐所说的"夏枝姨的神社"是夏枝姨每天都会去参拜的神社吧。曾经，姐姐乱踢过神社里的沙子，还骑过神社内的石狮子，极其胡闹。现在竟然在那个神社内，安静地练起了瑜伽。神社供奉的神也会大吃一惊吧。

"犹太教啊……"

关于犹太教，我只知道是犹太人信奉的宗教。

而且，根据我有限的认知，犹太人是曾经那场臭名昭著的大屠杀中被残害的对象，是安妮·弗兰克，而现在，则是在以色列争端中的一方力量。我根本不读报纸。

姐姐滔滔不绝地讲着，曾经的她没有这么能说。

以前，姐姐总是在发言前先惹出什么事端来。不管是在墙壁上刻画长有老鼠尾巴的海螺，还是不洗澡躲在自己的房间不出来，姐姐在传达什么的时候，不是用语言，而是用行动来表达。就算那行动就是姐姐的语言，可我们无法理解，这就导致她越来越沉默。每次姐姐不说话的时候，就是在把自己逼往更为孤独的地步，仿佛她已经忘记和大家有共通的语言了。

然而，现在坐在我眼前的姐姐，却在用语言表达她的意思。她找回了曾经忘记的语言，并且运用自如，向我传达着她的想法。母亲曾那么期待着她说话，而我则完全放弃了这种期待，姐姐用她自己的方式编织出了自己的话语，更重要的是，这一切发生得悄无声息。

我发现自己在姐姐面前很放松，这简直令人难以置信。长久以来，我都决心不要使自己的生活和姐姐扯上什么关系。每次我见到姐姐，都是尽可能少说话，既不做姐姐喜欢的事，也不做姐姐不喜欢的事。换句话说，我在姐姐面前完全销声匿迹。我期望姐姐不要看到我，也不想和姐姐说话。所以，我从未想过自己会在姐姐面前感到轻松自在。现在我竟然这样坐在起居室的沙发上，放松地和姐姐聊天。

"那么，和艾萨克结婚，你也没那么抵触吧？"

趁着艾萨克听不懂日语，我甚至向姐姐问了有点尖锐的问题。虽然艾萨克看着我和姐姐谈话，偶尔也会点头，但那并不代表他听懂了，只是表示虽然他听不懂，但是他在听。

"是的，而且原本就没有。"

姐姐看着艾萨克微笑。那的确是微笑，是真正的微笑。艾萨克见了，也安心地向着姐姐微笑。

"艾萨克现在都还没有完全相信犹太教所说的神呢。"

"欸？"

我不由得看向艾萨克。正好和他四目相对，但我少见地、没有讨好地向他笑。我笑不出来。

"这是怎么一回事？"

"艾萨克的妈妈是信奉犹太教的犹太人，所以他也就跟着他妈妈入教了。但他不像他妈妈那样，那么相信'神'。"

艾萨克的眼睛宛若宝石，我从未见过如此澄净的水蓝色的眼睛。

"那样，还能称作犹太教徒？"

"可是，步，你了解咱们的宗教吗？"

"那——个……佛教？"

"那么，你也是既不相信也不反感吧。"

姐姐笑着说道。

"但是，我在想，犹太教会不会更加严厉呢？"

我觉得很难为情，只好傻笑。看向艾萨克，他也在笑。

"虽然有很多种解释，但对于我们来说，犹太教是个信仰耶和华神的宗教。"

之后，姐姐继续回答着我的提问。那种滔滔不绝的讲话的样子，就像是姐姐口中所说的拉比。但我并不了解拉比。

"那么，姐，你相信？"

话音刚落，我意识到自己是以"姐"来称呼我姐姐的，这样称呼她已是几年前的事了，不，是二十几年前的事了。意识到这点后，我的脸一下子红了。我感动于自己竟能如此自然地叫出口，但自己这样轻易地放下防备，又觉得很不好思。更重要的是，我竟能和姐姐如此热络地聊天，这让我从心底里感到震惊。

"我啊，嗯，原则上是的。毕竟是犹太教徒。"

姐姐的回答出人意料。曾经的姐姐，不论何物，只要是她认定的，她就义无反顾地信仰，而且绝不会背叛她的信仰，有时还会因此得心病。这样的她，虽说是为了丈夫才转为信奉犹太教的，但这也是她自己的决定，可她却称这是"原则"。

"我本来就喜欢吃素菜。犹太洁食对身体好，正合适。可是，要是被问到是否有犹太教的神，有的话，自己是否相信，这样的问题我也不清楚，不能干脆地下断言。虽然我能感觉到某种伟大事物的力量存在，但如果有人问我，这是不是犹太教的神的话，我仍然完全不懂。"

我惊呆了，说不出话来。

姐姐在说正经的事，而且是关于神的事。

以前的她很容易就把什么当作"伟大的事物"，而且会全身心地依赖于这一事物。就是那个姐姐，现在却与"伟大的事物"保持着一定的距离，作为一个独立的人而存在。

"那么——"

"嗯？"

我再次看向了艾萨克，并且要再次感谢艾萨克，感谢他听不懂日语。

"姐，你找到了什么？"

我想知道。我想知道那个环游世界、曾经的宗教少女今桥贵子，那个不安的化身者，到底找到了什么。又是什么能够让现在的姐姐处在如此安定的状态之中。

"你信仰着什么？"

姐姐紧盯着我看。浅黑色的肌肤闪着滑腻的光泽，一看就很健康。姐姐的手臂上有着不像女性会有的肌肉，不可思议的是，那竟令姐姐看上去很漂亮。

"步，你练过瑜伽吗？"

真扫兴。这当然不是我所期待的回答。我在想，姐姐不是在开玩笑逗我吧。

"啊？"

"我是认真的。你练过瑜伽吗？"

"没有啊。怎么了？"

是看到我有点着急了，而关心我吗？艾萨克看着我讨喜地笑着。

"瑜伽有很多种姿势对吧。不管是其中的哪种姿势，如果身体的脊干没有用力的话，是无法完成的。"

"这和你的信仰之间有什么关系吗？"

我看着姐姐的眼睛，它闪着锐利的光芒，根本不是那种捉弄人的开玩笑的眼神。

"平衡是很重要的。而在保持这种平衡的时候，身体的核心，也就是那个像脊干一样的东西，如果没在用力的话，是不行的。那是贯通整个身体的脊干。"

姐姐虽然很平静，但却讲得很热情。偶尔我会向艾萨克投去求助的眼神，艾萨克当然不明白我们在聊些什么。

"脊干。我所找到的、所信仰的，就是类似于脊干那样的东西。"

"脊干？"

"对。"

我陷入了沉默。虽然是在思考，但姐姐刚才的话过于抽象，我没能听懂她的意思。但是，我只知道一件事，姐姐是认真的，那个"脊干"一样的东西到底是什么，只有姐姐最清楚。

"脊干。"

我只能像个傻瓜似的在嘴里重复着。姐姐沉默着端详了我一会儿。看上去像是有什么话想说，但却又没有什么能和我说的。

这个时候，放在茶几上的手机振动了。

"嗡，嗡"，振动的声音很大，它打破了我们之间的安静（非常安静）。手机屏幕上显示的是澄江的名字。自我回家以来，澄江好几次发来短信。我每次都敷衍了事地回信，但她还是第一次打来电话。平常的话，我一定会无视掉的。但是，现在这部手机响个不停，打破了这里的安宁（就像是曾经的姐姐），无论如何我都想让它安静下来。这里是那样安稳。

"喂？"

我不想让姐姐他们听到我和澄江的谈话，于是离开了起居室。上了两三级楼梯，澄江都没有说话。取而代之的是，电话那头传来了"簌簌，簌簌"的杂音。

"喂？"

这时，杂音里，像是从很遥远的地方传来了澄江的声音：

"欸？"

虽然有回答，但我不知道她在说些什么。我等得很焦急，正准备挂掉电话的时候，我在楼梯上停住了脚步。心脏"咚"的一声，强烈地震了一下。听电话的左耳，一下子红了。

电话那头传来的像是澄江的叫声。但是，那并不是叫声。

那是澄江在做爱的时候会发出的喊声。

52

感觉自己像是被摔在了地上。

我们家的楼梯总共有 13 级，我停在了第 6 级。那感觉就像是有谁想杀了我，把我从这里狠狠地推了下去。但现实是我活着，手机贴着耳朵，呆呆地站在那里。

我好几次想要挂断电话，我应该挂掉的。

但是，我完全动弹不得。不仅如此，我甚至还在手机这边侧耳倾听。澄江的声音断断续续地从那边传来。在那个时候，澄江发出的声音总是过大。与其说这强有力的声音是她因快乐才发出的，倒不如说她是在为谁加油打气。澄江的这个声音，我已经有一个月没有听到过了。这次听到澄江的这个声音，仍然充满了那种感觉，就像是在指挥谁，为谁加油打气。这声音里绝对没有情欲，但在这种情况之下听到这个声音，简直令人难以置信。

在澄江的声音里，穿插着男人的声音，我的头很疼。从鬓角流下来的汗水，润湿了我的手机，但不管我听得多么仔细，到最后还是没听懂男人在说什么。

对，我一直听到了最后。

好歹那女人也算是我的女朋友，她和其他男人做爱的声音，我一直听到了最后。

当然，这声音绝不会让我产生什么变态的愉悦之感。我只是在听，在这种状况之下我不得不一直听下去。动弹不得，但也喊不出声，我只是静静地伫立在那里。而且，连我自己都无法确定自己是否受到了伤害。

两人结束后，像是在聊什么私房话。兴致太高涨，以至于都没有注意到自己拨通了电话吧。两人的窃窃私语甜蜜、亲昵。就凭这个声音，我已然明白了他们两人有着亲密的关系。

听到这里，我开始有了施虐的想法。一直到澄江发现，就这样一直听下去。我心甘情愿地继续拿着手机听，但与此同时，也是为了虐我自己的身心。

一股奇怪的兴奋包围了我。

我觉得自己是日本，不，是全世界最凄惨的男人。原本我就没有多喜欢澄江。和我的前女友们相比，不，就是和这世上一般的女性相比，她都明显要差一大截。然而，就是这样一个女人，竟然完美地背叛了我。我内心某处就像是看戏一般地看着自己，我的灵魂飘浮在我头顶几十厘米的上空，嘲笑着现在终于受到打击的自己。

"欸？"

"沙沙，沙沙"，动静很大。澄江的声音靠近了手机。

澄江，她注意到了。

我的心脏剧烈地跳动着。奇怪的是，我竟像谈了淡淡的恋爱似的，很紧张。就好像是自己向喜欢的女生家里打电话，没想到接电话的就是她本人。我完全变得很奇怪。

"欸，喂？喂？"

澄江惊慌失措了。电话里，仍能听到男人的声音，但好像澄江在尽力阻止他，不让他说话。男人说话的声音很小，含混不清。

"喂？步君？在通话吗？"

这个时候，我是怎么做的呢？那个"我并没有那么喜欢""档次低的女人"，我一直轻蔑看待的女友，背叛了我。而我，一个被女友背叛的男人，一个脱发又几乎没工作可做的33岁的男人，怎么做的呢？

"哈哈哈……"

我笑了。

"欸，步君……"

"啊哈哈哈哈……"

我大笑出声，把姐姐从起居室里引出来了。我笑啊笑啊，笑个不停。眼角处的泪水溢了出来。我站不住了，在楼梯上坐了下来。大概认为，是我的朋友，或是某个和我关系非常好，熟知我脾气、秉性又有趣的家伙，和我说了句非常好笑的话吧，姐姐看我这个样子，耸了耸肩膀，回起居室去了。

"步君？喂？"

"哈哈哈哈哈，太棒了啊，太棒了！"

我笑得像是在发疯，我自己都这么觉得。但澄江像是觉得更加不妙，认为这很奇怪。

"步君？那个……"

我想象着澄江面目铁青的样子，想象着和澄江在一起的男人惊慌失措的样子。又或者，澄江冷静下来了？男人也不在乎我的存在？那个男人根本看不起像我这样无趣而又在社会上一无所有的男人？

"步君？你没事吧？怎么了？"

澄江的声音非常温柔。那声音就像是母亲（不是像我母亲，是像世上一般的母亲）那般，充满了慈爱。那个声音，让我回归了自我。握着手机的手，握得越来越紧。

"是你才对吧。"

"欸？"

突然听到我冰冷的声音，澄江似乎在害怕，我也在害怕。我的声音就像是老年人的声音，也像是宣告死亡的死神的声音。

"不是你打电话过来的吗？"

"……步君。"

"怎么？有事？"

"步君。"

"没事的话，我就挂了啊。"

挂掉电话后，我又在楼梯上坐了一会儿。飘出去的灵魂，不知何时又回到了我的身体里，我再次变成了一个人。遭到背叛，我并没有觉得不可思议。取而代之的是，我感慨自己"终于沦落到这般地步了吗"。这15年间，尽管我变化很大，但现在在这一瞬间，我才觉得自己真的是穷途末路了。

我走到了这一步。

手中的手机振动了好几次，我不看也知道是澄江打来的。我无视了她的来电，但并没有关掉手机电源，只是在楼梯上坐了很久。

凌晨的时候，迟来的怒气袭上了心头。

我回到起居室后，像个没事人一样，继续和姐姐他们聊天，泡了澡，还看了几页书后，上床睡觉。想着自己会不会睡不着，但没想到我很快酣然入眠，睡得很沉，连我自己都觉得吃惊。

可是，清晨醒来，一股猛烈的怒气就袭了上来。

被耍了。

被骗了。

不论用什么语言，都不足以形容。我觉得自己无缘无故地受到了来自澄江的暴击。那感觉仿佛自己笑着被人打了，重要的东西被夺走了，在脆弱倒地的时候又被人狠狠地踢了一脚。我抑制着因为怒气想要大喊出声的自己，在被窝里静静地打开了手机。

显示有几十条未接来电和7条短信，全都来自澄江。手机就放在枕头边上，振动的动静应该很大，连我自己都觉得难以置信，自己竟然安稳地睡到刚才才醒。查看完未接来电后，我点开了短信。

虽然说了一大堆，但归结起来就一句话，虽然不知道我到底听到了些什么，但她想和我坦白地说清楚，总之就是想见面。最后一条短信里写道，如果我允许的话，她可以来大阪。自作自受。我已经打算和澄江分手了，但看得出澄江很焦急，这倒是稍稍缓和了我的情绪。

地狱里也有楼梯。

我登上了一级不足几厘米的台阶，好歹可以鄙视下面的澄江。的确，我对待澄江的态度很冷淡。最近，比起和澄江约会，我更优先选择偷偷约见须玖和鸿上，而且我也经常会无视澄江发来的短信。而且，原本从最初开始，我和澄江的关系就是由澄江单方面的追求才开始的。

澄江很寂寞。寂寞而又没有自信，因此，才犯了错。

而且，我也没有原谅她的打算。并不是嫉妒，因为我本来就不爱她。

我手里握着手机，打算给澄江打电话。澄江接通电话后，我打算这样对她说：

"我不喜欢你，抱歉。"

这样一想，像旋涡一般包围我周身的怒火平息了下来。对澄江心生残忍，好歹能保护我自己。

来电记录里全是澄江的名字，我按下了其中的一个。我想，电话刚一拨通，澄江就会立刻接听电话吧。她一定整夜没睡，一定在焦急地等待着我打来电话。

然而，出乎我意料的是，澄江并没有接电话。我并不是觉得扫兴。嘟声响到第三声的时候，我还觉得没什么，但响到第六声的时候，我就受不了了。刚刚平息下的怒火燃了上来，结果就是，我接连给澄江打了好几次电话。

打到第四次，澄江才接听了电话。

"……喂？"

澄江的声音竟然听上去像是在睡觉。

她睡觉了！

我想任怒气发泄出来，想把我所知道的卑鄙下流、谩骂挑衅的话语全都说出来。但是，我又一下子忍住了，我有最后的自尊。即便是像豆粒那般小的自尊，也足以制止住我。

可是，这最后的自尊，也因澄江的一句话而崩塌了。

"步君，对不起啊。"

我倒吸了一口凉气。

她竟然向我道歉！

也就是说，澄江觉得我很可怜！我站在比澄江还要低的地位上！

我一拳捶在枕头上。为了不让澄江察觉到，我用肩膀放缓了呼吸。我用尽量冷静的声音，说道："你觉得我们是在交往吗？"

仅仅这一句话，就已经用尽了我全身的力气。这一瞬间，感觉自己一下子老了。我闹着玩儿似的摸摸枕头，头发缠到了手指上，我快要哭出来了。

"步君。"

"我没觉得我们在交往。"

我捏起一根头发，举向窗户。我不能看清我的头发，它那么细，细得离谱。

"步君。"

澄江深吸了一口气。

"你打算总是这样吗？"

没想到她会这样说，我"啊"了一声。并不是那种惊讶的"啊"，也不是恐吓反问的"啊"，我只是随口"啊"道。

"步君，你一直都是这样呢。是这样吧？"

澄江冷静地慢慢说道。我指间的发丝，不知何时掉落了。

这是指？

这样是指？

尽管我很想问，但我并没有这么做。我知道，就算自己开口，除了"啊"之外，一定也说不出其他什么来了。而且我也知道这是很不体面的事，我不想成为这样的男人。虽然我已经真的是非常不像样了，但我不想以这种形式接受这一现实。

"你打算一直这样下去吗？"

514

澄江哭了。我能够清晰地想象出她正在安静落泪的样子，仿佛她就在我眼前。看到这般景象，对澄江的爱恋，撕扯着我的胸口。

　　澄江圆润的后背、丰满的小腿肚、有些沙哑的声音、顾及他人时而转动的黑色眼球、细致的动作，细节竟然一点一滴地清晰浮现。

　　"澄。"

　　我没能说出"澄江"这两个字。说了"澄"之后，我就沉默了，决心不再多说一个字。

　　澄江哭了一会儿，而后说道："迄今为止，谢谢你。"

　　当我听到嘟声时，我还没有意识到，澄江已经挂掉电话了。

　　应该挂电话的是我才对，应该是我对着在手机那端哭泣的澄江说分手才对，但并不是这样。我手里紧握着被挂断通话的手机，陷入了无边的茫然之中。

　　"你打算一直这样下去吗？"

　　澄江说的话，一直在我脑海中盘旋。

　　这是指？

　　这样是指？

　　我明白，就连我都这么认为。自己难道打算一直这样下去吗？不是自己去做，经常把人际关系的失误都归咎于对方，一直只是处于等待的状态。难道我就打算一直这样过一生吗？

　　然而，我知道，一旦我去直面这些事，就会陷入痛苦之中。正因为我知道自己会痛苦，我才竭尽全力地逃避这个问题。

　　"你打算一直这样下去吗？"

　　即便是现在，我还是想逃走。我想把这句话扔到窗外，再踩碎它，装作什么都不知道的样子，一直睡到早晨。

然而，这句话却一直在我房间里环绕。毫不顾忌房间里的昏暗，在我枕边散发着光芒。

"你打算一直这样下去吗？"

53

令人惊讶的是，
母亲竟然也加入了姐姐和艾萨克的瑜伽晨练当中。

这简直是历史性的瞬间。母亲——奈绪子，女儿——贵子，竟然在一起做某件事（而且还是瑜伽）！

当然，母亲起初推辞姐姐的邀请。母亲对于瑜伽和素食主义，总是持怀疑的态度。但是，母亲自己也注意到了吧，她那松弛下垂的肚子，走形的身材。姐姐那一句"可以让身体紧实起来哦"有着极强的说服力，在那个女儿的诱惑下，母亲仅剩的母性像是被激发出来了。

早晨，三个人练完瑜伽回来，母亲浑身是汗，有点目不忍视。

"我可没想到会这么累！"

即便这么说，母亲看上去还是很开心的样子。

"但是，回归平衡很好哦。"

姐姐也会对母亲说出这种关心的话语了。母亲是个单纯而又直率的人，听姐姐这么一说，心情大好，在那之后三个人每天早起都会一起出门晨练。

姐姐也邀请过我去练瑜伽。

我当然拒绝了。这世上哪里会有男人和姐姐、姐夫、母亲四个人一起去附近的神社练瑜伽的？但是，即便我断然拒绝，姐姐也没有没完没了地纠缠我。

即便出了澄江那事儿，我也还是磨磨蹭蹭地在家里继续待着。我也没有什么新的工作邀约，在家里也不用赚钱，就能吃到母亲做的丰盛的饭菜（饭菜越来越丰盛），而且自己也没有去练瑜伽，也不晨跑锻炼，渐渐地开始发福。真的糟透了。

某天，姐姐实在是看不下去了，拽着我出去溜达，如果姐姐没这么做的话，我每天所走的步数，大概只有 30 步吧。实际上我很讨厌和姐姐一起在附近遛弯儿，但我的身体的确迟钝了。

只有姐姐一个人在玄关等我。原本料想会是和艾萨克三个人一起去遛弯儿。我不想遇到还记得我姐姐的人，但和艾萨克一起出去的话，他会引来更多人的目光，还算万幸。果然，只有我和姐姐两个人的时候，我就会有种危机感。我心里犯着嘀咕，姐姐则不由分说地道："走吧。"

像是被弹出去一般，我跟着姐姐出了门，姐姐是选好了走哪条路吗？她没有看我，急匆匆地走着。现在是傍晚，白天尽管很热，但太阳快落山的时候，会稍稍凉快些。姐姐穿了件贴身的 T 恤，只穿这些，看起来有点冷。

已经是秋天了。

这么一想，突然心生不安。到我的生日虽然要过秋、冬两个季节，但这也只是转瞬间的事。我并不是害怕过生日。但是，我害怕 33 岁的我变成 34 岁，34 岁的我变成 35 岁。

走在我前面一点的姐姐，现在 37 岁。

37 岁的姐姐，看上去生活美满幸福：找到了人生伴侣，懂得关心母亲，牢牢地掌握着生活的方向；吃对身体有益的食物，练瑜伽保持生命的平衡，在圣弗朗西斯科的阳光下，过着健康的生活。

我从没想过姐姐的未来会是这样。而且，我也没想到自己的未来会是现在这样。

尽管我对圣弗朗西斯科和瑜伽没什么兴趣，但对于我和姐姐的事，我觉得现在姐姐所过的生活，应该是我过的生活才对。没有脱发，平时玩儿玩儿冲浪什么的，有着结实而紧致的身体，身旁还站着个健康靓丽的女人。而姐姐，人快要 40 岁了还没有工作，过着阴郁的生活。从过去的我和姐姐来看，我们应该各自过上这样的生活才对。

是在哪里变成这样的？

我是从何时起变成这样的？

我在姐姐身后走着，开始错把姐姐当成憎恨的对象。

"步，你没事吧？"

突然，姐姐回过头来。我正狠狠地盯着她的后背看，着实吓了一跳，向后退了一步。

"什么？"

"生活啊。"

我知道接下来姐姐又要开始讲些令人讨厌的话了。

姐姐一定想说，看我怎么都像是没在工作的样子，头也快秃了，身体还发福了，越来越不健康了。正因如此，她才突然叫我出来散步，而且还没有让艾萨克陪她出来。直到刚才，我还在为姐姐关心母亲的事而感动，而现在我却对姐姐的这份关心感到焦虑不安。她明明是个不会关心别人的人，现在又在逞什么能耐，我这样想着。

"现在，那个，我是在休假啦。出版业的兴衰变换很激烈。"

可是，我又很厌恶这样不得不掩饰的自己。

"不是要谈工作的事。"

"欸？"

姐姐走路的速度并没有放缓。

"步，你看起来在剧烈地动摇。"

"动摇？"

"对，动摇。步，你没有信仰。"

虽然姐姐说的话我有点没听懂，但我清楚一件事，姐姐说了令人厌烦的话。我像个孩子似的闹别扭，不说话了，我不想被姐姐这么说。不管是我生活中的什么事，我唯独不想自己被那个姐姐指手画脚，那个给我们找了很多麻烦的姐姐。

"拥有信仰吧，步。"

姐姐没有畏惧，她也不是会畏缩的人。就算我在她面前摆着一张臭脸，她也要清楚地表明自己的意见。

"信仰，是指什么啊？"

"是只有你才相信的事物。步，你没有那个。因为没有那个，你才会动摇，而且动摇得很厉害。"

姐姐这种平静的说话方式，真的令我很生气。

"哈！说来说去的指什么？宗教吗？说自己是犹太教徒？"

"不是的。"

这时，我才注意到，姐姐是在朝着satuorakoomonnsama曾经的寝殿走去。寝殿的旧址最终被卖掉，现在这里建起了两栋大型的公寓。

"我来这里的时候。"

姐姐停在了公寓前。平日傍晚，公寓很安静，不知何处传来了拍被子的冰冷声音。

"步，你当时一直在躲着我。对吧？"

我沉默不语。虽然不清楚姐姐到底想要讲些什么，但我下定决心绝对不会点头同意。

"我觉得那很不可思议。你总是看着我，害怕我、躲避我。"

"不可思议？那是当然的吧？自己的姐姐信奉奇怪的宗教组织，连学校都不去了，净做些奇怪的事情啊？"

"但是，那是我的事啊，不是你的事。"

"啊？你在说什么？"

"我所做的事，不是你做的事啊。"

姐姐背对着公寓站着。西斜的太阳照在背后，在姐姐的脸上形成了阴影。

"你总是拿我和你自己做比较。"

出乎意料，我曾拿姐姐和自己做比较？

在说什么啊？我只是不想让我那个奇怪的姐姐把自己的人生搞得乱七八糟，才窥视姐姐的一举一动的。而且，不知何时，我已经放弃了，我已经把姐姐从我的人生里抹掉了。

"步，你是你自己，不是其他任何人。"

沐浴在身后的阳光里，姐姐看上去像是神，我已经厌倦了这种神圣感。她特地叫我出来，说些不着边际的话，还装模作样地可怜我。我恨透了我姐姐。

"你在说些什么？"

我说话的声音从未如此冰冷。

"从刚才开始你在说些什么？我拿你和我自己做比较？我一直都在无视你，我觉得要是没有你的话才好呢。你自恋到什么地步了？你到现在还觉得自己多么值得瞩目吗？没有信仰？那你有信仰？又是 satuorakoomonnsama，又是伊斯兰教，还有那愚蠢的海螺，所以这次换成犹太教了？你动摇了多少次？你所说的信仰又是什么？"

"步。"

"至今给我们带来了各种麻烦，自己人生过得乱七八糟，然后刚一结婚冷静下来，就开始装正常人了？"

"步。"

姐姐很伤心，这种情形让我更加焦躁。为什么我非要被我那个姐姐可怜？

"步，你必须找到你自己的信仰。"

我冷笑着。

"看吧，这句话不是从矢田阿姨那里学来的吗？这不是你的见解吧？你总是轻易地相信各种事，把别人的见解当成自己的看法说出来。你才是有信仰吗？虽然我不懂瑜伽什么的，但靠这个自己就有了信仰，蠢不蠢？"

我当时暴跳如雷，愤怒到了极点。我想打姐姐，但内心那个忌惮姐姐的自己依旧存在，我厌恶自己。因此，我只能不断提高自己说话的音量。

"你知道吗，你为了找到自己的信仰，给我们造成了多大的困扰吗？爸爸可是出家了啊！这也是你那信仰造的孽吗？"

"那两个人的事，只有那两个人知道，跟我和你没关系。那两个人，是为了他们自己的信仰而活的。"

"啊？那么，你的意思是说没有信仰的只有我咯？"

"妈妈也一样，也在动摇。但我想她会没事的，我想说服她和我去圣弗朗西斯科。"

"啊？"

"我想让她去我们家，妈妈还是暂时离开日本一段时间比较好吧。"

"你啊，倒是经常会说这种话呢。你还记得自己迄今为止都是什么样吗？怎么装腔作势？我们的事，你什么都能够决定？还是说，你终于成了自己一直想成为的神？"

"在某种意义上是的。"

我的心脏在剧烈地跳动。

姐姐没变，仍旧是那个疯狂的姐姐。不然的话，现在怎么会把自己说成"神"？曾经在satuorakoomonnsama狂热的信徒面前，把自己当作神，现在的姐姐不是和那个时候一样吗？

"步，听听妈妈的话。而且，也偶尔去看看爸爸吧。你也有权利听听那两个人为什么非要离婚，但是你一直都在逃避这件事，对吧？你总是在害怕着什么，尤其是我，你一直在关注着我。的确我相信过很多事，也受到了伤害，整个人都被打垮过。但是，步，我至少想去相信。但你不同，你没有想去信仰什么。你总是将自己和谁做比较，一直都在摇摆。"

但是现在，我在眼前的姐姐身上，却感觉不到一丝疯狂的气息。姐姐紧盯着我，平静地说着话。她明显心态平和，怎么看都是个十分安稳的人。

"之前，你问过我找到了什么信仰。我那个时候，只回答说是身体的脊干。"

我向地上吐了口痰。姐姐就算看到了，也没说什么。

"我是为了撒矢田阿姨的骨灰，才去环游世界的。几乎去遍了所有的国家，但我依旧在摇摆不定，极度地动摇，总是很痛苦。矢田阿姨不在了，令我痛苦，偶尔会不懂自己在做什么。

"我变得多愁善感，每到一个地方都会哭。我在不丹看到了僧人制作沙曼荼罗，当时自己就那么安静地望着，落泪。在卢旺达，我看到对着木料制成的十字架祈祷的少女，那时我也哭了。

"总是，总是一见到这样的景象，就流泪。我也不清楚自己到底是为何流泪，只是在哭。

"不知从何时起，我开始觉得，哭泣，这样的哭泣就像是某种答案。但我还是不明白那到底是什么。"

太阳快要西沉了。姐姐的影子向我这边伸长过来，即便是影子，也保持着清晰的轮廓。

"我在西藏遇到了艾萨克。"

"什么嘛，最后还是男人啊，还是依靠他人啊。是相信了艾萨克？"

"不是，听我说。"

姐姐认真地说道。虽然我极不愿承认，但从刚才开始，我发觉姐姐好像是发自内心地在考虑我的事。姐姐爱着我，爱得很深沉。

"在那座寺院里，我看到了酥油花。酥油花，真的非常了不起，十分精巧、漂亮。我不清楚是谁做的，因为这是献给佛祖的供品。

"我在这里也哭了，眼泪止不住地往外流。那个时候，我遇到了艾萨克。他看见了我在哭，没办法视而不见吧。我都不是站着哭，是坐在地上一直哭。他见我这个样子，就说道：'你是为了看这个雕塑才来的吧。'

"这话有一半说错了，有一半说对了。我不是为了看这个雕塑才去的西藏。但是，的确来了。我来这里了。

"明白吗，步？

"我如果不来这里的话，就看不到这个雕塑了。我就不会哭了。"

仿佛那雕塑就在姐姐眼前，她伸出手指，像是在触摸着什么。这样的姐姐却站得笔直，一点都没有晃动，笔直地站着。

"是我把自己带到了这里。我至今所相信的是，因为我存在，所以才会相信的。

"明白吗，步？

"在我心中，有那个。说成'神'就是胡来了，也不恰当。但在我心中，有那个存在。我尽力做我自己。"

我低着头，不敢直视姐姐的眼睛。即便如此，我仍然能够感觉到姐姐的气息。大概只有浓厚的气息，我才能感觉得到。

"我的信仰，由我来决定。"

有蚂蚁从我的脚尖爬过。黑色的身体，我只要一踩，它就会粉身碎骨吧。

"所以啊，步。"

我一直盯着蚂蚁。

"你也去找自己的信仰吧。只有你自己相信的事物，不能和其他的做比较。不管是和我，还是和家人或是朋友，你就是你，你只是你自己。"

我把姐姐留在那里，自己走开了。姐姐没有害怕，她只是待在那里，站在那个自己曾经相信过，又最终华丽甩掉的过去面前。

"你的信仰，不能让其他人来决定。"

54

我逃跑了。
从姐姐身边，从那个家，逃跑了。

和姐姐谈话后的第二天，我收拾好行李，奔向了新干线。夏枝姨每天都会去祈祷的那个神社，母亲和姐姐他们一起去那里练瑜伽了，我趁着这个空当，逃跑了。

在我坐上新干线的时候，收到了母亲发来的短信。我回了一条恰当的借口。母亲似乎什么都没有怀疑，姐姐没有联系我。以防万一，我还查看了电脑邮箱，里面也只是几封垃圾邮件而已。

姐姐说，她要带母亲去圣弗朗西斯科。虽然只不过是去旅游，但我还是希望母亲能断然拒绝姐姐的邀请。我不希望我那个母亲和姐姐，仅因为她们一起去练瑜伽，就这么简单地和好，我不希望母亲原谅姐姐。就在几天前，我还在为姐姐和母亲令人难以置信的共同出行而感动，现在，这事就像是假的。

我憎恨我姐姐。

如果我不这样做的话，就无法保护我自己。

我可怕地感受到了姐姐对我的爱，我想忘记那个瞬间。

姐姐只不过是在逞能。之前她的生活过得一塌糊涂，不知是在西藏还是在什么地方，碰巧遇到了自己的人生伴侣，便傻里傻气地觉得自己什么都可以。如果被艾萨克抛弃，她所说的那个平衡也会崩坏，一定又变得狼狈不堪。

我又把姐姐装入了黑盒子。就像曾经那样，憎恨姐姐，才能让我觉得自己是正确的。不，现在不只是姐姐，还有轻易就原谅了姐姐的母亲、以出家的名义逃离我们的父亲、背叛我的澄江、我的前女友们、不给我分配工作的出版社人员，对我来说，他们全都沦为了恶人。只有他们是坏的，我并没有错，什么错都没有。我最初是闭上了眼睛，接下来又堵上了耳朵。

刚过了名古屋，手机又振动了。

姐姐或是澄江吧，这么想着，掏出手机一看，发来短信的人是"须玖"。我立刻点开了短信。

"今桥，你还在老家吗？你姐姐怎么样了？"

手机屏幕上显示的文字冷淡无情。但对我来说，这是充满了温度的、最为温柔的话语。

"想早点和你见面啊！有一堆话想和你说呢。鸿上也说想见今桥你！"

简直像是从神那里收到的信件一般。

我嘲笑着姐姐，什么"自己的信仰"。她连个朋友都没有，我现在的这个心情，这种被好朋友需要的感觉，她一定无法体会吧。那个瞬间，我嘲笑着姐姐，与此同时，我没有意识到，自己是在向须玖寻求"信仰"。

想见须玖。

我想浸泡在须玖和鸿上建造的那个温柔无刺的世界里，越快越好。

对于现在的我来说，我的容身之所也只有那里了，至少我是这样认为的。他们两人没有钱，却优雅地生活着，对我来说，他们就是我的依靠。我强烈地需要他俩，就像是逐花而聚的昆虫。

一到东京，我立刻去见了须玖和鸿上。

我想着，这两个人一定在家庭餐馆。不联系就去，我发现这样才有意义。没有约定，两个人就在经常会去的地方，这对我来说是很重要的事情。

的确，他俩就在那里。

我感觉像是亲眼见到了神一般的奇迹。我和须玖，还有鸿上，在内心深处谁都无法触及的地方，有着清晰的联系。我这样认为。

"啊！今桥！"

"今桥桑！"

须玖和鸿上见到我来了，都高兴地招呼道。两人身上像是闪着耀眼的光芒。

"我回来了！"

这里就是我的归所，我这么想着。并不是只有血缘关系才重要，人就算没有血缘联系，也可以成为家人。实际上，我觉得现在心里要比回家时安稳踏实好几倍。在平日里的家庭餐馆，内心都变得格外柔软了。

"还好吗？"

"嗯，你俩呢？"

"都挺好的。"

"明明没工作！"

"哈哈，好烦人哪！今桥桑不也一样吗？"

轻松地打趣，我终于觉得又回归自己了，仿佛我一件件地脱掉闷热的衣服，把自己暴露出来了。

"快坐，快坐。"

刚一坐下，我就发觉这两人坐座位的方式很奇怪。四个人的座位，并不是对坐着，而是挨着坐的，就像是要面试我的面试官一样。当然，他俩并不知道我会来，在我来之前，他们就是这样坐的。

"怎么了，坐得这么奇怪啊！"

当时，我还能这样毫无顾虑地说。我没有察觉出他们之间某种非同寻常的气息，很天真。

"想点什么？"

店员过来等我点餐的时候，终于，我听到了自己心脏跳动的声音，有种不祥的预感。"饮料自助"，说完，我感觉店员一脸嫌弃，明明之前我从没这样想过。大白天的，好歹一个成年人，这么小气。

店员走开了，我转过身来，须玖开心地说道："哈哈，唉。"而且，鸿上看着须玖，充满爱意地微笑着。我一见他们两人这样，就知道我的不安不是平白无故的。

"要和今桥桑汇报一件事。"

鸿上看上去很开心，须玖像是打算把一切都交给鸿上来说。我看看须玖，又看看鸿上。虽然心里希望他们不要告诉我，但紧接着，鸿上便说道："我们在一起啦！"

我立刻想到：笑，必须笑。快笑，快笑。

然而，我脸上的肌肉，却与意念相反，完全不动。

"这都是托今桥的福，对吧？"

须玖看着鸿上，不好意思地笑了。不，不只是那个时候，须玖从刚才开始就一直在笑，一脸的幸福表情，开心地微笑着。

"这——"

我本打算说"这样啊"。可话到嘴边，又噎住了。

"哇！今桥桑，你没事吧？吓到你了？"

"这也难怪，这么突然。抱歉啊，今桥。"

起初，我真的噎住了，但从中途起我是故意的。直到我冷静下来，直到我能笑着说出"恭喜啊""惊喜啊"为止，我都在咳嗽。是假咳嗽，但它可以缓解我的眼泪，让泪水停留在我的眼角。

须玖站起来，走向饮料自助区，一定是为我去拿喝的了。我不断地感谢须玖，同时，又在心里想着，就这样走开别回来了。我完全陷入了恐慌。

"你没事吧？"

接过须玖端来的茶，喝下去，我终于平静下来了。我做好了准备。

"吓了一跳啊！从什么时候开始的？"

我尽可能地大声说道，但我仍旧笑不出来。为了掩饰我僵硬的表情，我只能高声说话。

"那个，大概是一个月以前吧。"

鸿上开心地说道。一个月前的话，就是在我回家后不久。他俩趁我不在的时候，很快就开始交往了！就像是在等着我这个碍事人消失似的！

"就是在我回家后不久咯。"

我本想像说笑似的讲出来。虽然不知道自己说出口后是何效果，但他们两人没有注意到我的表情。

"哎呀，真的是托今桥桑的福！"

"真的是。"

两人现在完全沉浸于他们的二人世界当中，只有他们两人疯狂的世界。这样的两个人自然没空儿理会我的表情和心情。所谓二人世界，就是整个世界都被对方填满，一定毫无缝隙。

我不了解须玖的恋爱，也不清楚鸿上的恋爱。但我能想象得出，用情很深的两个人，在爱上谁的时候，会变成什么样。他们一定会毫不吝惜地将情感全部投入其中，从不会担心自己可能会受伤，遭到背叛，一定会将现在所有的爱全部给予对方。他们两人都是很温柔的人，真的非常温柔。

"不，我……"

我做不到祝福他们两人过得幸福。我的朋友，我最珍视的朋友，现在就在我面前幸福地笑着，可是我却无论如何都高兴不起来。

我现在失去了归所，我的依靠，我的信仰。

"我觉得在今桥桑面前抬不起头来呢！所以，才想尽快告诉今桥你。"

须玖并不是想见我，只是想告诉我，自己收获了幸福。在我遭到澄江背叛的时候，须玖和鸿上在你侬我侬。

这同他们两人不知道澄江的存在，没有任何关系，是我硬要向他们两人隐瞒澄江的存在。我不想破坏我们三人之间的平衡，那种舒适、放松的状态，因此总觉得如果把男女关系带到我们中间的话，就不尽如人意了。

而现在，他们两人却偏偏选在这三角关系之中恋爱。

三角形中的两个点相连接的话，剩下的一点就不能再待在那里了。三角形已经崩溃了，剩下的一点只好无依无靠地漂泊游荡。

"我，很碍事吧？"

我想让嘴角的一端上扬。但是，那一定只是让我的整张脸扭曲了而已。

"你在说什么？我们是真的想见今桥你。"

"就是啊，真的想对你说声感谢。谢谢！"

看着鸿上，我猛然地意识到，鸿上原来这么可爱啊。

我曾觉得她是个温柔、善良的家伙，但从没觉得她可爱。但现在，眼前的鸿上很可爱，非常可爱。

我喜欢鸿上。

刹那间浮现出的想法，我差点说出口。

我喜欢鸿上，这完全是件奇怪的事。本来，我从没有想过这种事。但是，或许我一直都在暗示自己没有喜欢上她。

鸿上是个很好的家伙。她是个非常好的家伙，能和她聊得来，更重要的是她很温柔。面对这样的鸿上，作为一个男人的我，被她吸引的话会很危险，而且原本我就看不起鸿上。鸿上那样随便和男人上床，大概就是拜她的这种如大海般宽广的柔情所赐吧，我最厌恶鸿上的这一行为，更坚定了我不想让她做自己女朋友的想法。

鸿上做我的女朋友这件事，是我的自尊所不允许的。

就同澄江背叛了我一样，不能原谅。

我到底想把自己的这份尊严给谁看呢？

到底是谁呢？

"你总是拿谁和你自己做比较，一直在摇摆不定。"

姐姐的话又在我耳边响起。瞬间，我倒吸了一口凉气。也许是因为我奇怪的吞气方式，耳膜感受的压力也变得很奇怪。须玖和鸿上开心的聊天内容，感觉仿佛是从与海相对的天空传来的声音。

而且，现在，我们就像鱼和鸟一般分别存在于大海和天空之中，我完全与他们两人隔开了。

"能告诉今桥真是太好了。"

须玖这样说着，注视着鸿上，一脸幸福，真的是一脸幸福。

"你知道她曾是个贱人吗？"

起初，我都没有意识到那是我自己说出口的话。我以为是邻座的谁，或者是坐在更远处的谁，总之是不在水中的谁发出的声音。

"鸿上说过吗？"

但那是我的声音，是我发出的声音。是在我最珍视的两个朋友正沉浸在幸福当中时，我说出的话。

"鸿上在上大学的时候曾是个贱人，须玖你不知道吧？"

令人讨厌的是，我在这个时候笑了，毫无顾虑地嘴角上扬，天真无邪地笑了。我十分清楚自己所说的话，会让他们两人受到多大的打击，但我却装作"这是在开玩笑"的样子，换句话说，我做了件非常肮脏龌龊的事。

"哈哈，知道。"

但是须玖笑了。我上扬的嘴角僵住了。

"我这种说话方式很讨人厌吧，因为我也不知道该怎么说才好。"

"为什么？贱人，有什么关系。"

鸿上也是毫不在意。两人待在明媚的阳光中，绝不走出来。

"嗯，虽然觉得这么说有点没礼貌。"

"没关系，说我贱人也无所谓啦。这种称呼，我讨厌的话自然不能接受，但我不在乎的话也就无所谓了。你看，黑人不还自称为'黑鬼'吗？"

"那要是自己说的话还好。但除了那些称兄道弟的人以外，如果其他人称他们是'黑鬼'，应该也不能接受吧。"

"说什么呢，那我们不是比兄弟还亲吗？"

我被他们两人建立的信赖感完全给压垮了。更重要的是，我被自己的卑微、肮脏击垮了。

我不能为至爱的朋友获得幸福而开心，甚至还想要摧毁他们的幸福，而且还佯装自己没有那种意思的样子行事。

"话又说回来，今桥桑，你适可而止吧！如果我没有和须玖桑说我以前的事情的话，那我该怎么办啊？！"

鸿上说着笑了。我不怀好意的意图，她毫无察觉。

"……哈哈，抱歉。"

我看向须玖，须玖也笑了，须玖没有在意这些。他不介意鸿上的过去。

就算我这个朋友说他的女友是"贱人"，他也没有因鸿上的过去而羞愧。

他浑身上下散发着光芒。

我清醒地意识到自己喜欢鸿上。但因为对她的那种偏见，我有意暗示自己不要喜欢上她。我害怕自己把鸿上看作女朋友的那一瞬间，周遭会传来种种非议，像是说我放荡之类的话，一想到这里，我就闭上了眼睛。

须玖完全不会在意那种事。

别人怎么评价，他都不在乎。过去怎么样，也都无所谓。须玖爱的是现在坐在这里的鸿上，因此，鸿上也爱着这样的他。这个时候，不知为何我想起了鸿上曾说过的一句话：

"东西越来越多，我倒觉得羞愧。"

无所畏惧，从不惭愧的鸿上，唯一感到羞愧的事情，是东西越来越多。这一定是"仍旧活着"的意思。想到年纪轻轻就殒命的姐姐，鸿上为自己仍旧活着的事而感到羞愧。这就像是地震过后须玖的想法。

所以，今后鸿上不会再为此而心生羞愧了吧。就像须玖找到了提拉米苏那样，鸿上找到了须玖。她决定不再为自己有活着的想法而愧疚了，她要继续活下去。

"你总是拿谁和你自己做比较，一直在摇摆不定。"

甚至我对谁有好感，都有人在监视着。

我喜欢的人，是人见人羡的女人，还是不知廉耻的女人呢？

我那时没有喜欢鸿上。和澄江交往，我觉得很羞愧。我害怕有谁会评价，于是将这件事隐藏起来。我完全不相信自己，我相信的竟是些周围的事物，并把它们当作真理，对它们趋炎附势，巴结奉承，一直在无视自己的情感。

我喜欢鸿上，可我却对自己的心说了谎，也伤害了澄江。

而且，我现在做不到发自内心地为我最好的朋友收获幸福而高兴。不但如此，我还想要伤害他们，想要用最为肮脏龌龊的手段伤害他们。

"今桥？"

我站起身来。

"去一下厕所。"

我用尽全力地摆出笑脸。但当我走到那条通往卫生间的短通道的中途时，眼泪就已经流下来了。我讨厌自己，非常讨厌我自己。

第六章

"你的信仰，不能让其他人来决定"

55

我仍在脱发。

不仅是前额，头顶的头发也日渐稀疏了。我变得不愿再照镜子。

工作也是少得可怜。即便如此，那些必须外出采访的工作，或者必须和人约见的工作，我还是会推掉。就这样，出版社越来越少找我撰稿，我也不想再打开电脑。

须玖和鸿上经常和我联系。不管是他们中的谁发来的短信，内容都是邀我出去小聚。我则一直装作很忙的样子，回短信说自己工作太多，正是忙的时候。收到短信的须玖则会回复道："见不到你很孤单啊，但工作忙是好事。"

我想就这样在他们两人面前消失。看到他们幸福的样子，我很痛苦，甚至嫉妒这两个我最喜欢的人，想要伤害他们，我害怕看到那样的自己。

但我还不至于做到去销号的地步。

我仍旧依赖着什么。我等待着澄江主动联络我，虽然不想见面，但我仍旧期待着须玖和鸿上发来的短信。手机成了我与外界联系的唯一纽带。

我靠着父亲和矢田阿姨给我的钱生活。

曾经，我下定决心，决不动用这些钱，但几年前这份决心就轻易地被打破了。现在，这些钱是我唯一的食粮。正是因为父亲和矢田阿姨给了我一笔数目不小的钱，我才能这样在今后几年里什么都不用做还能活着。但是，是几年。

我害怕日月的更替。

这样转瞬之间几年就会过去，终有一天，我会用光这些钱吧。在那之前，我想自己也找不到工作，我不想见任何人。可我又没有那种能力，可以不见任何人，还能工作。我尽可能地节衣缩食，看着存款数额日渐减少，内心总是在害怕。

时间倒是多得是，我全部用来看书。打开电视机，我害怕会看到谁灿烂的笑容；听音乐，我害怕自己会被某个声音触动而落泪。总之，我想待在一个无声的环境里。我需要创造一个空间，除了自己以外，再也没有其他任何人存在。

书，是我唯一能够想到的，自己想主动钻进去的世界。

那些光看题目就让我痛苦的书，我是不会去读的。尤其是那本《新汉普夏饭店》，我把它塞到了书架的最里面，让它不再出现在我的视线里。因为一看到它，我就会想到须玖，这令我痛苦不堪。这样一想，家里所有的书全都不能碰了，我害怕回想起过去。书架就是我的历史，我不想触碰自己的过去。

于是，我躲进了图书馆。

在那之后，我几乎整天都是在图书馆里度过的。自己终于有了外出的目的，这点倒是令我高兴些，而且在图书馆，我的心能够静下来。海量的图书只是陈列在那里，它们不会对我构成任何威胁。

起初我还曾担心，我这样看下去的话，会不会有一天没书可读了？但这里的书无穷无尽，不管我怎么读，总会发现自己没看过的书，这里简直就像是一片不会枯竭的湖，非常安静。这份踏实可靠，让我能够安下心来。

来图书馆的人很少，除了来这里自习的学生外，基本上就是像我一样闲得发慌的人，但这也令我感到心安。大家来到这里后都很安静，而且很默契地互不干扰。平日里每天都来的人就那么几个，因此，没过几周，我基本都混个脸熟了，但我们都不会互相搭话。就算会稍微聊两句，但都不会去关心对方的事情。他们一定都有各自的事情。

图书馆的管理员们也都对此心领神会。脸混熟了以后，会和我打招呼，但绝不会再进一步深入地攀谈。偶尔打扫卫生的阿姨会笑着对我说："真用功啊！你是学生吗？"仅仅如此，就已经让我觉得自己仿佛得到了宽恕似的。当然，我已不是学生，但自己竟被看作学生！不过，我的确很用功地在读书，因此笑着答道："还行吧。"

"了不起！"

就是这样简单的对话，我渐渐喜欢上了这位阿姨。看阿姨的样子，应该有60多岁了。我想起了在男子高中的时候，班主任蓝（蓝！啊啊，这声音真令人怀念啊！）曾笑言："你们都给我注意点啊！一直待在男校里，时间久了，连学校商店的阿姨，你们都会觉得可爱的！"

虽然那个时候觉得他在说什么傻话，现在我却能够理解他当时的心情了。那时的我，在恋爱上有着无限的可能。虽说我上的是男子高中，但也没必要沦落到对商店阿姨心动的地步。但现在的我，没有一点恋爱的可能性。我本来就认为自己已经没有权利和人交往了。我只是在拿那个人和谁做比较而已，绝不是发自内心地爱那个人。这样的我是没有权利介入他人的人生的。

阿姨认为我是"一位热爱学习的学生"。而且，只要我们这些人安静地看书，图书管理员们也就不会干涉我们，这样就足够了。我在图书馆，每天都过得非常踏实。

唯一困扰我的一件事情是，我想哭的时候，却不能哭出来。

大概是我变得太感性了。

经常会这样，自己被一句什么话惊艳到，感动得泪流满面。每到这时，我都会低着头跑到卫生间，在隔间里放着水冲厕所，掩盖自己哭泣的声音。等心情平静下来，从冷水器里接杯水润喉，再回到座位上继续看书。

我实在是太依赖图书馆了，因此，我很害怕周一的到来，那天图书馆闭馆。所以，到了周日的时候，我会从图书馆借很多书回来，周一的时候拿到公园看。因为我想，如果自己一直待在家里的话，一定会越来越不愿意出门。现在自己的状况已经岌岌可危了，我仍害怕自己成为社会上的废人。

最近，走出图书馆时，我才开始觉得"啊，变冷啦"。可是现在，如果不穿羽绒服的话，就会冷得要命。去便利店的时候，我才注意到了圣诞节的装饰，已经到年末了。

2010 年已经接近尾声了。

尽管我不看日历，但走到街上，浓浓的年味不容分说地将我打倒。我避开明亮的地方走，发现也有人和我一样。但我们绝不会看向对方，背朝着一切事物，向前走着。

以前，我是绝对没有注意过这种人的。

我根本也不想了解，这世上还有人讨厌岁末的到来，厌恶街道的灯光，蜷缩着后背，将这一切置于身后，向前走。

　　我从不觉得，圣诞节和岁末有何特别之处。为了这种节日而庆贺，我会很不好意思。但是，我有朋友，也有女友。在圣诞节的时候，会举办盛大的 DJ 活动。活动上那些 cosplay（角色扮演）的人，在我看来都是些傻瓜，但我会和大家一同说笑喝酒。我在新年倒计时的活动上做 DJ 的时候，一个陌生的女人还强吻了我。

　　从图书馆回家的这段路上，见到开心的情侣或是年轻男女，我都会下意识地憎恨他们。我曾好几次有冲动，想要揍那一张张看上去很开心的笑脸。我拼命地抑制着自己的这份冲动，低着头，偶尔闭着眼睛，祈祷着这些人当中不会有须玖和鸿上。

　　他们两人不管是圣诞节还是岁末年初，都曾约我出去。

　　"方便的话，咱们三个人一起过吧？还是在咱们经常见面的那家家庭餐馆。"

　　"今桥桑，尽管你很忙，但年末的时候还请出来玩儿啊！"

　　他们两人的温柔，令我很痛苦，那份对我的关心，更是让我焦躁。不管是圣诞节还是岁末，刚交往的两人一定想过单独的二人世界吧。他俩在同情我。

　　我说了谎，称自己在岁末年初的时候要回老家。其实，我根本不打算回去。

　　不久前母亲在发来的短信上写道："岁末年初的时候，我和小夏会一起去贵子家。"

　　就算他们要叫我去，我也绝对会拒绝的，但母亲完全没和我商量过，就决定"要去"了，这令我非常生气。

　　"小夏第一次去国外！我也是第一次去美国！"

母亲的确很开心。

母亲这么轻易地就原谅了姐姐，真是可悲。姐姐这样轻易地得到了原谅，我是绝对不会原谅她的。

我想打开电脑，一定会收到姐姐发来的电子邮件。或许这其中就有邮件的内容是邀请我去圣弗朗西斯科。正因如此，我绝不会打开电脑看。

某天，我从图书馆回到住处，发现邮件箱里有一封信，是姐姐寄来的。

我想着如果是圣诞节贺卡之类的话，就毫不犹豫地扔掉。但出人意料的是，这封来信非常冷淡，是一张白色的信纸。

"还好吗？"

姐姐的字非常难看，就像是上小学的男孩子写的字似的。话说回来，姐姐画的画，我见过好多次，但却从没见过她写的字。姐姐在初中三年级上到一半的时候就不去上学了，而且她这个人一向是冲动派，动笔全由着身体来。

"之前我说得有点过分了。"

虽然姐姐写的字很不工整，但却有着一股说不出的强大力量。并不是因为她的字写得难看，像是小学生写的，我就觉得这字有质朴的魅力这么简单。而是，从这七扭八歪的字里面，我能感受到，姐姐是真的用心花时间一个字一个字写的。尽管一撇一捺写得很不工整，但字本身却饱含着她的用心。

"尽管我是姐姐，但我没有任何权利干涉你的人生，真的非常对不起。"

因此，姐姐的这句"对不起"，出人意料地打动了我的心。

那有力道的笔迹，就像是她用尽全身力气在向我道歉。

　　我张皇失措。我决不想因姐姐的话而感动，我想把姐姐装进黑匣子里。我应该读到这里就不再继续读下去才对，但是，我却一直读到了最后。我没能停下来。

　　"请你明白，这是因为对你的爱，我才会那样说的。如果说'爱'这个词会很痛苦的话，那只把它说成'因为是一家人'也无妨。我知道，你在躲着我、讨厌我。而且，我也知道，这都是我自己的原因（至少你是这样认为的）。

　　"你，一定厌恶我这个姐姐吧。

　　"尽管我自己在拼命努力，但却没能考虑到你和家人，这是我的错。我心里没有一点多余的空白。这点希望你能明白。

　　"而且，也希望你不要觉得，我是因为现在内心有了余白，才用这份余白来爱你的。

　　"虽然这样说很奇怪，自己没有余白，是因为自己没能察觉到自己没有余白。我没有一点多余的空白，我的全部构成了我。

　　"换句话说，我是在用自己的全部来爱你的。

　　"用'全部'这个词，你也许会觉得可怕。就像曾经你所认为的那样，或许你只觉得我是个头脑奇怪的麻烦姐姐。如果'全部'这个词让你有种胁迫感，那就只能说成'我'了，或者说'平凡的我'吧。

　　"总之，步，我在为你考虑。

　　"2010 年的最后，就请让我多管一次闲事吧。

　　"那个时候，我说过吧，请你问问妈妈和爸爸，你有权利知道那两个人为何会离婚。虽然那个时候我用的是'权利'这种说法，但这是我的请求。我希望你去问一下。

"在爸爸出家前，我问了他。

"一直以来，我很生爸妈的气，尤其是对妈妈。在这一点上，我想你也是一样的吧。他们两人根本没有问过我们的意见，就让整个家四分五裂，对此你也很生气吧。

"但是，在问过爸爸这些事后，我了解了这一切是为什么。步，他们过的是他们的人生。尽管你可能无法相信，但在那个时候，我就已经原谅了妈妈。我想要走近妈妈，但妈妈却在回避我。想来，我感觉妈妈一直都在躲着我。

"妈妈躲避我的方式和你不同。你是害怕我（你不会承认吧），妈妈是在生我的气。而我生气的是，自己不能贴近妈妈的人生。在这一点上，步，你也有同样的感受吧。自己的人生，是自己的，不是别人的。同样，别人的人生，也不是你的人生。

"我一直想要得到妈妈的爱。

"但那并不是像其他孩子那样。那么我到底想得到妈妈怎样的疼爱呢？这连我自己也不清楚。我一直很焦虑，我不懂我自己，我无法接受自己就是我自己。因此，妈妈也不懂该如何爱那样的我。

"步，现在妈妈在我们家。

"虽然是和夏枝姨一起过来的（夏枝姨连续好几天都出门逛呢，没想到她竟是这么活泼的人），妈妈是自愿来这边的，但这并不代表着和解。我只是单纯地感到高兴，能够和妈妈一起生活，真的很开心。

"我和妈妈聊了很多。以前的事情，我小时候的事情，还有更久以前的事，妈妈很年轻时候的事。难以置信吧，我和妈妈彻夜畅谈。

"另外，还有一件事，我从矢田阿姨那里得到的那张写有'救世主'的纸，现在属于妈妈了。夏枝姨也为此感到高兴，我也是一样。那张纸是妈妈的。

"你一定觉得我这样说很奇怪吧。

"但是，我想这其中的意思，你迟早也会明白的。因此，去见见爸爸吧，尽早去。爸爸也一定会告诉你的。

"收到这封信，或许你会很厌恶，或许你会笑话，又或许你根本不看。或许你觉得我的想法很奇怪，继续躲避我。我的眼前能浮现出你的样子，说着'什么啊，这个，装得跟个圣人似的'，转身走开。

"但是，我相信我自己。我相信我会继续存在下去。

"因此，就算再次犯错，我也不会再崩溃了。并不是我被谁欺骗过，也不是依赖于谁。我没有让任何人决定我该相信什么。

"我爱着你。

"这点绝对不会动摇。并不是因为我相信你，而是因为我相信我自己，那个爱着你的我自己。

"最后，我想说的是，在我问爸爸为何和妈妈离婚的时候，爸爸告诉了我另外一件事。

"我的名字，是妈妈给我取的。除此以外，爸爸没再和我多说什么。像'你妈妈是爱你的'或'我希望你能够原谅你妈妈'之类的话，爸爸一句也没有说。我想，那个时候，我只是问了爸妈离婚的原因。

"但是，在西藏，我找到'自我'的时候，我想起了我的名字——贵子。

"这是妈妈赐予我的，妈妈从一开始就是爱我的。取名贵子，因为她觉得我是珍贵的孩子。

"步，你的名字是步啊。

"请你行动起来。

"你不能就这样停留在原地，我不是指你停留在所住的房子那里。你明白的吧，是说你要行动起来。

"你已经一路走过来了，今后也继续走下去吧。

"请去见见爸爸，听听爸爸怎样说。

"也请你继续往前走，去寻找你的信仰。

"步，请你走下去。"

读完，我把信扔进了垃圾桶。

下一秒，我又觉得这样做实在是太伤心了，于是咋着舌把信拾了起来。但自己却不知该如何是好，我几乎快要哭出来了，但我已决心不能流下眼泪。我用尽全力地想要恨我姐姐，但心头浮现的却是姐姐那七扭八歪而又难看的字迹，写得那样直白。

"步，请你走下去。"

这句话，令我恐惧，搅乱了我的心。

56

冬天的山里很冷，
不管把帽子戴得多深，裸露在外的鼻子和嘴唇还是冻得
发麻。

　　幸好今天没有下雪，但前几日留下的漫山积雪映入眼帘，整
个世界银装素裹、悄无声息，只能听见我踏雪发出的咯吱咯吱的
响声。

　　我从车站乘公交车过来，但下了公交车，我已经徒步走了有
30 分钟了。在图书馆待着的话，感觉 30 分钟转瞬即逝，但像现在
这样独自一人徒步走 30 分钟山路，感觉仿佛过了好几个小时，甚
至觉得已经过去了半天。

　　路虽窄，但的确可以走。路上虽仍有积雪，但看得出有人踩
过似的，很结实，我想一定就是这条路了。然而，路上的景色毫无
变化，走在其间，觉得自己仿佛成了漫无目的在山中游走的遁世者，
觉得自己在这世上被抛弃了一般。

　　当我看到建筑物的时候，才终于松了口气。我下意识地攥紧
了拳头，因为忘记戴手套了，攥紧的拳头一阵酥麻。

　　听说是个寺庙，而且是在这样的深山里。因此，我以为这里

的建筑会是日本古朴、优雅而又肃穆的山寺样式，但我错了。这是一栋两层建筑，横着有一条细长的奶白色钢框架走廊，乍一看像是一栋学生宿舍或者职工宿舍似的，给人一种秩序井然的感觉。

听不见诵经的声音，也看不见人影。因此，我心里直犯嘀咕，到底是不是这里啊？走近后，闻到了线香的气味，这才断定是这里没错。走到门口，这个寺庙的名字，我有印象，的确是姐姐信上所写的那个。

虽然之前想直接就来看望父亲，但还是害怕不妥，于是就预先给父亲写了封信。多余的事一概没有写，只写了"想去见你"。很快，我就收到了父亲的回信。

"什么时候过来都行。"

我不清楚遁入僧门后，其内部的体系是怎样一种情况。这栋建筑由谁来管理？钱的问题怎么解决？就算是出家了，也可以这样和"下界"的人轻易见面吗？是因为家人吗？大家只是在这里共同生活吗？会不会是什么奇怪的宗教？我有好多问题想要问父亲，但这些都是应该在父亲告诉我他要出家那会儿问的问题。那个时候，我只顾着自己震惊了，完全没有想过父亲去那里后会怎样。

拉开推拉门，和我的预想完全不一样，这里面很大。玄关处建成了楼梯井，宽敞的水泥地上只摆了一双木屐，除此以外再无一物，一看就知道这里非常干净。整栋建筑里都飘着焚香的香气，令人神清气爽。大概是听到拉门的声音，知道有人来了，里面传来了人走路的脚步声。我紧张地绷直后背，整个人绷得生疼。尽管不是严肃的僧侣出场的那种气氛，但这里是寺庙。而且，还是在这样的深山里的寺庙。我尽可能地挺直自己的后背。

出来接我的是一位个子矮矮的，但看上去很和蔼的伯伯。虽然他剃了光头，但穿的并不是袈裟，而是一身草绿色的运动服。

"是坏桑吗？"

很久没有人称呼我为"坏"。我有了一种奇妙的感觉，仿佛时间一下子倒回了过去。这位伯伯说话带点关西口音。

"是我。那个，不好意思。"

我无意地道歉道。

"你父亲正高兴地等着你呢！"

伯伯开心地笑了，就像是许久未见的亲戚似的。在这位伯伯的带领下，我上了二楼（连楼梯的各个角落也擦拭得一尘不染），走廊的两侧都有房间。我想大家一定就住在这些房间里吧。

我到房间门口后伯伯就离开了，我敲了敲门，听到了里面说"进来"，是父亲的声音。仅仅几年不见而已，比起怀念，我只感觉像是隔了很久很久，是刚刚被称呼为"坏"的缘故吗？

然而，在我走进房间看到父亲身影的一刹那，我觉得都不能这样形容了。

父亲就在这里。

因为这是父亲的房间，在这里是理所当然。但即便如此，父亲就在这里。

没错，面前这位身披袈裟（对，正是我所想象的僧人的打扮）、站立着的出色的僧人，是父亲。

和几年前相比，父亲一点没变。尽管已经是 68 岁的年纪了，但皮肤仍然十分光滑，还是那样身材消瘦，却感觉充满了力量。总之，父亲看上去比我还要年轻。

"步。"

父亲见到我很开心，把手放在我的肩膀上，摇晃了好几下。

这个时候，我回想起了在开罗机场的时候。1984年的夏天，我和母亲，还有姐姐，飞抵了开罗，那天父亲见到我们笑得非常开心。

"还好吗？"

让父亲看到我变得稀疏的头发，我很不好意思。父亲尽管剃了头发，但头皮上藏有发根的深色毛孔隐约可见，父亲的头发还在长。而且，父亲没有像我一样，肚子上有赘肉。父亲的身形非常潇洒，这让我想起了我姐姐的样子。

父亲的房间是有6张榻榻米那么大的和式房间，带一个小小的厨房。被褥收进了柜子里，除了一张书桌和冰箱以外，再没有其他什么，房间看上去特别宽敞。我犹豫着不知该坐到哪里好，父亲打开壁橱，取出了坐垫。我偷偷瞥了一眼壁橱，除了被褥和两个放衣服的橱子外，再无其他什么。

父亲沏了茶水，是我从未喝过的口味，用的茶叶是柿子树的叶子制成的。

我和父亲面对面坐下，但我没有说话，我不知道该说些什么好。从东京换乘电车，来到这样的深山里，但当自己见到真实的父亲时，又很认生，实在是可悲。

取而代之的是，父亲问了我很多问题。但并不是急急忙忙地追问。自始至终父亲都很沉稳，而且很平静。

父亲真的成了一位僧人。

我的脑海里浮现出父亲的样子，几乎都像个僧人。从在开罗的那段时期开始，父亲浑身就散发着如同静谧森林般的气质，在那之后父亲一直是那样，完全和闪耀的周遭不搭边。

然而，现在看着眼前这样坐着的父亲，我认识到他成了一位真正的僧人。询问过后，我才知道，父亲在告诉我他要出家之前，就已经皈依佛门了。但是，那时是在家中修行。来到山上后，经过各种修行和试验，父亲才终于成了一位真正的僧人。

"你是在这栋建筑内做祈祷什么的吗？"

我一点也不了解何为僧人。父亲说，我到这里的时候，他刚结束了清晨的诵经，这个诵经就是我说的"祈祷"。但是父亲没有纠正我的话，自始至终都是温和地在和我交谈。父亲告诉我，二楼是大家起居生活的地方，正殿在一楼。虽然称之为正殿，但那并不是历史悠久、古色古香的厅堂，而是个很简单的房间。

"刚才的那个人是？"

"啊啊，是宫崎桑。他是照顾我和其他僧人的人。嗯，有点类似于宿舍长吧。"

"和僧人不一样？"

"不一样的。"

明明也剃了光头呀？我虽然这么想，但没有再继续多问。如果问出一个什么问题的话，我可能会没完没了地问下去。我只问了一个问题，我很紧张。

"为什么想出家呢？"

我觉得，问出这句话来，我就能得到一切想要的答案。姐姐让我来问父亲的意思、父亲和母亲离婚的原因，还有为何从那时起他变得安静得像个森林一般。

但是，父亲笑道：

"是的，有各种各样的理由。"

父亲并不像是在敷衍我。我把杯中的柿子叶茶喝干了，看着父亲又为我倒满。

"爸爸，你为什么和妈妈离婚？"

父亲抬起头来，没有丝毫的动摇。既没有垂下眼去，也没有躲避我的目光。我毫不畏惧地紧紧注视着父亲的眼睛。

"因为和妈妈出了那件事后，爸爸你才变得很奇怪。如果我这样说错了的话，那我道歉。但是，就是这样吧。从那个时候起你和妈妈就变得经常吵架，那个时候，父亲你偶尔也会还口，但是渐渐地你就不再说话了。后来……"

我拼命地拉近回忆那条线。我是何时觉得，父亲整个人完全变得像个森林的呢？是父亲独自一人临时回国之前吗，还是在那之后呢？

"步，那件事你没有问过你妈妈吗？"

父亲语气平稳，因此，我不明白他是在问我，还是在自言自语。

见我沉默不语，父亲说道："这样啊。"

房间里很冷，我没有把羽绒服脱下来，父亲却似乎一点不觉得冷。

他开始平静地向我讲述以前的事。感觉父亲并不是下定决心才这样做的，他是作为一个男人向自己的儿子讲述回忆。既没有愧疚，也没有在意我的反应。父亲似乎没有必要拽紧拉近回忆那条绳索，父亲只是把他头脑中清晰的话语讲出来而已。

"说来话长。我之前告诉过你吧，我和你妈妈是在一家相机制造公司相识的。你妈妈从短期大学毕业后作为新社员进入了公司，那时我已经在这家公司干了 8 年。第一次见面的时候，她觉得我个子很高，我则觉得她脸很小。真的仅此而已。

"你妈妈负责事务性工作，当时事务性工作都是女性在做的。其中，有一位她的前辈和她关系非常好。你妈妈从那时候起就是个好强的女人，好像也没交到什么朋友，但和那位前辈却很合得来。

"就把那个前辈称为 K 桑吧。

"K 桑和我当时是恋人。

"K 桑比你妈妈大两岁。当时 K 桑已经打算和我结婚了，我当时也一样。我去 K 桑家拜见她的父母，K 桑也来拜见我的父母。公司的同事也都知道我们的事，总之，我们结婚的事已经是板上钉钉了。

"我是通过 K 桑才和你妈妈说上话的。你妈妈也知道我和 K 桑要结婚的事，也祝福了我们。我当时只是觉得，你妈妈是 K 桑珍重的后辈。

"然而，不知从何时起，我已经记不清楚了，我渐渐地被你妈妈所吸引。尽管她生性好强，但不管对方是谁，她都很直接。公司里也有人说你妈妈的坏话，但是你妈妈本就有魅力，K 桑也很喜欢她。

"她是我绝对不能喜欢的人。

"我将要和 K 桑结婚，所以绝对不能看上你妈妈。可是，K 桑和你妈妈关系非常好，因此，就算我不愿意，你妈妈还是会出现在我的视线里。不知从何时起，我在公司里也不再关注 K 桑，只关注你妈妈。

"而且，大概你妈妈也是一样。

"我和你妈妈都知道这是不应该的事，是绝对不能发生的事。

"但是，我和你妈妈都很年轻。

"我们瞒着 K 桑偷偷地开始约会。是我约的你妈妈，也是我向她表白的。你妈妈非常生气，尽管生气，但她似乎不知道该如何是好。你妈妈当时也没能对自己的内心说谎，因此，才会生气。她不仅生我的气，也生她自己的气。你也知道她是个直爽的人吧？瞒着关系如此要好的 K 桑，她自然很心累。都太年轻了，不管是我还是你妈妈。

"我俩向 K 桑说明了这件事。

"我想我明白这会对 K 桑造成多大的伤害。但是，我完全不明白未婚夫和自己最好的朋友同时告诉她这件事时，K 桑会是怎样的一种心情。

"K 桑沉默着，没说一句话，沉默地注视着桌子看。

"我应该等 K 桑说些什么的。可是，我无法忍受内心的罪恶感，率先说了话。我说'真的非常抱歉，让我做什么都可以'，我对自己的未婚妻说了这样的话。这时，K 桑终于看向了我。她若对我大喊大叫或者拳打脚踢的话，倒让我觉得更轻松。但是，K 桑什么也没有做，只是一直盯着我看。然后，盯着你妈妈看。

"我想，你妈妈也忍不下去了吧。于是，你妈妈说道：'对你这么好的朋友做出了如此过分的事情，但是，我一定会幸福的。'步，你也许无法相信，但我觉得那句话一定是你妈妈能对 K 桑所说的话里面最具诚意的话了，要远比我说的那些话具有诚意。你明白吗？

"我和你妈妈从公司辞了职。我想，公司的同事都很震惊吧，我不知道 K 桑会怎样和公司的同事说。但是，我在那个时候一点也没有为 K 桑考虑。K 桑独自留在公司的心情，那会是怎样一种感受呢？

"我和你妈妈很快就结婚了，那感觉几乎像是在逃避。我的父母不承认我和你妈妈的关系，他们原本就很喜欢 K 桑，不太喜欢你妈妈。所以，你才几乎没见过你的爷爷奶奶。

"我就算结了婚，还是很痛苦，每天都会梦到 K 桑。我想逃走，我想逃到能让我忘掉 K 桑的地方去。因此，我想去国外工作。我也是为了这个，才要换工作的。而且，我想，如果进石油公司的话，就能够离开日本，去非常远的地方了。

"赶上了好时代，很快我就进入了一家那样的公司。一进公司，我就提出想要去国外工作，并说'做什么都可以'。我当时真的是想，只要能够离开日本，真的做什么都可以。但是，我的英文水平还不够，不得不等了三年，很煎熬。大概在那个时候每天都很焦躁吧，我仍然每晚都会梦到 K 桑。

"在这段时间里，贵子出生了。

"真的很高兴，非常高兴。但高兴之余，我又会想这时候 K 桑怎么样了呢？就会感到撕心裂肺。你妈妈虽然在照顾着贵子，但她也一定了解我当时的心情吧。而且，贵子当时还是婴儿，也一定感觉得到妈妈的不安吧。就算她没有了婴儿时的记忆，但不是说这个时期的母子关系是非常重要的吗？贵子会不安分，并不是你妈妈的错，是我的错。

"终于，去国外工作的事情定下来了，那个时候真的万分高兴。去伊朗是由你妈妈决定的，虽然对伊朗这个国家一点也不了解，但够远就行。

"在去之前我还认为自己到了那边仍会记得 K 桑，但实际上到了伊朗后，要做的事情实在是太多了，忙得不可开交，什么都是初体验，我第一次忘掉了 K 桑。我终于能够忘记 K 桑，全身心地投入到自己的幸福当中去了。你妈妈也很开心，贵子一定也是一样。

"就在那个时候，步，你出生了。

"我真的是非常开心。步，你是在我和你妈妈最幸福，真的是最最幸福的时候出生的。

"和贵子一样，步，你的名字也是你妈妈取的，在你出生之前就已经定下来了。你妈妈一定是想要向前走吧，她是希望一直困在过去的我向前看吧。而且，真的就成了那样。

　　"步，我是看着你，才有了走下去的动力。

　　"我才想忘掉过去的事，一家四口向前走。步，正如你的名字那样。"

57

仿佛我的家人都对我的名字有着不同寻常的执念。

像是无论如何都想给它增添意义，他们擅自强加于我身上的这份重压，几乎要把我压垮了。

我在想，为何事到如今才告诉我？

如若我的名字有那样的意义的话，为何不早点告诉我？为何不在我眼前有着无限光辉灿烂的未来的时候，告诉我这些？

但是，与此同时，我又想：

假如我有那样的机会，我会问吗？

如果我知道自己的名字和父母痛苦的回忆有关的话，我难道不会捂住自己的耳朵吗？面对坏家的不安稳，我一直都是闭目不看、充耳不闻。我会去问他们吗？如果我问了，我能够接受自己的名字有着如此沉重的意义吗？

"步，请你走下去。"

"步，我是看着你，才有了走下去的动力。"

我现在不是必须听自己名字的来历吗？

不仅是名字。所有的一切，不是在必须发生的时候才发生的吗？

和须玖的再次相遇、姐姐的回国，不是必须在那个时间点才发生的吗？而且，我来见父亲，不是只在现在这个时候吗？

那么，我走下去又是何时呢？

像我的名字那样，我何时会向前走呢？

"伊朗的事情，步，你不记得了吧？"

父亲说起伊朗的那段回忆很是怀念。他说了很多我不知道的事：巴杜尔的事、易卜拉欣的事、姐姐幼儿园的事。还有，当时坏家到底有多么幸福。即便是在遥远的异国他乡，那个国家弥漫着爆发革命的不安气息。我们一家人是幸福的，再没有比那时更幸福的了。

"从伊朗回国后，你妈妈似乎就很不安，觉得我是不是又回到原点了呢。但是，我已经下定决心了。迈开步子，向前走。我想要为家人而活。

"而且，我想在那之后已经过去几年，K 桑也一定有了新的伴侣，和他幸福地生活在一起了。K 桑是个非常漂亮的人，性格也很好，不管是做饭还是身边的琐事，她都能够处理得很好。她一定遇到了比她自己还要优秀几百倍的人，和他过上了幸福的生活吧。我希望是。在那之后，我们一家人又去了开罗。

"你应该记得在开罗的事情吧？你在开罗的时候，最淘气了。

"我和你妈妈各忙各的事，没有时间管你们。但是，不知从何时起，贵子和步，你们融入了开罗，比我们还要熟悉那里。你们充满了活力。我一看到你们，真的觉得你们很有出息。"

看到父亲一脸开心地说着，我仿佛回到了小时候，像个孩子似的开心不已。能让父亲高兴，实在是太好了。

那个时候，我的确很活泼，是个冒险家，每天都会遇见新事物。姐姐有了初恋，尽管初恋破灭了，但和对方成了好朋友（而且还在遥远的圣弗朗西斯科和这位朋友再次相遇）。母亲在社交圈光彩夺目。父亲为拥有这样的家人而感到自豪，辛勤地工作。

是啊，我们在开罗生活的那段日子，是坏家最为闪耀的时期了。

而且，我也知道，那个时期结束的事。要说为何，是因为我经历过。以那个时期为界，我们家的情况急转直下。而接下来父亲就要讲述这其中的原因了。

"步，也许你不记得了，K桑寄来了一封信。那天，突然之间。

"真的是吓了一跳。我没有告诉过K桑我们家的住址，当然，她甚至应该连我们在开罗这件事都不知道才对。

"是我母亲告诉她的。K桑联系我母亲时，我母亲似乎也很吃惊，但她只告诉我母亲说是有事。"

K桑的来信，我清晰地记得那件事。不，尽管之前我忘记了，但现在这件事又从记忆的旋涡中清晰地浮现了出来。

那个时候，我很喜欢读寄到家中的航空邮件寄件人的姓名，如夏枝姨、好美姨、我的同班同学、父亲的熟人。那时觉得自己能读罗马字，实在是太开心了。我最喜欢那个时候，父亲和母亲都会笑。有的时候是边喝咖啡边笑，有的时候是边吃面包边笑。对了，那是在早晨。

"K桑给我写了一封信。你妈妈不想看那封信，但我想看，所以她生了我的气。你妈妈心里一定在想，好不容易一家人向前看了，这个时候突然收到了一封来自过去的信。也许你妈妈以为，K桑是想要扰乱我们的幸福。

"但是，K桑不是会做这种事的人。我认为，K桑很可能是有什么事，所以读了那封信。"

我读出寄信人姓名的那个瞬间，母亲的表情变了，父亲的表情也变了，真的是转瞬之间就变了。

就是从那个时候开始，"不安"席卷了整个坏家。一切都是从那封信开始的，从我读出寄信人姓名的那封信开始的。

如果我没有读寄件人姓名的话，就好了吗？

当时直接把信交给父亲，就好了吗？

难道我不想让大家注意到我吗？

那实在是太残酷了。因为我当时还只是个弱不禁风的小孩。

我没有什么不对。

我那时没有做错。

但是，我厌恶这样想的自己。一有什么事发生的时候，我总是先确认自己和这件事有多少关系。而且，心安地认为"自己没有做错"。我觉得，只要自己没有错，自己就和这件事没关系。换句话说，就是逃跑。

"K 桑到了癌症晚期。"

我想捂住自己的耳朵，但是没能这样做。我竭尽全力地对自己说，这件事和自己无关，就像我一直以来那样。但是，我做不到。

"K 桑觉得自己不久就要离世。她在信中写道，想最后再见我一面。信上写着想要见我，那个做出了那种事的我。

"我开始苦恼，非常苦恼。我很爱我的家人，我也爱你的妈妈。

"但是，那个时候，我又倒回了过去，一下子，一瞬间。我万万没想到自己会变成那样。在那个瞬间，我放弃了未来。你妈妈责备我，这也难怪。她和我说过好多次，'不许去，不许去''你去了的话，我不会原谅你的'。

"但是，我还是回国了。只身一人回国了，去看了 K 桑。

　　"说实在的，那个时候，我觉得或许和你妈妈已经不行了。但是，即便如此，我还是去见了 K 桑。"

　　我记得当时的情况，父亲突然临时回了一趟日本。

　　母亲整日坐在沙发上哭泣。扎纳普抚摩着母亲的后背，陪着母亲一起哭，甚至连她手上的皱纹，我都还清晰地记得。父亲不在的这段时间里，开罗发生了暴动。政府颁布了外出禁令，母亲一下子消瘦了下去。从那以后，母亲就没再看过父亲一眼，再没看过我那迟而归来的父亲。

　　"K 桑瘦了，瘦得不能再瘦了。

　　"我拼命地忍住自己的眼泪，拼命地抑制着自己不要哭出来。因此，取而代之的是，我跪在了地上。我跪在了病房的地上，头磕着地板。

　　"K 桑这时说道：'你这样做，还真是没变。那个时候也是这样。你在那个时候也是这样，在我说什么之前就先道歉了。这么一来，我就什么也不能说了。'

　　"从那个瞬间起，我就一直在逃避。不再面对现实，一直在逃避。"

　　在父亲从坏家离开的时候，我就认为父亲是在逃避。父亲的身上，总是飘着一种逃亡的气息。我觉得父亲是个冰冷狡猾的男人，但是，我没有资格对父亲说这样的话。

　　"我本以为 K 桑过得很幸福，遇到了出色的人，而后结婚，孩子也应该生了几个。而且，一定已经把我和你妈妈给忘了，过上了自己的幸福生活。

　　"然而，这只是我所想象的而已。如果我不这么想的话，我

562

就会被罪恶感包围，就不能再往前走了。我只是在转移视线，我在逃避。

"K桑是单身，一直都是。

"在发生那件事之后，她自己一个人，仅仅她一个人，继续留在了那家公司。我无法想象大家会怎样想她，会用怎样的眼光看她。

"K桑一直都是一个人。在贵子出生的时候、我在伊朗的时候、步出生的时候，甚至在我们一家人幸福欢笑的时候，K桑都是独自一人生活的。

"K桑说，她恨我，怎么恨都恨不够。但是，K桑这样说着却笑了，看上去倒像是一点也不恨我。她告诉我，她是花了很长很长时间，才能做到像现在这样笑着说出来。虽然她没有告诉我在那么长的时间里，她都经历了些什么。但是，我看得出来，K桑当时那样平静的状态，绝不是假的。我只明白这一点。

"K桑对我说，能最后见上我一面，真的太好了。她这样说着笑了。她也问了你妈妈的事。她问我，你妈妈看到她的来信，难道没有生气吗？我什么也没能说出来。K桑对我道歉。她说，她在生命的最后无论如何都想再见上我一面，希望我能原谅。

"说什么原谅，我根本没有那个权利。我只是流泪。那是我最后一次见K桑。

"我回到开罗后，K桑继续活了一年，到了1987年的冬天，K桑去世了。"

父亲说到这里，深深地叹了一口气。我屏住了呼吸，耳内回响着咕嘟咕嘟的声音，我能感到血液在流动。

"在那之后，我想你也还记得你妈妈变成了什么样，我变成了什么样。"

父亲放在膝盖上的手指，微微地颤抖着。

"我当时在想，自己不能变得幸福。就像你妈妈发誓要变得幸福那样，我发誓自己不能够过得幸福。这样的两个人，是不可能顺利地过下去了。

"我不再吃饭。我把吃的食物的量减到最少，即便如此，在肚子饿的时候，我会觉得自己很羞愧。虽然我还在工作，但是自己穿着高档的西装和皮鞋、自己的办公环境非常漂亮，这都会让我感到羞愧。我虐待自己的身体，在家里进行各种修行。可即便如此，我仍是幸福的。"

这个时候，我回想起了母亲曾对我说的话，"因为我会变得幸福的"。我回想起了她，在和父亲离婚后，住在父亲为她买的房子里，和各种各样的人交往，之后是再婚。

"我在那时候想，如果你妈妈再婚的话，和谁过上幸福的生活后，我就真的出家。我打算把自己的所有积蓄全部转给你妈妈，实际上也是这么做的。我舍掉了一切，然而，我还是幸福的。"

与此相反，我这样想。

母亲一定过得不幸福。母亲总是被什么追赶着。想要"变幸福"的执念，将她耍得团团转。

"在某一时刻，我意识到了。我其实是在做自己想做的事情。

"就算我想变得不幸福，但这是我自己决定的，是我发自内心这样想的。

"对于我来说，舍弃掉这世上一般的幸福，算不上是什么痛苦的事情，反倒令我感到安心。

"我认为，K桑是不幸的。因此，我才选择了不幸。我的确对 K 桑做了非常过分的事情。而且，这是绝对不能忘掉的事，我必须一生背负着它。

"可是，我不能够决定 K 桑的幸福。

"K 桑有她自己的生活方式，有她独有的生活方式。"

窗外传来了咯吱咯吱的声音，不知是什么发出的声音。声音虽小，却响了好几次，终于止住了。

"我每天诵经，不只是为了 K 桑。虽然也是为了 K 桑，但最终还是为了我自己。我日渐变得沉稳，从痛苦之中解放了出来，不会再为自己这样想而感到羞愧。"

那个时候，我很羡慕父亲。

我羡慕父亲可以在这远离人世的深山寺庙里，心安地过着清贫的生活。同时，我也觉得父亲很狡猾。有生以来，我第一次袒护起母亲来。

母亲决意要变得幸福，而且，是想和父亲一起变得幸福。然而，父亲却从母亲身边逃走了。两个人每天都会口角相争，他们都累了。父亲一定是为了母亲、为了我和姐姐，才离开这个家的吧。不惜用金钱援助我们，期望我们能过得幸福，尤其是母亲，而他自己则决意离我们远去。

就算父亲这样做是为了母亲，可母亲是想和父亲在一起的啊。

母亲想和父亲一起变得幸福。

再没有比这更悲伤的事了，也再没有比这更讽刺的事了。嘴上说着一定要幸福的母亲，一点也不幸福；而想让自己变得不幸的父亲，却一直很幸福。

姐姐把"救世主"那张纸给母亲，是对的。母亲的"救世主"只有一个人，那就是我父亲。母亲无法接受这件事。她无法接受说着要幸福的自己，只因为父亲的离去而变得不幸。母亲继续寻找着除父亲以外的人，她拼尽全力，一定要让自己变得幸福。但是，事与愿违。

姐姐一定让母亲认识到了这一点。

对母亲来说，她的"救世主"是父亲，只有父亲。而且，今后，母亲一定会只想念着父亲而继续活下去吧。

母亲承认了这件事后，该是多么轻松啊。写着"救世主"的那张纸，对母亲来说该有多么重的分量啊。

就算时间过去，矢田阿姨仍在拯救着各式各样的女性。

"救世主"。

我看向窗外。

透过堆满积雪的树杈缝隙，能看见天上的乌云。一片灰暗，毫无放晴的征兆，但却非常好看。

父亲对我说，要不要去正殿看看。我便跟随着父亲的脚步来到了正殿。

正殿的确非常新。

金色的小佛像，格外锃光发亮。摆在佛像前的木鱼和其他各种供品，也都新得令人难以置信，让人觉得仿佛这座寺庙的内部布置才刚刚完成似的。唯独焚香的强烈香气，才让人感觉这里真的是座寺庙。

父亲坐下来，双手合十。我学着父亲的样子，在他斜后方坐下，双手合十，我不知道自己是在为谁祈祷。提到佛祖，我更是一窍不通，那就想点其他的事情吧，可又什么都想不出来。

我就这样双手合十，却不为任何事祈祷。

当我抬起头来时，父亲正看着我，一言不发。我看着穿着袈裟的父亲，觉得他和刚才给我的感觉又不一样了。刚刚我觉得他像个真正的僧人，现在却又是另一种感觉。不管怎样，父亲还是那个穿着袈裟的父亲。

是我们的父亲。

是母亲的"救世主"。

58

到了过年的时候，我仍未迈出自己的脚步。

我已经不再为这件事而焦虑了，只是每天安安静静地过着日子。我更像是在等待着什么。尽管我自己也不清楚那到底是什么，但只要它出现了，就能让我迈出脚步。我这样想着，不知这到底是乐观还是悲观。大概我只是每天活得非常安静而已。

我每天早上 7 点起床，吃点简单的早餐，然后，打扫打扫房间。本以为，每天都打扫的话房间一定会很干净吧。可是，的确总能发现某个地方很脏，如堆积在房间角落里的尘埃、卫生间的马桶上沾的印迹、掉落在浴室地上的头发。我想我在很平静地活着，每天都会排出些什么东西。

打扫过后，我会做些饭团或者三明治，然后去图书馆。

在家的时候，我会断绝一切信息来源。我既不看电视，也不上网。我只是从姐姐偶尔给我寄来的信件上，或是母亲给我发的短信里，获得些外界的消息。

就算去图书馆，我也是骑自行车去。因为坐电车去，我难免会看到电车上贴的广告，或者偶然间瞥见谁的手机屏幕。但如果骑自行车去的话，我就可以径直从家里到图书馆了，不会留意周遭的一切。

到了图书馆，我还是继续读小说，沉浸在故事情节里。坐到座位上，翻开书，我就走入了另一个世界。一想到现在我所在的地方之外还有另一个世界存在，对我来说是最大的安慰。

中午就在休息室里吃自己做好带来的午饭，之后继续看小说，一直到闭馆。晚上骑自行车回家的途中，在超市买了晚饭和第二天的早饭及午饭的食材，带着这些最低限度需要的东西回家，晚上继续从图书馆里借出来的书。

不知道把这称为禁欲式生活是否合适。我只是觉得这样很简单，我待在一个非常简单的生活圈里。只是简餐加骑自行车往返，我的体形开始渐渐恢复到了以前的状态。

我处在一个完全只有我存在的世界里，断绝同外界的联系，处在平静之中。我甚至完全不会去想象，除了我和小说以外的地方正在发生着什么。

而告诉我这件事的那个人，仍旧是我姐姐。

手机里突然收到了一条短信，写着："你知道埃及的事吗？"

姐姐是第一次通过手机和我联系。平常，她总是给我写信，或者发电子邮件。姐姐仿佛总是做不到简单地把意思传递出来。

虽然我想忽略它，但又感觉不安。没办法，时隔数月，我又打开了电脑。

因为长期放置着没有用，我甚至有点担心电脑能不能顺利开机。但是，电脑却完全没事儿似的，毫不费劲儿就开机了。断绝与外界的联系很简单，与外界建立联系同样简单到令人沮丧的地步。

在搜索栏输入"埃及"，各种消息一下子涌现出来。

"开罗解放广场""穆巴拉克政权""游行队伍""冲突""死亡"，太多的信息一下子涌入我的眼球，从中我只能够明白一件事，那就是埃及发生了什么动乱。

1997年，我当时20岁，在埃及的卢克索发生了一起针对游客的恐袭伤亡事件，其中包括日本游客在内。虽然当时听到这个消息的确很震惊，但也仅此而已。我当时只是在想，埃及在我的印象里是个宁静而和平的国度，竟然也会发生那种事情啊。

在我居住的地方，也曾发生过很多事件。不管是多么和平的城镇街区，都存在憎恨，在谁要杀谁的时候，"场所"并不重要。

然而，这则巨大的新闻，却让我不寒而栗。

也许是我好几个月没有看过新闻的缘故吧，又或许是因为它发生在埃及，再或许只是因为我的确变得很感性了。

"穆巴拉克下台"。

2011年2月11日，统治了埃及30年的穆巴拉克政权，在民众的游行示威下垮台。

一向平易近人又容易寂寞、逆来顺受的埃及人，做到了。

我一时没能反应过来，这件事不是在小说世界里，而是发生在现实世界中。这件事的确发生在我所处的国度之外，而且，我曾在那个地方生活过。

埃及想要变革，而我对这个国家却一无所知。我在那里度过了人生当中最为闪耀的时光，在那里我经历了家庭的破碎，也度过了一段十分痛苦的时期，就是这样一个国度，我对它一无所知。

为何埃及是埃及呢？

为何穆巴拉克政权能持续 30 年之久呢？而现如今为何又被推翻了呢？

　　之后，我开始查找各种有关埃及的资料。

　　最初是在网上查找，之后，我去了图书馆。埃及并非一直都是个安闲自在的国家，也并非一直都太平。

　　古代，从对抗拿破仑占领埃及开始，埃及就发生了各种各样的叛乱。包括我经历过的 1986 年的外出禁令事件，也是由开罗市内的中央警卫队引发的暴动。那个时候，我还在为学校停课而高兴，根本不知道发生了这种事，也不想知道。

　　包括有关一直存在于埃及的伊斯兰教激进派的事情。1981 年发生的萨达特遇刺事件，是他们引起的最大一起事件，自那之后，他们相继制造了多起暗杀重要人物的事件。最终，到 1997 年他们在开罗解放广场制造了那起袭击游客事件，我当时还漫不经心地认为，埃及竟发生了这种事。所有的事情并非没有关联。

　　说伊斯兰教激进派是受了 1979 年伊朗革命的鼓舞也不奇怪。

　　1979 年的伊朗革命让我们一家不得不从伊朗回国，它的影响也波及了埃及。

　　但是这次革命，既不是由军队挑起的，也不是由伊斯兰激进派挑起的，而是由民众发动的。导火索是发生在突尼斯的革命。

　　2010 年 12 月，在突尼斯中部城镇西迪布吉德的街上贩卖蔬菜的青年引火自焚，这位青年名叫穆罕默德·布瓦吉吉。

　　据说，当时，突尼斯年轻人的失业率高达 30%。布瓦吉吉靠着这个路边小商贩的生意养家糊口，可是某天警方开始找他们的碴儿，没收了他的商品和秤，要收取费用，并殴打了他。为了抗议警察的横行霸道，他点燃了自己的身体，引火自焚。以此为导火索，突尼斯发生了叛乱，统治了突尼斯23年的本·阿里政权倒台。世界上称这次事件为"茉莉花革命"。

一个月后，有个青年计划在埃及城市亚历山大引火自焚，大概是受了布瓦吉吉的影响吧。埃及年轻人的失业率也非常高，我们一家在埃及的时候，从教学优质的开罗大学毕业的大学生，苦于就业难，甚至在超市做收银员的工作。原本埃及社会就十分重视交情，也就是关系。有了关系就可以就任要职，没有关系，不管你多么聪明，就拿当公务员来说，你也必须等上好几年。

各种事件，都有着各种联系。我每天都在寻找着这些事件间的联系，这些联系无穷无尽。而且，就在我能够触及的地方。

亚历山大的这位青年，并没有殒命。但是第二天同样有人在亚历山大和开罗企图引火自焚，其中有一人死亡。

这一事件迅速扩大。到了1月25日，埃及各地爆发了大规模的游行示威活动。他们被称为"1月25日青年"，都是一些通过社交媒体联系到一起的年轻人。比起极其普通的年轻人来说，他们相对富裕一些。在社交网络上散布了示威游行口号，号召了1万多人聚集到了开罗解放广场。

开罗解放广场！

这个广场一点点地在我的脑海中浮现出来。被修剪成圆形的硬硬的草坪、四周混乱行驶的汽车的声响、靠近广场修建的政府大楼。就在这个广场，发生了示威游行。甚至在这里，有人死亡。

有暴行，也有掠夺。2月2日，屯聚在金字塔周边的骆驼队冲入人群，坐在骆驼背上的人用皮鞭抽打示威游行人群。即便如此，民众仍旧没有离开，继续前行、继续呼喊。

9日后，穆巴拉克政权倒台。

从登载在互联网上的照片可以看到开罗解放广场被人群淹没，几乎看不到广场了。人们手持着用阿拉伯语写的标语，高举拳头，仿佛巨大的波浪涌入了解放广场。我现在仿佛能够听到他们的喧嚣、怒吼和胜利的喊叫。

在电脑上输入"埃及"的时候，我的手总是会哆嗦。我不清楚自己是出于害怕，还是出于兴奋。

现在想来，我一定是被自己的预感震惊到了。我预感到，我所等待的事物就要来了。

那个会让我行动起来的事物，终于到来的瞬间，这一迹象让我不由得哆嗦。

从2月中旬开始的大概一个月内，我一直都是这样过的。我没有放弃去图书馆看小说，我一直在追逐文字。偶尔会将小说情节结合埃及发生的事件混淆在一起。但是没有人来纠正我，那是另一个世界发生的事情。我有点奇怪，那发生在遥远国度的戏剧性情节似的事件，完全夺取了我的心。

那个时候，在埃及发生的革命及一系列事件，被称为"阿拉伯之春"。

东京的春天来了，但还是初春。

就算进入3月，天气还是很冷，晚上还是要盖着毛毯和羽绒被睡觉。下雨后，气温变得更低，我的身体垮掉了。持续低烧，轻微咳嗽，但我仍没有放弃去图书馆。

3月11日，发生了那件事。正好是穆巴拉克政权倒台的一个月后。

我那天当然还是在图书馆。

摇晃的时候，我还以为是因为最近自己身体不好，出现了眩晕的症状。但是，我错了。放在书桌上的几本书哆哆嗦嗦地颤抖着，当我意识到是地震的时候，摇晃越发剧烈，我已经站不起来了。

　　书架上的书掉落下来，不知从哪里传来了女人尖叫的声音。看到有人躲到了书桌下面，我也想行动，却动弹不得。我抓着书桌，半弯着腰愣在那里。已经快停下来了吧，已经够了吧，就算我这样想着，摇晃还是没有停下来。持续的时间太长了。

　　终于，恐惧袭来。当我察觉到内心的恐惧时，已经晚了。我已经被恐惧吓得动弹不得。也许我会死，但我不想死。

　　到处传来人们尖叫的声音，以及书架上的书本坠落的声音。图书管理员喊道："请冷静。"

　　我牢牢地抓着桌子，就那样一动不动，闭着眼睛，一直忍耐着内心的恐惧。

59

最初，是气味。

那股刺鼻的气味，一直存在，还有些湿润的那股味道。闻到那股气味，我一下子回到了过去。

先是悬梯降下时发出的咯吱咯吱的声响。

像是挨了打而涨红的日光。

公交车上飘着的气味。

那个时候，我的身边有母亲和姐姐。而且，有父亲在机场迎接我们，我不是一个人。不知不觉，我迈进了坏家最辉煌的也是最痛苦的动荡时期。

现在，我是孤身一人。一个人下悬梯、一个人坐公交车，透过依旧模糊不清的玻璃，欣赏着开罗的天空。

离地震已经过去两个月了。

我从没想过自己竟会再次回到开罗。我曾经发誓要再来开罗，应该是对抽泣的扎纳普发的誓。但是，就算那时我还年幼，我也知道，这个誓言，在许下的一刹那就破灭了。我就是那样的家伙。

但是，我现在人在开罗。

在开罗机场下飞机的乘客要比我想象的多。说实在的，我的确有些震惊，就算埃及发生了革命，政局仍处在动荡不安之中，竟然还会有这么多人来埃及办事。

飞机途经迪拜，机上的乘客多是阿拉伯人，但其中也有和我一样的亚洲人。侧耳细听，说的是韩语。大家难道都不害怕吗？虽然我不想被大家知道我在害怕，但我的确在胆怯。

在网上看到的新闻，报道的净是些骚乱事件。

警察起不到什么作用，经常会有强奸或者抢劫事件发生，年轻人手持枪支在市内游荡。我虽然不知道这些报道有多少是真的，但就算我了解真相，我也一定会来吧，这么想着，倒给了我自信。我跟随着内心强烈的冲动，来到了这里。

机场内，气氛很稳定。

根本无法想象，这里刚刚发生过大规模的革命，政府被推翻了。我不清楚自己在想象些什么，但至少我没想到，我在出入境管理处怯生生地回答要去"旅游"的时候，工作人员竟然对我说"欢迎"！

一出机场，又闻到了那股气味。

这股气味实在可怕。比起我的所见所闻，这股气味更能硬生生地把我拽回到过去。

这股气味，让我想起了那个坐在女厕所地上的胖阿姨，还有牢牢地抓着我的母亲和姐姐的纤细的手。回忆没完没了，不断地涌现出来。本以为完全忘掉的事情，却静静地席卷了我的周身。

有好几位出租车司机向我打招呼。看着这一张张说个没完的埃及人的面孔，我无奈地从中选了一位，上了他的车。

"To Zamalek（去扎马莱克）。"

我现在想去自己曾经居住过的地方。

我没想到自己竟然能做出这种事来。

我也曾去过好几次国外。因为要为杂志取材，去见了世界上很多的艺术家。虽然我的英文不好，但一些日常对话我还是能说的，有空的时候，我也会独自一人到街上散散步。我喜欢到陌生的街道上走走，只点一杯咖啡，就能全身心得到满足。那个时候的我，完全不知道等待自己的会是这样的未来。

来国外，我还是头一次会觉得如此不安。明明是自己曾经居住过的街区，我却像回到了小时候似的，死死地盯着窗户看，紧张到失态。司机把广播的声音开得很大，和着里面的音乐嘴里哼着歌。街道上横冲直撞的汽车根本没个队形，汽车尾气和扬起的沙尘四散飞扬。

专注于窗外的景色，我感觉"那天"已经很久远了。那些日子里经历的事情，仿佛都是虚幻。

从图书馆回家后，时隔数月，我打开了电视机，看到了屏幕上播放的海啸的影像。

我立刻关掉了电视，跑到卫生间呕吐。没想到，这个四方的小屏幕，竟变得如此狰狞。不断的余震和残留在我脑海里的印象，令我心生胆怯，躺在床上，我一直在发愣。房间里很安静，可我却总想做点什么才能平静下来。

我怯生生地打开了电脑，网络上滚动式报道着大量的消息。报道中出现的日本列岛的地图上，沿岸一片红色。

终于，出现了"建筑物倒塌"的新闻。

在那之后，网上充斥着恐慌。姐姐和母亲来过好几次电话，尤其是姐姐，不断发短信过来，让我去大阪。我既无法回她说"我没事"，可"去"这个字怎么也说不出口。我只是很不像话地自己在这里惊慌失措。

须玖和鸿上也很快和我联系了。我担心地想，须玖不会又内心崩溃了吧，但是电话里须玖的声音很坚定。

"你没事吧？"

没过多久，我便得知，须玖和鸿上借了辆卡车，装了些受灾地区要用的物资送去了。即便如此，我仍旧在家里发呆。网上依旧滚动报道着大量的消息，可我无法相信这其中的任何报道。

去便利店，纸杯泡面和面包一类的东西，还有水，全都卖空了。姐姐仍然不断地劝我去大阪。然而，我没有动身。

我整天都在看网络上的消息，尽量地浏览些陌生人的评论或是他们听来的消息。偶尔还是会毫无意义地呕吐，但在我的脑海里的某处却非常冷静，我大概真的变得不正常了。

某天，我像往常一样浏览着网络上如海浪般席卷而来的庞大信息，安静地追逐着这些罗列的文字。我已经没有心情去探求其中的真实性了，只是在追逐着文字。不管看到什么，内心也毫无波澜。但在这之中，有一条消息吸引住了我。这是一条和地震无关的消息。

"埃及基督教堂遭遇袭击。"

我的心脏剧烈地颤动了。

一刹那，我回想起了雅各布的侧脸，回想起在教堂跪拜着，安静祈祷的雅各布的样子。耳垂上的金色汗毛、垂下的眼帘上生长着的强有力的睫毛，还有那微微裂开的唇纹。

雅各布！我的光。

那时，是我有生以来第一次为了他人祈祷。向着不知何方神圣，祈祷着雅各布能够幸福。

"恳请，恳请，保佑雅各布。"

我被强烈的冲动驱使着，几近于愤怒的程度。

我为何待在这里，不断地接受着那些名为消息的文字？然而，它们却根本没有留在我的心里。我像个饥肠辘辘的饿死鬼，愚蠢地想要获得食物。而且，我只是在不劳而获。

雅各布，我为何在这里呢？

在这种冲动的驱使下，我点开了航空公司的页面。没有直飞埃及的航班，但是有途经迪拜中转的航班。还未下定决心，我就按下了确认键，之后我又预订了一家位于扎马莱克区的旅馆。一旦尝试做了，就会发现这实在太简单了。

距离去埃及还有几天，但我没再呕吐。

司机问我话时，我才回过神儿来。

大概是在问我是不是日本人。好歹寒暄了几句，司机开始大声说起什么事来。只听声音的话，听起来就像是他生气了似的，但好歹我也算是曾在埃及居住过的人，我知道他实际上并没有生气。

我没什么反应，可司机毫不在意这些，指着高架桥下的建筑物，喋喋不休地说着。建筑物完全被烧焦了，周围停着类似于装甲车的车辆。这应该是爆发革命时烧毁的建筑吧。来到这里，我切实地感受到了，埃及真的发生了暴乱。我陷入了沉默，内心十分紧张，司机向我说了些什么，兀自笑了。

当出租车穿过尼罗河的时候，有股感觉贯穿了我的身体，我快要哭出来了。尼罗河和当年一样，完全没有改变。宁静的河水，巨大而浑浊。出租车并不了解我内心的感慨，驶入了我怀念的扎马莱克。

旅馆安然地矗立在那里。

出租车驶入的时候，不知是军队的人还是警察，牵着狗绕着出租车嗅了一圈。此外，再也没有什么其他特别的事了。前台年轻的埃及人说着一口漂亮的英文"welcome（欢迎）"迎我进去。从我的房间望出去，可以看到外面尼罗河在安静地流淌。

房间里只剩下我一个人的时候，我反倒有点不知所措。终于可以松口气，但又很兴奋再次看到自己怀念的一切，于是乎我便不知道该如何是好了。最后，只好在床上来回翻身。本来已经走得很累了，很困但又浑身刺痛。好像不知何时我的确睡着了，但一看表，也就睡了几十分钟而已。

我戴上棒球帽，出了旅馆。

这家旅馆，我来过好几次。母亲曾带我来过这里的理发店，天热的时候我还曾去过这里的游泳池游泳，偶尔我们一家人也会来这里吃饭。大型的吊灯和厚重的毛绒毯，还是当年的样子。而我已经成了一个成年人，走在这里，简直令人难以置信。

我在找后门。虽然有点迷惑，但我决心一定要找到。

我用蹩脚的英文向旅馆的工作人员询问了路线。工作人员建议我走正门，但我无论如何都想去后门。结果，我在旅馆里兜兜转转绕了 15 分钟。旅馆没有这么大，是我的方向感有问题。

终于走到了后门，我看到了雅各布。

并没有像小时候那样，大篷车没有停在那里。没有叔叔在运床单，也没有雅各布在帮他的忙。但是，的确是这个地方，没有错。

直到警卫员用怀疑的眼神看我，我都一直站在那里。太阳从正上方照射下来，大概是中午了吧。不知是时差的原因，还是其他什么原因，我有些眩晕。

到了街上，我也一直是这个样子。

街道一点都没有变化。从我回国到现在已经过去二十几年了，我还能回想起回家的路来。刚刚在旅馆里的茫然就像是骗人的，我径直走向曾经的家。

脚踩到落在路面上的树叶，发出清脆的响声。小的时候，我最喜欢这个声音了。在家附近的大使馆门前，坐着一位警卫员，那个时候，他还曾向我和雅各布展示过他的枪。猫随便地卧在道路上，那股傲慢的态度，一看就能明白是被埃及人宠坏了。走近了，它也不会逃跑。路边的石头碎裂、树木低垂，这里是不折不扣的扎马莱克，我曾经居住的街区。

我一直感到眩晕。像是已经麻木了似的，我的灵魂从后脑勺飘了出来，在我头顶几十厘米的上空俯瞰着我。

扎马莱克很宁静，而且这份宁静的轮廓清晰地呈现在我眼前。

欧美人牵着狗在街上散步，单元公寓前坐着的门卫悠闲地喝着茶。无论如何都难以想象，这个国家在几个月前曾发生过革命。

这几个月间发生在我自己身上的事情，以及在埃及和日本发生的事情，扎马莱克竟然像是完全同这些事隔绝开了似的。我忽然想起了一句不知何时从哪里看到的话，"不管什么变故的背后都有生活"。扎马莱克的日常生活，的确战胜了这些变故。

就算距离我家越来越近，我还是无法恢复神志。我就这样晕乎乎地绕过了大使馆的转角。

的确，我们家就在那里，原封不动地矗立在那里。

尽管过了二十几年，我还是毫不犹豫地认出了那里就是我曾经的家。铁制的绿色拱门、白色石头装点的走廊，还有姐姐最喜欢的大阳台。

不需要鼓足勇气，我走进了公寓。公寓楼下坐着一位像是门卫的男人，但他不是哆啦A梦。男人看到我，没说一句话，或许把我当成是在这里居住的人了吧。

老旧的电梯、石头台阶、微暗的室内灯光，这里的一切都没有变。迄今为止没有任何变化，自己反倒没能感动。我安静地乘上电梯，按下老旧的按钮，到了三楼。我自己拉开了电梯门，眼前昏暗一片。

面前是一扇大门，还有一个小小的门铃。这里就是我的家。

我能够一点点地回忆起从玄关到室内的过程。先是玄关门厅，然后是钢琴房、起居室、餐厅、昏暗的厨房，再到长长的走廊、父母的房间、扎纳普的房间、没有使用的浴室、我的房间，还有姐姐的房间。

这扇门后室内的所有细节，鲜明地在我脑海中复活，真的令我吃惊。仿佛我仍旧住在这里，刚刚下了校车，回到家里。

我现在是孤身一人，连个可以诉说回忆的人都没有，因此，我不知该如何宣泄这些涌现出来的回忆。我仍旧晕乎乎的。这回忆同我长高的个子、正在脱掉的头发，有种巨大的违和感。我那时候还是个孩子。

那时，是最有勇气的，也是最胆怯的，更是最被疼爱又最寂寞的时候。

我走下楼梯。我必须靠着这双脚去见他。

我必须去见我曾经的英雄。

60

然而，我不知道该怎样找到雅各布。

走出公寓的一刹那，我才察觉到自己实在考虑欠周。我打算去雅各布的家，但是，雅各布家住的那个地下室太狭窄，他们一家七口应该不会住在那里了吧。

现在世界上有很多用来沟通联络的社交网站，比如 Facebook（脸书）和 Twitter（推特）等。通过这些网站，应该就能和自己想念的朋友取得联系。这次在埃及发生的革命，也是通过 Facebook 联络发动起来的。

但是，让我通过社交网站寻找雅各布，我内心绝对无法接受。

我害怕和什么产生联系，害怕会遇到自己意想不到的人。我大概是把社交网站一类的东西，等同于像海浪般汹涌而来的信息了。用了社交网站的话，就会知道自己不想知道的事情吧，明明自己想解放，却会越陷越深吧。而且，我肯定会陷入茫然，不知该相信什么才好。

我绝对见不到雅各布。不可思议的是，迄今为止我竟然从未这样想过。

凭着一股冲动的劲儿来到了埃及，我简直是个傻瓜。地震刚过，就要出国，这让我的精神状态变得有点不正常。

即便如此，我仍然向前走，我还清楚地记得雅各布的家。每向他家的方向走近一步，见不到雅各布的绝望和曾经去雅各布家时的喜悦交织在一起，让我哭笑不得。飘出我头顶几十厘米的灵魂，偶尔会离开我，飘荡到宁静的扎马莱克区的各个角落，而后又乖乖地回到我这里。

曾经雅各布家所在的那栋公寓，完全换成了一栋新的建筑。

在这毫无变化的扎马莱克区，只有在这里时间是流动的，让景色变换了。应该就是这里，我确认了好几遍道路。就算我长大成人了，但我也应该记得步行到雅各布家的距离和那珍贵的时间。

至此，我清醒地认识到，我找不到雅各布了。

那则基督教堂遭遇袭击的新闻，的确给了我重重一击。但是，我又能做些什么呢？保护雅各布？从何开始呢？

雅各布或许已经忘记我了吧。

我的这股傲慢的态度，令我自己身体一震。我特意跑到埃及这么偏远的地方，独自感伤、独自绝望、我觉得自己就像是姐姐曾经的样子。曾经的姐姐，只尊重自己的感情，像个傻瓜一样温暖着它，对谁抱有期待，又被谁背叛，独自受伤。

"请找到你自己的信仰。"

姐姐的声音，在我脑海中挥之不去。

说不定，我把雅各布看作了"那个"——我的信仰。

在雅各布面前，我可以忘掉孤独和痛苦。我们说着并不相通的语言，感情好到超越了友情，我们一定处在奇迹之中。我或许是把这个奇迹看作了自己的信仰。我相信须玖和鸿上，却又觉得自己遭到了背叛，反过来厌恶起自己。那个时候，我难道不是想做同样的事情吗？

但是，我来了。连我自己都觉得吃惊，自己就这样轻松地来了。

坐在公寓大厅前的门卫在向我打招呼。

我在公寓面前站得太久了，他应该是觉得我可疑吧。尽管这个埃及人穿着现代服装，但我不知道自己该说些什么好，只得暧昧地微笑。门卫也一副困惑的表情微笑着。他的容貌，我有印象。

一下子，我小时候的记忆，全部浮现出来。

他是和雅各布住在一起的叔叔，是雅各布家里唯一一位身材消瘦的人。尽管上了年纪，但我可以肯定，他就是那位叔叔。

也许是注意到我的表情，叔叔用试探的眼神看着我。我不会说阿拉伯语，但我们也无法用英文沟通。叔叔从那个时候起，就一直担任这栋楼的门卫。就算这栋楼翻建过，他也一直在这儿。

"雅各布。"

终于，我只说出这一句话。

"雅各布？"

叔叔听后一脸意想不到的表情。怎么回事，这个亚洲人为什么知道我侄子的名字？

我没有畏惧，继续说着："雅各布，雅各布。"

我指着自己的脸，像两人握手那样，把自己的双手握在一起，想要告诉他，我是雅各布的朋友。

叔叔一脸疑惑地看着我，终于像想起了什么似的，脸一下子放晴了。之后就麻烦了，他用阿拉伯语说个不停，拍着我的肩膀，甚至亲我的脸颊。话说回来，我不仅受到过雅各布很多关照，雅各布的家人也都很爱我。我又高兴又羞愧，只得不住地微笑。

这富有埃及人特色的表达情感的方式结束后，叔叔掏出了手机。

"雅各布。"

说着拨通了电话。

他在给雅各布打电话！

我的心脏剧烈地跳动着，或许我能见到雅各布。现在，叔叔在和雅各布讲电话。叔叔很兴奋，不停地点头，我也兴奋得手足无措。

这才是奇迹。

雅各布的叔叔，一直在这栋楼里做了 20 多年的门卫，这就是奇迹，而且他竟然还记得我，这就更是奇迹。成年人尽管上了年纪，但变化一般不大，可孩子长成大人所发生的变化可不小。我的脸已显出疲态，虽用棒球帽遮住了头，但我的头发已快掉光了。但即便如此，叔叔还是从我身上看出了我小时候的影子，想起了我。

叔叔讲了一阵电话，就挂掉了。然后转向我竖起三根手指。

"三？"

叔叔肯定地点点头，又朝我对面指了指。然后又伸出三根手指，然后指了指自己的脚。他把同样的动作重复了好几次，热情地和我说着阿拉伯语。

"是说，让我明天三点来这里吗？"

我用日语说道，尽管我知道他应该听不懂。我重复了一遍他的动作，叔叔边拍手边点头。我边叫喊着"我知道了，我知道了"，边不住地同他握手。

直到看不见我为止，叔叔都在不停地向我挥手。

我高兴得简直想飞上天。飘离我身体的灵魂又重回到了我身体里，这次轮到我自己飘飘然了。

我能见到雅各布啦!

我几乎要叫出声来。我本以为不会有这种奇迹，在革命之后的埃及，我还能见到自己的英雄。面对如此戏剧性的事情，我难以抑制自己的情感。我高兴得忘乎所以，开始绕着扎马莱克区散步。

我在我们家周围绕了好几圈，又在太阳光超市里转了一会儿（我和雅各布就是在卖鸡蛋的区域初次相遇的，我甚至意味不明地也想买些鸡蛋），不仅去了巴西街散步，还进了小巷。我想要和所有从我身边擦肩而过的埃及人爽朗地打招呼，我忘记了现在所处的时期、忘记了这个国家的现状，只是边笑着边在街上散步。

不管走到哪里，都感觉不到这里刚发生过革命。虽然我想去解放广场看看，但在我刚有这个想法的时候，突然一股倦意袭来。

在快餐店吃过库沙利（koshary），我便回了旅馆。冲过澡后，往床上一躺，睡成了一摊泥。

再睁开眼时，我听到了 Azan 的声音，提醒人们祷告的时间到了。多么悦耳动听的声音。

接下来，扎马莱克的穆斯林教徒该进行祷告了吧。我躺在旅馆的床上，浮想着这段静谧的时间。

"他们"竟然会袭击基督教堂，这简直令人难以置信。3 月上旬，位于开罗南部的某个村落的基督教堂被人放火烧毁。以此为导火索，两派在开罗市内发生了冲突，据说有 13 人死亡。到了 4 月，在埃及南部州，上千名穆斯林教徒集会，高喊着"不需要基督教徒"，他们不同意任命基督教徒担任州长。

曾经，我和雅各布在一起散步的时候，穆斯林的孩子们就曾大声嘲笑过雅各布。那个时候，他们一定在谩骂雅各布是基督教徒。

一向沉稳的雅各布，在那一瞬间真的发怒了。

"我那么珍视的东西，他们竟拿来开玩笑。"

我躺在床上，想起了各种事情。

Azan 的歌声一直在唱。那声音像是在哭泣，又像是在召唤，在街上回荡，真的非常好听。

面包配咖啡，简单地吃过早饭后，我出了旅馆。

我决定去我昨天没能去的解放广场。要去解放广场，就必须穿越横跨尼罗河的大桥。沿着 7 月 26 日大街一直往前走，就走到了那座桥。

我和雅各布曾经手牵着手走过这座桥。只不过是穿越一座桥而已，但对当时的我们来说，那就像是迈向未知世界一般，兴奋到了极点。向桥下看去，是浑浊的尼罗河，偶尔泛起的白色浪花令人眩晕。

横穿大桥，就算是大人，也要走很长一段距离。当时还只是孩子的我们，横穿了这里，还真是值得骄傲。曾经的我们是无敌的，只要两个人一起，就什么都不怕了。

走过了大桥，我沿着尼罗河岸继续往前走，来到考古学博物馆附近。以前，我曾经徒步来过这里，有几位游客在这边漫步。什么上面曾写过，革命过后，这里游客锐减，但任何国家都存在好奇心强烈的人。地震过后，在东京街头，我也曾看到过一些游客。

我自己虽然这么说，但我并不清楚，别人是怎样看我的。没有任何人知道，我来这里的目的是来见我怀念的、非常珍重的朋友。

走过博物馆，向左转弯，那里便是解放广场。

刚一转弯，人群便涌入了我的视线。

我猛然间想到，这是在游行。

我的心脏剧烈地跳动起来。我知道，现在埃及各地仍然有不断游行示威的活动。自己明明知道，但街区宁静安稳的气氛让我完全放松了警惕，自己就这样满不在乎地走到了这里。

我打算折回去，但又停住了。我看见，在广场周围漫步的人们，手里提着购物的袋子，在和谁闲聊，感觉这里一切正常。看他们的表情，也不像是将要发生什么危险的事情。

我战战兢兢地向广场走去，并没有怎么样，但我又重新扣紧了棒球帽。我还没有听到过外国人遭到袭击的新闻。

聚集在广场上的人们，手里拿的也并非标语牌，而是写着阿拉伯语的瓦楞纸，给人一种悠然自在的感觉。他们都在聊天，偶尔还能听到笑声，完全感觉不到要游行的紧张气氛。

小孩子看到我，跑过来嘴里喊着："a-ri-ga-to-wu（谢谢）！"他懂日语？那孩子对着我拘谨地笑了笑，又喊着"a-ri-ga-to-wu（谢谢）"跑进了广场。我回去了，沿着尼罗河岸散步，边走边笑。

不愧是埃及啊，我这样想。

他们应该只是相聚在那里，埃及人容易感到寂寞。我还记得，装作打错电话，每天都往我们家打电话的男人；在机场哭着送儿子出去旅行的家长。

一定也有激进的人吧。实际上，在革命的时候，也出现了伤亡者。但是，埃及人的本性没有改变。他们是平易近人、容易寂寞、自来熟、又健忘，但却值得去爱的埃及人。

我眺望着尼罗河，心里想，埃及人会有那样的性格，是因为他们身边这条世界最长的河流吧。浑浊的尼罗河，依旧安静地流淌着。

61

在 3 点前，我向着约好的那栋公寓走去。

　　雅各布也是埃及人，应该不会在约定的时间之前就到那里，但是我迫不及待地想见到他。

　　新建成的公寓，就算从远处也能够看到。在一片有点脏兮兮的建筑物当中，它白石灰色的外表格外显眼。

　　建筑物下面站着一个男人。

　　那个男人上身穿着浅蓝色的半袖 T 恤，下身是灰色的西裤，体格健壮。

　　像是有什么东西从我心里飞了出来。一定是温热的血液，在我体内流转，流过我的肩胛骨，冲入了我的头脑。我实在太兴奋了，嘴唇有点干渴，开始打嗝，是刚才喝的薄荷茶的味道。

　　那是雅各布。

　　没错，是雅各布。

　　就算长大了，我也知道是他。我想跑起来，却没能跑起来。太过兴奋，有些不好意思，就像是去见初恋情人似的。34 岁，都可以算得上是中年人了，但我却像个少女一样，扭捏害羞。

雅各布也迫不及待地提早来到了这里。在这儿，等着我。

我莫名其妙地想要咬碎什么东西。那种非常坚硬的东西，诸如岩石或者其他什么，我想把它们咯吱咯吱地咬碎。但没有东西可以让我咬，取而代之的是，我把自己的牙咬得咯咯响。

走到距离他还有一个街区的地方时，雅各布张开了双臂。

"步！"

再也无法忍耐，我像被弹出去似的跑了起来。

我觉得无比幸福，飞奔向他。雅各布的胸口很厚实，身上还是那股酸酸的、甜甜的令人怀念的味道。没错，就是雅各布。雅各布用力地抱住了我，弄得我的脊背嘎吱嘎吱作响。

"步！"

说着，雅各布使劲儿在我额头上蹭了好几下。

离近看，雅各布的脸上有了皱纹，眼角也有些下垂。但是处处都能看得到他小时候的影子。大鼻子、长睫毛，还有那无比澄澈的眼眸。

雅各布没有像其他埃及男人那样，蓄着长胡须。他面容整洁，留着一头利落的短发。

"雅各布。"

我想说的话多得堆成了山，但却只能说出这句话，我们互相看着对方。叔叔站在楼下，高兴地看着我们。

雅各布和他叔叔拥抱后，说了些什么，然后叫我过去。起初他用阿拉伯语说了些什么，但我听不懂。

然后雅各布用英文说道："去我家吧。"

他那一口漂亮的英文，让我有点吃惊。

我有点受打击。但是，现在，我若想要表达自己的意思，就只能用英文。

"谢谢。"

我那蹩脚的英文，真的令我很惭愧。

雅各布领我走到了一台停在楼前的白色本田旁。他像对待女性一样，为我打开了副驾驶的车门，从里面飘出了一股茉莉花的香气。车内设置十分漂亮，而且，雅各布的驾驶技术很稳，完全不像埃及人的开车方式。

"时隔这么久还能见面，真的很开心。"

雅各布用英文这样说道，向我眨了眨眼睛。

"你没住在那里吗？"

"没住那里啦，叔叔也搬到别的地方去住了。"

雅各布驾车驶上了我今早走过的桥。

我坐在副驾驶的座位上，感觉就像是在做梦一样。早已成年的雅各布驾驶着轿车，载着我，驶过了这座桥。接下来，我俩不再是去狭窄的小巷，或者巨大的垃圾场，也不是去戏弄野狗，或者燃烧垃圾，而是去雅各布现在居住的家。

过了桥，10分钟，就到了雅各布的家。

这是一片安静的住宅区。孩子们在道路上踢着用碎布料卷成的足球。雅各布停稳车后，有几个孩子跑了过来，开心地敲着车玻璃。

我下了车，他们便围到我周围。我瞬间想到了"埃及子"。就算我现在已经是个成年人了，但面对他们，我还是会露出卑微的笑脸。

"是日本人很少见吗？"

我问雅各布。

"不是的。他们喜欢和人亲近。你也知道吧？他们是埃及人嘛。"

我笑了，孩子们也笑了。他们的笑脸非常灿烂耀眼。

"不好意思，我们这儿没有电梯。"

我跟着雅各布上了楼。阳光透过楼梯平台的菱形窗户，射了进来。每一层都有两扇门，门前有的铺着蹭鞋垫，有的摆着自行车、盆栽之类的东西。一眼看去，就知道住在这里的人十分热爱生活。

走到三楼和四楼中间的时候，四楼右侧的门开了，露出来一个女孩子的头。她看着雅各布，开心地笑着。

雅各布抱起女孩儿，不停地亲吻着她。

"我的女儿塔玛拉。"

塔玛拉胖乎乎的，戴着一副可爱的粉色眼镜。看着有7岁了吧，笑起来很像雅各布。

"你好。"

塔玛拉的英文说得也很棒。雅各布非常开心。

"是我教给她的。"

进到家里，房间里走出来一个女人，美得令人窒息。长长的头发垂在后背，穿着一条贴身的黑色连衣裙。

"这是我妻子萨拉。"

萨拉桑冲我微笑着。

"昨天接到电话，雅各布可高兴坏了。"

萨拉桑的英文也非常好。

"请往这边来。"

他们领我进了起居室，在那里坐着两位我十分怀念的人。

"步!"

是雅各布的父母。就算上了年纪，两个人仍然十分精神。他们交换着拥抱我、亲吻我的脸颊、握住我的手，雅各布的母亲流下了眼泪，叫着我的名字，用阿拉伯语说着什么。雅各布翻译给我听。

"地震没事吗？"

听到这句话，我的胸口一紧，我只得微笑着不住地点头。我受到了他家人的盛情款待。

萨拉桑为我准备了一桌丰盛的饭菜，雅各布的母亲不停地亲吻我的脸颊，此外，我还品尝到了甜到头皮发麻的蛋糕，听了塔玛拉的歌声。塔玛拉还有两个哥哥，但今天出去练足球了，不在家。

雅各布给我看了他们两人的照片。照片上的男生，体格健壮，已经长成大人的样子了。我想起了雅各布曾经的模样：手里提着鸡蛋，微笑着走在我前面，总是保护着我。

雅各布在旅游公司工作。英文是他自学的，现在，他负责一家分公司。雅各布的父亲也辞掉了之前洗衣店的工作。雅各布的两个妹妹在很早以前就结了婚，一个嫁到了巴林，另一个嫁到了亚历山大。

雅各布独自养活着一家四口和他的父母。

"够厉害了。"

雅各布应该和我年纪相当。我知道，埃及人结婚早，重视家庭。但是，这和我的现况实在是相差太多，自己不免有点发怵。

"雅各布和我说了很多关于你的事情呢。"

萨拉桑一边为我倒茶，一边说道。

"说他小时候有个好朋友，是日本人。"

雅各布把我看作好朋友，这真的令我很开心。而且，雅各布在长大成人后，成为如此出色的人后，也没有忘记我。

我想忘记自己在回国后早早地就把雅各布忘掉这件事。我忘掉了雅各布、忘掉了埃及，沉浸在自己的人生里，现在，自己又独自来埃及找他，还受到了他家人的盛情款待，却不愿为那样的自己感到羞愧。当下的我，只想沉浸在这份喜悦之中。

"雅各布也是我非常尊重的朋友。"

我说完，雅各布开心地看着我。

喝完茶，雅各布叫我出去散步。受到他家人的盛情款待，真的很开心，但我也想和雅各布两人单独待一会儿。

塔玛拉也想和我们一起去，撒着娇，最后哭了起来，雅各布的母亲和萨拉却没有同意让她和我们一起出来。离开的时候，雅各布的母亲和父亲问了我一些问题。

雅各布在翻译的时候，稍有犹豫，但还是告诉我："他们问你，是不是以后不能再见了。"

雅各布的母亲又流下了眼泪，真的像是把我当作了亲儿子，像是和儿子将要分别很久似的。

我说道："还会再来的。"

这和小时候不同。那个时候，连我自己都不相信自己所说的"还会再来"这句话。但是，现在我是发自内心这样想的。尽管伴随着不少的痛苦，但是，我还是和雅各布的母亲做了约定。我发誓，自己一定会再回来的，我已经不是那个 10 岁的孩子了。

"我一定会来看你们的。"

雅各布的母亲泪如雨下，不住地拥抱我。

出了公寓，刚才那几个踢球的孩子已经不见了踪影。但是，道路上到处都能听到他们的声音。

这时，我才终于回想起来，今天是星期五，在埃及，这一天是休息日。因此，雅各布才待在家，他的两个儿子才出去踢球了。因为在日本的时候，我对星期几早就没了概念。日本，离这里真的好遥远啊。现在一定入夜了吧，大家应该都在睡觉吧。

太阳稍稍西沉，感觉凉爽了许多。树荫下面，两位大爷正坐着喝茶。他们看到雅各布，笑着招手。

清真寺里又传来了 Azan 的歌声，我看向雅各布。

"革命之后怎么样了？"

"是啊，游客数量锐减了。"

雅各布为难地皱着眉。要养活一家 6 口人，一定非常辛苦吧。可是，他们一家却为我准备了那么丰盛的饭菜，盛情款待我。雅各布就算长大成人，为人还是一样的好。

"Take it easy（别紧张）。"雅各布说道。我一点忙也帮不上，只好微笑。

"步，你能来，我很开心。"

之后他注视着我，又追加说"真的"。我想问雅各布基督教徒的事情，但又不知道用英文该怎么说，于是便这样说道："教堂没事吧？"

雅各布看着我，步子稍稍放缓了。

"OK。"他这样说道。但是，这句话，一定没有道尽所有。在这句轻描淡写的话里，一定五味杂陈。

革命当天，有的基督教徒为了保护在祷告时间跪拜祈祷的伊斯兰教徒不受警察干扰，而手牵手组起了人墙。也有的伊斯兰教徒说，"基督教徒和伊斯兰教徒同为埃及人"。但是，还有人说，将会再起宗教冲突。因为想要掌握政权的穆尔西是穆斯林的同胞。

长期实行独裁统治的穆巴拉克，也做出过一些功绩，其中一项就是想要缓和长期存在于埃及的伊斯兰教和基督教的对立关系，希望两派能够融合。大家都很担心，穆巴拉克政权垮台，若虔诚的伊斯兰教徒构成的同胞团掌握了政权的话，会不会迫害基督教徒。我所知道的基督教堂遭遇袭击的事件，一定就属于此类。

　　"雅各布，你对住在埃及有什么看法？"

　　雅各布一时不明白我所说的意思，一脸困惑。

　　"你在埃及属于少数派对吧？"

　　我不知道该怎样说才好，于是补充说"你所信奉的宗教"。雅各布嘴角上扬，与其说是在笑，倒不如说是嘴唇在动。

　　"和少数派无关。"

　　雅各布这样说着，坚定有力地向前走着。

　　"重要的是，要认同人与人是不同的。"

　　雅各布的英文说得很标准，很难想象得到他是自学的。为了达到现在这样的水平，雅各布该付出了多少努力啊。

　　"我是基督教徒，而我的朋友是伊斯兰教徒。尽管我们的信仰不同，但正因为如此，我们必须协同合作。你也知道现在这个国家的状况吧？我们应该联起手来。"

　　雅各布说着，将自己的双手握在了一起。我注意到了雅各布手臂上密实的粗汗毛。看着他的这双手，我不由得有些伤感。

　　"现在，这个国家谁当领导都是一样的。就比如，我想要你的帽子，我就拿。但是，我不知道该如何使用它。大家都是这样。就算成了领导，也不知道该怎么做才好。"

　　雅各布的英文的确说得很漂亮，我反倒感到悲哀。

　　"重要的是，不同的人，要认同不同的这件事，然后大家团结起来。这和宗教没什么关系。"

雅各布说得很正确，可我却为他感到悲哀。

我同雅各布散步，但我又必须忍耐这一阵阵不断袭来的悲伤之感。自己那么想见雅各布，也终于见到了。而且，我们还能像以前那样一起散步。然而，我却一直很伤感。

"雅各布。"

他一脸"怎么了"的表情，看着我。

"信仰是什么？"

我用日语这样问道。雅各布耸耸肩，表示他没听懂。

"信仰是什么？"

我用英文又问了一遍。雅各布陷入了沉思。我们继续走着，但没有往小巷里走。雅各布穿得整洁潇洒，我戴着棒球帽，我们沿着大道慢慢地向前走着，不知通向何方。

"所谓的信仰是什么？"

雅各布像是在向我确认似的问道。

"对。对雅各布而言，信仰是什么？"

雅各布一脸认真地低下头去，但丝毫没有放缓脚步。我紧跟着雅各布，等待着他的回答。我们的个头儿基本相当，但雅各布的影子看起来却更高大。

"我没有考虑过这个。"

雅各布目光注视着前方，终于这样开口说道。

"我没有考虑过信仰是什么。对我而言，信仰同呼吸一样。"

那一刻，我明白了自己感到悲伤的原因。

我和雅各布之间有着巨大的鸿沟。

雅各布和我都已是成年人了。他的手臂上长着粗汗毛，而我却一直在脱发。他养活着一大家子，而我是孤身一人。他说着一口漂亮的英文，我们过去就算不用英文对话，也能够理解彼此的语言。不管到何时，都能聊得来。我不会阿拉伯语，雅各布也不懂日语。但是，这对曾经的我们来说，根本不是问题。

我们有着只属于我们的语言，只属于我们的奇迹。

然而，我们不知何时丢掉了这个奇迹。

尽管我曾觉得我们的心紧紧地贴在一起，但是我们是不同的。

我们完全不一样。

信仰某物，如同呼吸一样，那又是怎样的一种心情呢？我想要找寻信仰，但雅各布的这种心情，我永远也无法理解吧。

我和雅各布之间隔着一条巨大的鸿沟，比尼罗河的河水还要深。

这种事，我应该是知道的。

但是，那个时候，我像个孩子似的内心胆怯，为此感到不安。或许，我想和雅各布融为一体，想要将雅各布的忠诚信仰当成是自己的信仰。

"步。"

雅各布指着前方说道：

"尼罗河。"

62

不知何时，我们走到了尼罗河岸边。
尼罗河的河水依旧静谧而浑浊。

"广场那边大概有游行。我们往这边走吧。"

这么说着，雅各布迈开了脚步。

"今天早晨，我去解放广场，看到有人聚集在那里。"

"是吧？周五和周二，经常会有游行。"

"现在是去干什么？"

"各种原因，总之就是想集会。因为去的话，就能见到别人。有点像郊游。"

雅各布说着笑了。果然不出所料，我之前就认为，一向寂寞难耐的埃及人，只是想集会才聚集到广场的。我也笑了。

"心情真好啊。"

Azan的歌声一直在持续。那声音和我小时候听到的一样，好似在哭泣，又好似在召唤。尼罗河泛着金光，清爽的风拂过我们的身体。

雅各布紧挨着我走着。我们的手来回摆动，但是并没有握在一起，我们已经长成大人了。

我们边用英文聊着，边沿着河岸散步。

我突然感觉，从我们小时候走到现在，我们真的浪费了好多时间。这段时间，仿佛是一个怪物将我们分隔开来，夺走了我们的奇迹。

雅各布聊着他的家人，而我说着地震后的东京。

我们用英文聊的这些话，像是 Azan 的歌声，在说出口的瞬间，就融化在了空气里。无味、无形，再也看不到。

"坐在这儿吧。"

雅各布说道。

对岸正巧是我住的旅馆，三桅小帆船在河上摇曳。我们也不在意会弄脏衣服，直接坐在了地上。

片刻，我们谁也没说话。

Azan 的歌声不知何时结束了，尼罗河的河水汩汩流淌。这里寂静无人。

"你还记得吗，步？"

雅各布这样问道，目光被河水吸引。

"你告诉我你要回日本那天，我们在这里哭了对吧？"

我也记得，清晰地记得。

那个时候的我，哭得撕心裂肺。摆在我们面前的，是我们无法左右的、不可战胜的事。我必须回日本，雅各布则必须留在埃及。我们必须分开。

我还能回忆起雅各布当时的哭声，仿佛那声音就在昨天。

那个时候的我们，无能为力，却又紧密地联结在一起，坐在这里哭泣。而且，雅各布还记得那个地方。

"那个时候，"雅各布平静地说道，"得知你要回日本的时候，我真的很难过。你是我重要的朋友。"

雅各布用英文向我传达着他的意思，这一定是没有错的。但是，过去，我们聊天完全不会在意语言，绝对不会在意。

"虽然我在埃及也有很多的朋友，但是我们信奉的宗教不同，这将我们隔开了。察觉到这一点的时候，我很痛苦。信仰的不同，让我们有了隔阂，这是件悲伤的事情。那个时候，我遇到了你。你与我的宗教和国籍都不相同，但是我们非常亲密。不是吗？"

我点着头。"亲密（intimate）"这一固有的词语，是有界限的。那个时候，我们的关系要远超于此。但是我和雅各布都不知道该如何将它传达给对方。

现在，我和雅各布被时间这个怪物阻隔了。

"步，只要有你在，我就很幸福，非常幸福。"

河水偶尔卷起小旋涡。河水掀起了白色的浪头，水中应该有鱼吧。

"我也是。"

我也有着如此强烈的想法。

只要有雅各布在，我就是无敌的。

那个时候，一阵无法抵抗的巨浪向我袭来。我自己的愿望不可能实现，我只能沉默地看着坏家四分五裂，我实在是太小了。但是，只要有雅各布在，我就觉得自己比任何人都强大。我喜欢雅各布。

"我也是。雅各布。"

必须用英文沟通这件事，令我伤感。本来，我应该不必用英文"Me too"来传达我的意思的。

我憎恨"时间"这个怪物。我们丧失的那种沟通方式，去了哪里呢？时间这个怪物，真的从我们这里夺走了太多东西。

"我也是。"

我发现自己哭了。先是左眼，再是右眼，眼泪一颗颗地向外涌出。这样哭，真的很羞愧。

我快变成秃子了，没有工作，已经34岁了，而且孤身一人。

没有找到自己的信仰，日暮途穷，我坐在河岸前，觉得现在的自己一定比小时候的我还要更加无力。

我丧失的东西，到底去了何方？

我光辉的岁月，到底去了哪里呢？

眼泪止不住地向下流。我突然流泪，雅各布一定感到很困惑吧。真的很抱歉，也很羞愧，但我就是抑制不住自己的眼泪。小时候，我俩坐在这岸边号啕大哭，现在，我又坐在这里流泪，泪如泉涌。我已经不清楚自己为什么而哭泣。我的肩膀颤抖着，呜咽出声。

我感觉到雅各布把手轻轻地放到了我肩膀上。他的手大而温暖。

雅各布沉默着。我不敢看雅各布的脸。我想向他解释，自己为何哭泣，不希望他感到困扰。但是，我却怎么也做不来。连我自己都不清楚，自己到底为何而流泪，而且，我也丧失了将这其中的意味传达给雅各布的能力。

"萨拉巴。"

雅各布说道。

"萨拉巴。"

起初，他的声音很小，像是有些腼腆，又像是在试探。

我抬起头来。雅各布定睛注视着我。吃惊的是，雅各布也哭了。泪水顺着他的脸颊流下来，抚过他脸上的皱纹。

"萨拉巴。"

雅各布的语气不再腼腆。这次，他清楚地说了出来。而在雅各布重复这句话之前，我已经听到了，清楚地听到了。

"萨拉巴。"

这句话里，包含了我们之间的所有。我丧失的东西，雅各布丧失的东西，我们的所想，所有的一切，全部包含在了其中。

"萨拉巴。"

我也这样说道。

尽管眼泪还未止住，但某种超越它的东西，从我体内溢出。我无法抑制。

"萨拉巴。"

而且，凭着这一句话，已经足够了。

"萨拉巴。"

我只要这样说就好了。只要紧握着它，就会没事。

雅各布又看向了河水。我也一样。

我们都记得。

"它"出现的时候的事。那个白色的巨大的怪物，出现在我们面前的时候的事情。

在我们最不安、最沮丧、最悲伤的时候，像是摔了一跤，感知到"萨拉巴"的那个瞬间，"它"出现了。那个时候，我们正处在奇迹之中，而这条世界最长河流中出现的"它"，就是证据。

"萨拉巴。"

我们在等待着"它"。

我们现在 34 岁。一个要养家糊口，一个却独自生活；一个将信仰看作同呼吸般重要，一个却没有任何信仰。我们之间有着巨大的鸿沟。但是，现在这个瞬间，我们有着同样的心情，分毫无差、完完全全地融为了一体，等待着"它"。

"萨拉巴！"

　　尼罗河的河水静静地上下波动，偶尔会卷起旋涡。但丝毫没有"它"要出现的迹象。三桅小帆船的影子伸得更长了，能听到树木吱吱嘎嘎的声响。鸟儿高声鸣叫着，在我们头顶盘旋。

　　"它"没有出现。

　　尼罗河的河水静静地流淌着。

　　我看着雅各布，雅各布也看着我。心里在想的那个怪物，并没有出现，但是，我并不感到绝望。

　　"萨拉巴。"

　　我有萨拉巴。

　　有萨拉巴在，萨拉巴一直都在。

　　现在，尼罗河的河水在我眼前安静地流淌，不停留片刻。尽管怪物没有出现，但是，我能清晰地看到那条轨迹，它溅起浪花，翻腾起巨波，出现在我们面前。

　　那依旧是白色的，就像漂荡在世界各处海洋里的矢田阿姨的骨灰一样白，你抓不住它，但它却存在于那里。姐姐制作的海螺、母亲做的烤牛肉、父亲手中的信、须玖喜欢的唱片、夏枝姨祈祷的神社，还有那张写着"救世主"的白纸。

　　怪物席卷着这所有，继续飘荡着，一直飘荡着，片刻都未曾停留。

　　经过了很长很长一段时间，我才又回到了这里。

　　这巨大的时间怪物，曾把我和雅各布分隔开来，但它并非一直将我们分隔开。正是有了这个怪物的存在，我和雅各布才联系在了一起。

　　时间这个怪物在为我们做证，我们生存至今。

我们背后都有一个巨大的时间怪物，我们一定是被它推着才来到了这里。就像川流不息的河水，怪物从未在中途消失，因此，我们才能存在于此，才活着。所谓的活着，难道不就是相信时间这个怪物吗？

我活着，相信活着这件事。

我相信，自己活着，还会继续活下去。

"萨拉巴"，就以此命名。

萨拉巴，包含着很多的话语在其中。它是大量的时间，是孕育了思想的怪物。

我的神明，是萨拉巴。

还有比这更合适的词语吗？

我活着，我相信。

我遇到了神明，在那一瞬间，我能告别了。

"萨拉巴！"

这是雅各布的声音吧，又或是我的声音吧？

这是我们第二次分别。

雅各布会去教堂，向他信奉的神祈祷吧。而我应该还要再在这里待一会儿。我想继续看着这从未停息的尼罗河，直到太阳下山。

我孤身一人，但是我找到了信仰。

我们还会再见吧。

到那个时候，我们又各自背负着巨大的怪物吧。我们相遇的时间，遇到的人，遇到的事，所有的一切。

我们还会背负着巨大的怪物，站在这条河边吧。

然后我说道："萨拉巴！"

我们和"萨拉巴"共同生存下去。

63

我告诉姐姐，
我想写本小说，
姐姐点头同意了。

对我自己而言，这是个非常突然的想法。但是，姐姐却像之前就知道了我会这么说似的，既不嘲笑我，也没有戏弄我，只是说："我觉得挺好。"

夏天的时候，我去了圣弗朗西斯科的姐姐家。

姐姐家是一栋位于郊外的公寓。公寓只有艾萨克和我姐姐两个人住，却有五间屋子，因为只有一层，还有一个宽敞的院子可以用。姐姐在院子里开了间瑜伽教室。

"妈妈和阿姨每天早上也会在这里练瑜伽。"

尽管难以想象那是怎样的光景，但光脚踩在青青绿草上，心情的确很好。日光强烈，但天气爽朗，我一度就那样睡着了。待我醒来的时候，人已经被晒得通红。姐姐笑着给我涂芦荟软膏，艾萨克端来了橙汁，里面放了很多柠檬。

在从埃及回来的飞机上，我有了写小说的想法。

确切地说，我脑海里想的是"想写怪物"。

和我们共存于世的怪物，即便你觉得它会消失不见，觉得抓不到它，但它就存在于那里。净是些你已经忘记的事，因此，它是白色的，但它绝对存在。我想写的就是这个怪物。

我想通过写它，能稍稍地将它保留一些。

尽管无法将这个怪物全都留存下来，但是保留大致的轮廓总是可以的吧。而就在这期间，怪物的体积不断增大，它的形状应该也会随之改变。

这么一想，我便觉得坐立不安，想要将怪物保留下来。

乘坐转乘飞机到达迪拜的时候，我还没有除了语言之外，能够将其留存下来的方法。我们轻易地丢失的语言，却在说出口的一刹那，给予了某物以生命。尽管语言在说出口的一刹那就消失了，却也能留存下来。我想趁着我记得自己的语言的时候，将它写出来，越快越好。

我在迪拜的机场，买了笔记本和笔，把自己的所思所想胡乱地记了下来。雅各布、尼罗河、Azan、旋涡、山寺，我记得毫无要领，也没有条理，但的确都是和我相关的事情。对我而言，是切切实实的经历。

但是，我不知道我接下来该怎么做。

迄今为止，我一直都在阅读小说。尽管我读了非常多，真的是非常多的小说，但却从未想过，那是如何被写成的。

回国后，我很快又开始去泡图书馆。

迄今为止，图书馆在我看来，在某种意义上，是我的逃难所，是为了将自己的注意力从日常生活中转移出来的地方。既是有意识而为的，又是无意识而为的。但是，这回我有了明确的意图。不是去逃避，而是去直面。在此期间，怪物也一定在不断地繁殖。偶尔，自己对于怪物的爱和焦躁，似乎使我变得很奇怪。

即便如此，当我打开电脑，敲进的文字也只是只言片语——救世主、蜡笔、金字塔、足球、猫们。

最终，我又开始返回去读家里的藏书。

我是那么害怕回看过去，一直在逃避。这对我来说，可以说是一个壮举。但在感慨之中没沉浸多久，我就可以很自然地面对我的书架了。

有的书，我还清楚地记得；有的书，我已完全忘记了它的存在。其中，有的书页的一端被折了，有的勾画着红线，每当发现这种书的时候，怪物会高兴地颤抖。

和过去画线的地方不同，现在又想在别的地方画线，这时，我也会毫不犹豫地落笔。曾经有感触的地方，和现在有感触的地方不同，但只要是在同一本书里，我们就是相连的。过去的我和现在的我，清晰地联结在一起。

终于，我又开始读那本《新汉普夏饭店》了。

将这本书捧在手上的时候，心里还在隐隐作痛，但也仅此而已。我贪婪地阅读着这些小说，这些须玖给我的，将我引诱进小说世界的小说。

开始读后，我立刻忘记了自我，走进了贝瑞一家人。和他们一起欢笑、一起愤怒、一起落泪，偶尔会死去，之后又继续生活。这本小说的精彩之处就在于此。它能够将被什么束缚住的自我，一下子彻底地解体、打碎。在阅读的时候，我只是读者，不再是我自己。读完后，我能从头创造自我。我能从头回忆起，自己觉得哪里写得很美，曾为哪段情节落泪，自己憎恶什么，又尊重什么。

在《新汉普夏饭店》这本书里，也有我曾经勾画的笔迹。那一定是我高中时候画的。

"'我们不是什么怪人，也不是什么奇人，我们是彼此的同伴。'弗兰妮说道。的确如她所言，'我们就像是雨那样普通常见'。作为彼此的伴侣，就像面包的香气那样，是极其普通的事，也是很棒的事。我们总归是一家人。"

这个章节一定拯救过我。当时读到这里的那个瞬间，我觉得，自己扭曲的家庭，也是世间再普通不过的家庭之一。

而现在，我勾画的地方，就如下面这段文字那样：

"我们就像这样继续做着梦。就这样，我们创造着自己的生活。我们把去世的母亲当作圣者，让她在另一个世界里复活，把父亲当作英雄，某位哥哥或是姐姐——他们也成了我们的英雄。我们想象并创造着自己所爱的事物，也制造着可怕的事物。"

我想要创造，想要创造一个关于怪物的长篇故事。

时隔数月，我给须玖发了短信：

"时隔多年，我又重读了《新汉普夏饭店》。"

须玖很快回了短信：

"啊，真是怀念啊！怎么找到的？"

我按照自己的所感所想写着回信，话语不断地涌出来。这些话是对须玖的感谢、对故事的感谢。须玖感到高兴，而我为他的高兴而感到高兴。

"那个时候，你给了我这本书，真是太好了。"

虽然有点不好意思，但这就代表了我想说的"能遇到须玖，真是太好了"。或许这也是我的一种赎罪吧，须玖领会了我的意思。

"我也是，那个时候能遇到今桥你，真是太好了。"

我看着这条短信，不久便流下了眼泪。我已经不再觉得自己羞愧。我是个脱发的无业游民，是个 34 岁的单身汉。但是，我允许自己可以哭泣。

心情平静下来后，我又继续读自己发给须玖的内容。密密麻麻的文字，既包含了自己对《新汉普夏饭店》的感想，也是对须玖的感谢。看着自己打出来的文字，我依旧这样想。

我想写，我想把自己的怪物写出来。这大概会成为我的回忆录吧。但是，这不是日记。

它必须有读者，它不能是我自以为是的产物。我必须尽可能毫无保留地将我的回忆拾起来。

正好那个时候，我在读米兰·昆德拉的《笑忘录》。在书中，我画线的是这一处：

"是的，是这样！我终于明白了！人想要回忆过去，是不能回同一个地方，等待着回忆自然而然地回到自己这里来的！回忆散布在广大的世界之中，要找到它，就要到隐蔽处之外的地方，就必须去旅行！"

而我，去了姐姐那里。

我想从姐姐那里了解我们的过去，更重要的是，我想要当面告诉她"我要写小说"。我想告诉她，这就是我找到的我自己的信仰（确切而言，我已经找到了自己的信仰）。这是我纯洁的宣言：今后继续活下去。

我必须将这些告诉姐姐，必须是我姐姐。

我和姐姐一整天都在聊。有时，我们一直聊到深夜，艾萨克丢下聊得正酣的我们独自回房间睡觉。第二天起床后，我们又坐在同一个地方，继续聊天。我们散步时聊天、喝茶时聊天、偶尔练瑜伽的时候（尽管我很不好意思）也在聊天，在沙发上惬意地休息时还在聊天。

我们像是要把失去的时间——那个怪物——夺回来似的，没完没了地聊天。偶尔还会开怀大笑，偶尔气氛会很紧张。时隔几十年，我又见了牧田桑（牧田桑和一位名叫威廉的非洲裔美国男人结了婚，而且令人吃惊的是，姐姐和牧田桑的再会，也不是通过社交网站实现的。一次偶然，他们在华人街的一家店里遇到了，而且两人点了同样的食物），和他聊了向井桑，还有在开罗时的事情。

我们的怪物逐渐长大，我倚着怪物安心入眠。在我那延续至今的时间顶点的就是现在的我，这让我深受鼓舞。我仿佛被安心包围着，因此，在圣弗朗西斯科，我的睡眠质量非常好。

等到秋季的时候，我离开了姐姐那里。

艾萨克和我成了好朋友，在分别的时候，他一直抱着我。姐姐没有抱我，但却打扮得格外漂亮。她笔直地站在那里，仿佛她被一根从地底深处延伸出来的支柱贯穿了身体似的。姐姐像是一棵粗壮的树，一棵包藏着神明的美丽树木。

姐姐是"神木"，是世界上最美丽的活的"神木"。

从圣弗朗西斯科回国时，我在机场收到了须玖和鸿上发来的短信：

"我们有了一个新生命。"

我当时就哭了。

"孩子的名字，我们决定叫步。我想一定是个男孩儿。"

我放声大哭。几个美国人觉得我很吓人，又有几个美国人过来安慰我。我是幸福的，非常幸福。

回国后，我回了老家。

下一个应该去见的是我母亲。母亲完全老了，失去了昔日的美丽容颜，但是失去的同时，她又得到了很多。

母亲过着平静的日子。

家中某处，一定放着那张写有"救世主"的纸。就算我看不见，但我能感受到它的存在。它那极为强烈的气息，甚至令我也平静下来。

母亲见我突然这样能说，很是吃惊，但她还是高兴地讲了很多。有关父亲的事、伊朗的事，还有开罗的事。夏枝姨坐在一旁倾听，偶尔也会罕见地插句话，在听了母亲的回答后，开怀大笑。

我也是在这个时候才知道的，我是个难产儿。

"你啊，是左脚先出来的。"

母亲说这话的时候，像是那画面至今还历历在目。

"之后，才慢慢伸出了右脚。"

母亲在那个未知的国度——伊朗——生下了我，现在她已经年过花甲了。但是，只有在说到父亲的时候，才像是回到了过去。她那黑色的大眼睛，微微有些湿润，时而落泪、时而愤怒，最后，呆呆地继续说着。我看着母亲，觉得她美得令人惊艳。

母亲同样又和怪物共同生活了。

她吃着怪物的身体，咀嚼后，用嘴纺成线，又用这条线继续编织着怪物。

在秋天快要结束的时候，我去了父亲那里。

那个时候，我已经开始动笔了。在听我母亲讲述的时候，小说的第一章已经定了。

"我，以左脚迈入了这个世界。"

写下这句话后，我文思泉涌，仿佛在我的左脚上系着一根线。我将那根线拉到身旁，记下来。

我告诉父亲，自己在写小说。

父亲则吃惊地问道："不是将要写？"

我告诉他，自己已经开始写了，而且会是一部长篇小说，父亲听后不知为何开心地笑了。他现在已经快到古稀之年了。

"在我活着的时候，能读到吧？"

父亲开玩笑似的说。

"能读到。"我说道。

"说定啦。"

这个约定，我就快要兑现了。

我已经 37 岁了。

换句话说，写成这部小说，我花了三年时间。

写小说，真的很困难。我不知多少次有过想要放弃的念头。这三年间，矢田阿姨和父亲给我的钱快要花完了，我开始兼职做门卫。深夜一边绕着建筑物巡逻，一边在脑海中构思故事情节，第二天早上将它写成文字。

写的时候，偶尔会觉得自己成了故事中的"神"。

家人告诉我的事，取之不尽、用之不竭，但选取其中的哪些、又将哪些去掉、创作成什么样子，全由我一人决定。不仅如此，我利用写小说这个机会，创作了实际上并不存在的人物，将实际上存在的人物抹掉了，让有的人坠入了悲伤的深渊，让有的人愤怒，我让某人死，又让某人生。

我完全成了这个故事的主宰。

我对此既害怕又羞愧。我感到不安，讲述这段故事的，只有我这个创作者。我弄不清楚什么是正确的。

但是，我在写，必须写。

在写的过程中，正确与否都已无所谓。我是这个故事的主宰，但相信与否，就交由读者去决定了。如此一想，内心就安稳了许多。

因此，我希望，在读这部小说的你们，能够从这段故事中找到自己的信仰。

这其中所写的几件事情是杜撰的，又或许全是我杜撰的。出现的人物中，有几个是我虚构的，又或许所有人都是我虚构的。我没有姐姐，父母也没有离婚，或许，我本就不是个男人。

我希望你能找到自己的信仰。

如果没能在这部小说里找到的话，希望你去读其他的故事，这世上有着数不尽的精彩故事。不论何时，你要相信什么，都是由你来决定。

不好意思，这里又要引用一句我姐姐的话：

"你的信仰，不能让其他人来决定。"

我现在人在伊朗。

现在刚到达梅赫拉巴德机场。

我把写成的原稿打印了出来（好多），想在自己出生的城市读它。我手中的原稿，不知做了多少次的修改、删减、增补，上面全是修改的痕迹。但是，这就是我的怪物。题目已经定好了，不，在决定开始写这个故事的那一刻，就已经决定了。

萨拉巴！

再也没有比这个更合适的题目了吧？

德黑兰天气晴朗。我身边坐着很多人，有穿埃及长袍的男人、头戴 hijab 的女人、骨架很大的白人女性，还有兴奋地在过道上来回跑的亚洲男孩儿。从刚才起，我的脑海中就响起了妮娜·西蒙的歌声。

新世界即将由此开始，而我心情正好。

话说回来，须玖和鸿上的孩子是个女孩儿。他们两人不服气，还是给孩子取名为"步"。据说，"步"现在已经会双脚站立，在那里来回跑了。这次旅行回去，我打算最先去看她。

推开门，我现在想要走下悬梯。阳光抚摩着我的脖颈。

"萨拉巴！"

刚一到我出生的地方，就有了分别的感觉。但是，我不会绝望。我相信"它"，我的"萨拉巴"。

我相信我自己。

"萨拉巴！"

我，迈出了左脚……